文春文庫

# 風の盆幻想

内田康夫



文藝春秋

目次

プロローグ 9
第一章 越中おわら節異聞 13
第二章 名探偵と迷作家と 68
第三章 八尾の女 116
第四章 幽霊のパートナー 167
第五章 風祭りの夜は更けて 230
第六章 最後の踊り《ラストダンス》は私と 298
エピローグ 335
あとがき 339

# 風の盆幻想

# 風の盆幻想 関連地図

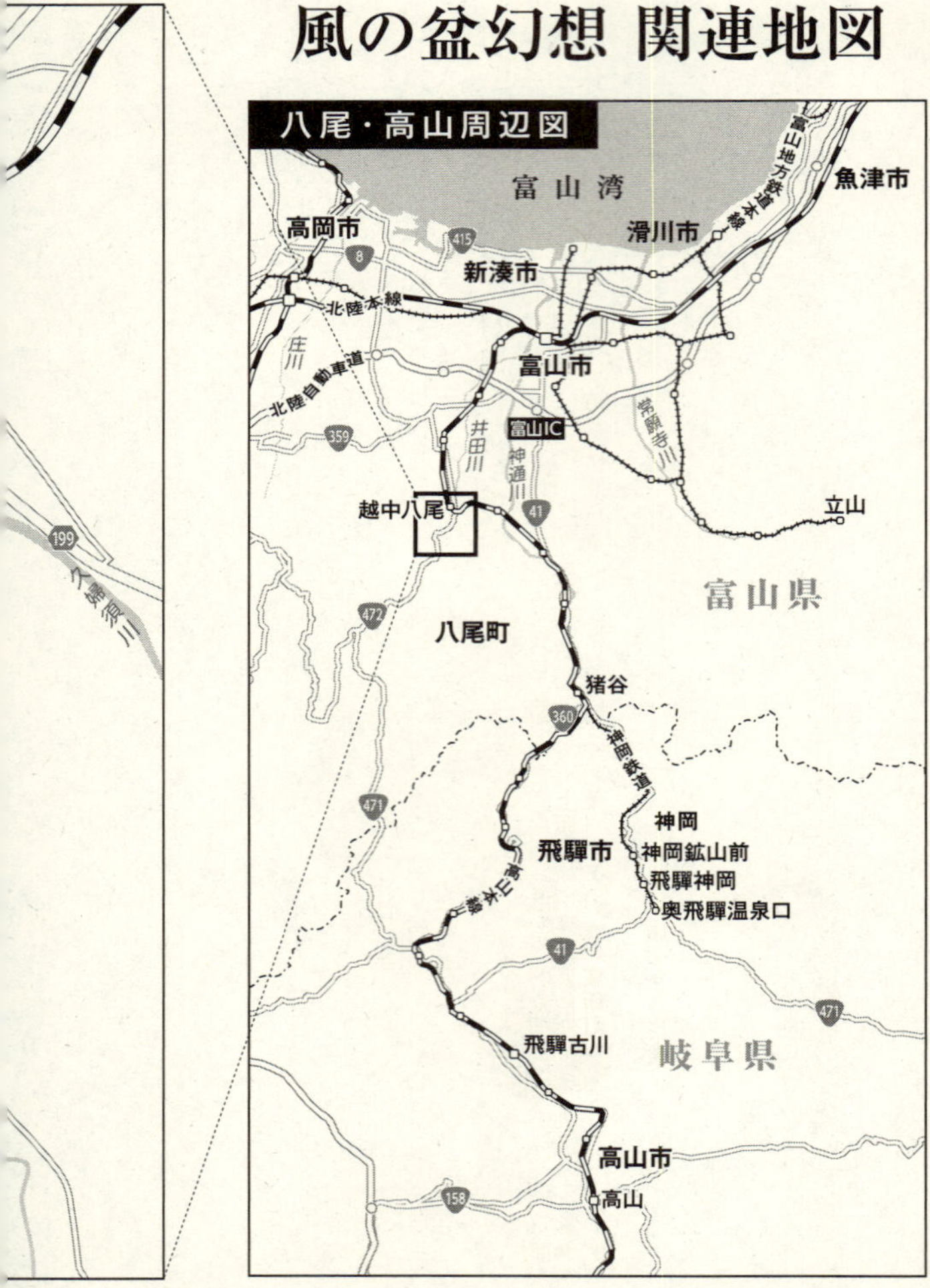
八尾・高山周辺図
富山湾
富山地方鉄道本線
魚津市
滑川市
高岡市
415
8
新湊市
北陸本線
庄川
北陸自動車道
富山市
富山IC
常願寺川
359
井田川
神通川
越中八尾
41
立山
富山県
472
八尾町
猪谷
360
神岡鉄道
471
神岡
飛騨市
神岡鉱山前
飛騨神岡
奥飛騨温泉口
高山本線
41
471
飛騨古川
岐阜県
高山市
158
高山
199
久婦須川

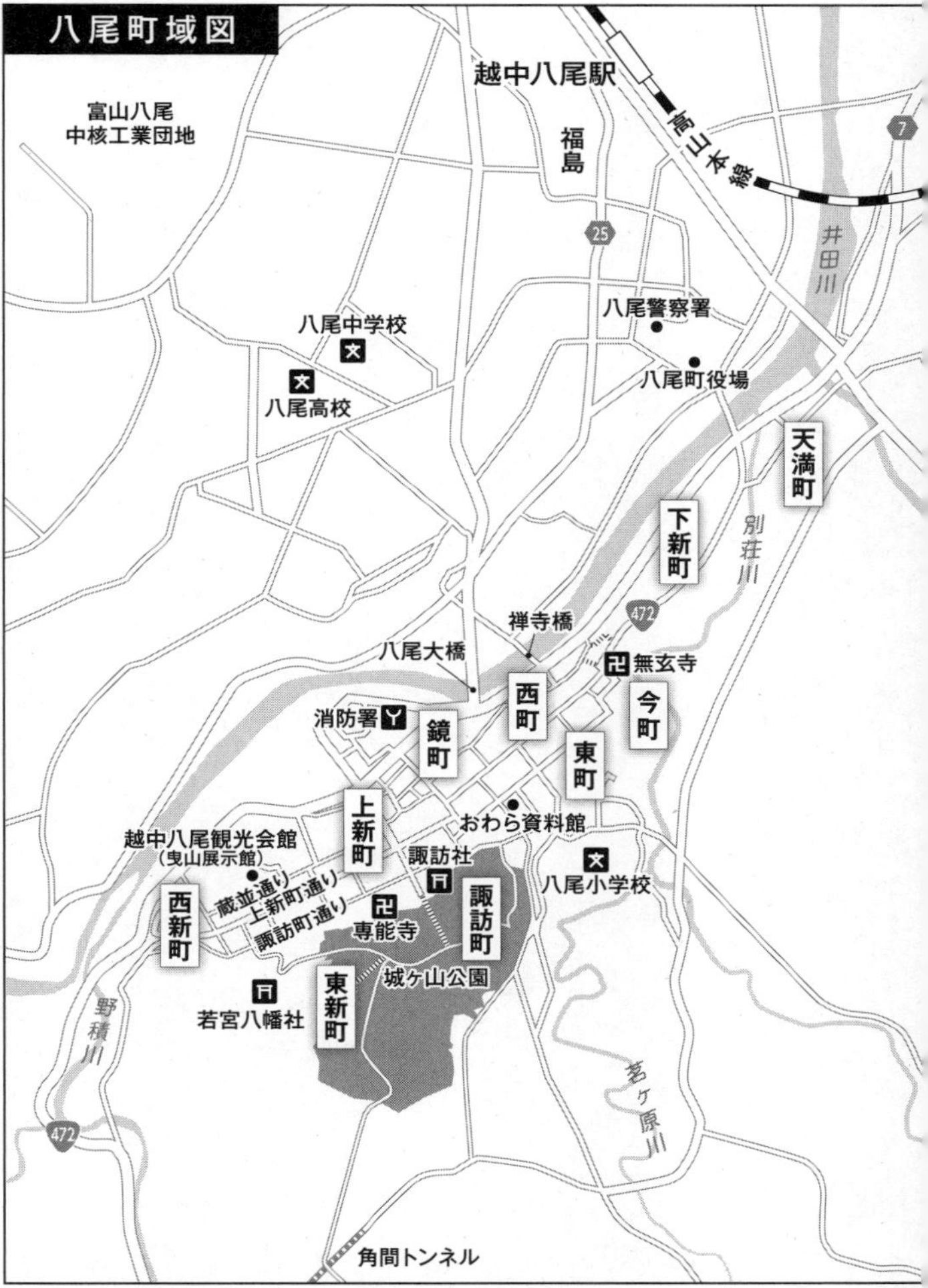


※この地図は小説の内容に基づき作成しました。

# プロローグ

宮川《みやがわ》沿いの本町《ほんまち》通りを、鍛冶橋《かじばし》の交差点から南へ百メートルほど行ったところに「ロスト」という喫茶店がある。本町通りは観光スポットの一つ「高山陣屋《たかやまじんや》」に繋《つな》がり、「陣屋朝市」と、鍛冶橋を挟んで東の対岸にある「宮川朝市」のあいだを行き来する観光客でいつも賑《にぎ》わう、いわば高山のメイン通りの一つだ。

その日はしかし、台風十一号の前触れで昼すぎから猛烈な吹きっ降りだった。通りを行く人はあまりなく、ロストもランチタイムの三組のお客が帰ったあとは、ほとんど開店休業状態といってよかった。二時近くになって、この店に一人だけいるウェートレスの木村香苗《かなえ》が「きょうはもう、お客さんみえませんよ」と言い、マスターの高田功《こう》も「そやな、店を閉めようか」と応じた時、ドアが開いて、男が入って来た。

傘を持たずに歩いていたのか、男は頭から滝を被《かぶ》ったように濡れそぼっていた。

高田は気の毒に思って、男にタオルを貸し、ついでに背中のほうを拭いてやった。男はしきりに「ありがとう」「すみません」を繰り返した。年齢は四十歳前後といったところだろうか。わりと長身、痩《や》せ型で、なかなかのハンサム――というのが高田の印象だった。

男はメニューを見て、カレーライスとコーヒーを注文した。ロストは本来は喫茶店だから、食事のメニューには、せいぜい、サンドイッチやスパゲティといった軽食のたぐいしかない。

それから三十分後には男はカレーライスを食べ終え、コーヒーカップもあらかた空になっている。あれっきり客はなく、木村香苗も高田も、ますます荒れ模様になる外の様子が気になって仕方がないのだが、男はなかなか腰を上げない。誰かと落ち合う約束でもあるのか、三分置きに時計を見てはドアに視線を向ける。同じくらいの頻度で携帯電話を出すのだが、発信しても繋がらず、着信もないようだ。傍目《はため》にも、しだいに苛立《いらだ》ちがつのってくるのが分かった。

そのうちに、ついに我慢ができなくなったのか、グラスの水を注《つ》ぎたしに来た香苗に、

「私が来る前、一時頃、誰か人待ち顔の客はおりませんでしたかね？」と訊《き》いた。

「一時頃ですか？」

三組の客の最後の三人が店を出たのが、ちょうど一時前だった。しかしその三人はいずれも顔見知りの常連で、週に一度ぐらいの割合で昼飯を食べに来る。近くの会社に勤

める同僚だと聞いたことがある。少なくとも人待ち顔ではなかった。

「男の方ですか？」

「いや、女性やけど」

「女のお客さんはおられましたけど、お二人で見えて、一時十五分前頃にはお帰りになりました」

「じゃあ違うな、一時の約束やったし、それに一人客のはずやから」

男が来たのは約束よりかなり遅かったことになる。時刻はすでに三時になろうとしている。男は「おかしいな……」と呟《つぶや》き、しきりに首をひねった。「何か事故かな？」とも言った。

高田が気を利かせて「この嵐で、どこかが通れんようになったのとちがうかなぁ？あの、どちらからおいでです？」と訊いた。

「八尾《やつお》からですがね……」

男は答えてから（あ、いけない――）という顔になった。あまり他人に話したくない性質のことのようだ。

「八尾から汽車でですか」

「たぶん……しかし、車かもしれません」

「そしたら国道四一号やな。あそこが不通になることはめったにないんやけどねえ」

JR高山本線は富山・岐阜県境の山々と宮川渓谷を、トンネルと鉄橋で縫うようにして走るので、台風や豪雪で不通になることもある。しかし国道四一号のほうはよく整備されているから、よほどのことでもなければ道路が閉鎖されることはない。もっとも、この台風こそが「よほどのこと」なのかもしれないのだが……。

「山の中はここより風雨がきついかもしれんし、渋滞か何かで遅いんかもしれんなあ」

高田は慰めを言ったが、それにしても遅すぎる。男は結局、時計の針が三時を回ったところで諦《あきら》めたように席を立った。雨はいくぶん小降りになっていた。店を出る時に、

「もしそれらしい女性が来たら、先に帰ったと伝えてくれませんか」と言った。

「えーと、何ていう方ですか？」

「名前ですか……名前は山本です」

少し言いよどんだので、何となく偽名のように思えた。

「承知しました。お客さんは？」

「いや、僕はいいんだ」

客はそそくさと店を出て行った。高田はドアの外まで見送った。

承知したと言いながら、高田はそれから十分後には店を閉めた。その頃からまた風雨が強まり、本町通りの店はどこもシャッターを下ろし始めていた。

# 第一章　越中おわら節異聞

## 1

ことの起こりは「金魚の死」であった。

金魚掬《すく》いの店の金魚が「全部死んだ」と言って、上新町《かみしんまち》町内会長で、「弥寿多家《やすだや》」という旅館を経営している安田順藏《じゅんぞう》のところに香具師《やし》が三人、怒鳴り込んできた。もちろん三人が三人とも「スジ者」で、この連中は店を張って客を招く時は映画の「寅さん」のように気がよさそうな顔をしているけれど、ひとたび怒りだすと手がつけられない。

いきなり「金魚が死んじまった、どうしてくれる」とすごまれて、安田は面食らった。

その時、安田は「風の盆祭り実行本部」に詰めていた。「実行本部」とその名はいかめしいが、平常は大した役割を果たすわけではない。「風の盆」の期間中、暇を持て余す町の肝煎《きもい》りたちが顔を出して、テント張りの屋根の下で酒を酌み交わす——といった性格のものだ。周囲には安田と似たりよったりの年配の人ばかり数人がいた。

香具師たちが大変な剣幕でわめきたてるばかりで、さっぱり要領を摑《つか》めなかったのを、「まあまあ」と宥《なだ》めすかすようにして話を聞いてみると、金魚掬いの店の電源を切られ、水槽に空気を補給するポンプが作動しなかったため、ただでさえ過密状態だった金魚が酸素不足で次々に腹を上にして浮かび上がった——ということであった。

祭り期間中、家々の軒先や道路の上にロープを渡して吊るす提灯《ちょうちん》や行灯《あんどん》などの電飾用として、電力会社に頼んで臨時の配線をしてもらっている。もちろん使用した分の電気料金はそれぞれの支部で支払う。香具師たちはその端末のコンセントから電源を引いて、水槽のポンプを動かしていた。電気といえども、これは厳密にいえば窃盗罪にあたるのだが、例年のことで、町側も知っていながら知らない顔で見逃していたというこれまでの経緯がある。

ところが、そういった過去の経緯や実情に疎い町の青年が、提灯が消えていることに気づいた。調べてみると、香具師が勝手にプラグを自分の店用のものと差し替えていることが分かった。青年は腹立ちまぎれに、深く考えもせず、そのプラグを引っこ抜き、提灯のものと替えてしまった。よもやそれが水槽のポンプを動かす電源だとは知らなかったのかもしれないが、その結果、大問題に発展したというわけだ。

香具師連中が「全部」と主張するのは相当に大げさで、実際は怒鳴り込んできた時点で死んだのは、およそ全体の五分の一——四、五十尾程度だったらしい。しかし香具師のほうは仕入れてきた一千尾全部が死んだと主張した。その総数なるものもかなり眉唾《まゆつば》で、半坪ほどの水槽の中に、そんな大量の金魚を入れるとは思えない。とはいえ、それ以降に死んだ分と、香具師が頭にきて、アップアップしているのをすべて川に捨てた分を合わせると、確かに結果としては「全部」なのであって、いまさらその実数を把握することもできない。

香具師たちは一尾千円平均、合計百万円に加え、自分たちの日当、交通費、宿泊費等の実費と、さらに慰謝料を含め二百万円を払えと要求した。金魚掬いに出される金魚は、ふつうはいわゆる「駄金」と呼ばれるたぐいがほとんどで、仕入れ値は一尾二十円にも満たない程度だと思えるのだが、そう主張されれば、否定しさる根拠はない。おまけに、水槽の中には一尾五万円もする血統書つきのコイもいたと言い張った。

「実行本部」には祭りそっちのけで、町の主立った連中が集まり、さてどうしたものか、善後策を話し合った。プラグを抜いた「犯人」はうすうす分かったが、いくら軽率な行為とはいえ、彼にその責任を負わせるわけにもいかない。相手が悪いこともあるし、まあ何らかの損害賠償はやむをえないだろう。それにしても、二百万円は法外だから、妥当な金額まで値切るより仕方がない——というのが結論だった。

気の利いたのが金魚業者に問い合わせて、通常の金魚掬いのセット価格なるものが、せいぜい三万円程度であることを確かめた。旅費や人件費を含めたとしても、十万円が相場だろうという。

しかし香具師たちは頑として二百万円の線を譲らない。「文句があるなら、ほかの屋台の連中を結集して、祭りを叩《たた》きつぶす」とすごんで見せた。屋台の大半は同業の香具師仲間だから、まんざら単なる脅しとばかり見ることはできない。

しかし、このことがかえって町の人々の態度を硬化させた。上新町ばかりでなく、「風の盆」の祭りそのものに関わる、八尾町全体の問題だとする声が、澎湃《ほうはい》として沸き上がった。脅しに屈することなく、むしろ、これをきっかけに、「風の盆祭り」が抱える積年のウミを、根底から一挙に洗い出し、一掃してしまうべきだという強気の姿勢で臨むことになった。

富山県八尾町——は神通川《じんずうがわ》の支流・井田川《いだがわ》沿いに広がる山間《やまあい》の町である。井田川の畔《ほとり》に高さ二十メートルにも及ぶ、さながら城郭のような石垣を積み上げ台地を成し、その上に木造家屋が軒を接するように建ち並ぶ八尾の旧市街は、日本古来の町家《まちや》を代表するような不思議な風景を創《つく》っている。

この八尾にはこれといった産業も全国規模の名所・旧跡のたぐいもないのだが、「越中おわら節」と「風の盆」であまりにも有名だ。

「越中おわら節」の「おわら」の語源はあまりよく分かっていない。一説によると、町を練り歩きながら歌う歌詞の中に「おわらひ」と呼ばれる滑稽《こっけい》な文句があったのが、やがて「おわら」になったという。また、豊年を祈り、藁束《わらたば》が大きくなるようにとの思いを込めて名付けた「大藁《おおわら》」が転じて「おわら」になったという説や、八尾近在の「小原村」の娘が美声で歌った子守唄が起源であるとする「小原村」説などもある。

「風の盆」は、遠く元禄年間に興《おこ》ったといわれている。時の為政者から、三日間は歌い踊ってもいいという「無礼講」が許され、もともとは一般的な盆踊りと同じ、旧暦の七月十五日前後に行なわれていたのだが、いつしか豊年を願い風の神をおさめる行事に転化し、二百十日にあたる九月一日から三日間の祭りになった。それが「風の盆」のイベントとして定着した。

その盆祭りで歌われる民謡が「越中おわら節」なのだが、最初の頃は田楽《でんがく》のような土俗性の強い賑やかなものだったと考えられる。現在の洗練された妖艶《ようえん》な節回しのものに進化したのは、それほど古くはないらしい。交通機関が発達する以前は、祭りそのものも、どこにでもあるような、ローカルのほんの小さな「盆踊り」で、八尾十カ町内と、近郷近在から住民たちが繰り出して勝手気儘《きまま》に歌い踊ったに過ぎなかった。

大正時代から昭和の初め頃にかけて、町の有志が舞踊家や音楽家など中央のアーティストに依頼して、音曲《おんぎょく》と踊りを系統だて洗練させ、しだいに現在の形が完成していった。その改良の最大の特色は、胡弓《こきゅう》を伴奏楽器に採用したことである。すすり泣くような胡弓の音色に乗せた、哀切感さえ漂う唄と踊りは観る者を魅了してやまない。

盆踊りといえば太鼓、三味線、笛を駆使する「にぎやかし」――というのが常識だが、「おわら」にはそれとはまったく逆に、歌い手も踊り手も、さらに観衆までも、幽玄の世界に引き込む雰囲気がある。町内の小路《こみち》を踊り巡るといっても、阿波踊りのような圧倒的な賑やかさとは対照的。あくまでも緩《ゆる》やかにひそやかに、夜更けの町をしんみりと流してゆく。これが人気を呼び、歌い踊るだけの盆踊りから、観る踊り、見せるイベントへと進化した。

といっても、かつては「風の盆」も「おわら」も知る人ぞ知るといった程度。あくまでも越中富山の小さな祭りでしかなかった。

それが、一九八五年に作家の髙橋治《たかはしおさむ》氏が小説『風の盆恋歌』を発表し、ドラマ化されると、たちまちのうちにブームが興った。遠く全国各地から、にわか「おわらファン」がバスを仕立てて乗り込み、「風の盆」期間の三日間は二十万人以上の観光客で賑わうようになった。

この盛況は必ずしも喜ばしいものであるとばかりはいえない。小説やドラマでは、夜更けて静謐《せいひつ》な気配の漂う町の中、すすり泣くような胡弓と、哀切きわまる唄に誘われるように踊る「おわら」が、しずしずと練り回る町流しの情景を描いていて、それこそが「おわら」本来の魅力なのだが、いまやまったくかけ離れたものになってしまった。狭い道路を埋め尽くす人波と、ムンムンする熱気の中、時折通過する「おわら」の群舞を、大群衆が取り囲むように見物しながら、押しあいへしあいして歩く――といった有り様で、情緒もムードもあったものではない。

八尾町は人口二万二千あまりの小さな町である。山間で川沿いの土地は狭く、大型のホテルはもとより、旅館・民宿の数も少ない。もともと「風の盆」以外に売り物のない土地柄だから、いくら「風の盆」の期間中に賑わうからといって、宿泊施設など造ってもペイしないことは目に見えている。そこに人口の十倍以上という客が押し寄せるのだから、その混雑ぶりは想像に難くない。町内の宿は何年も前からの予約で満杯状態なので、観光客のほとんどは富山市や高岡市といった周辺都市のホテルに宿泊。列車やバス、タクシーを利用して八尾入りし、祭りを見物する。

それ以外に、宿泊先を宇奈月《うなづき》温泉や和倉《わくら》温泉に定め、八尾には二時間ばかり立ち寄り、「越中おわら」を鑑賞して、それこそ風のように去って行く「風の盆ツアー」なる団体客も少なくない。

この喧騒《けんそう》はもはや「おわら」ではない――と嘆く声はずいぶん以前からある。町内の懐古派ばかりでなく、外部の古くからの愛好家たちはかつての「おわら」の情緒が失われたことを惜しむ。

しかしそうはいっても、「風の盆」がもたらす経済効果は八尾町と町民たちにとって、決して小さなものではない。それどころか、祭り期間中ばかりでなく、年間を通じての観光資源として「風の盆」と「越中おわら」は町の財政や町民の暮らしになくてはならないほど、大きく貢献している。いわば町起こしのはしりのようなものだ。

町営の「八尾町おわら資料館」では「風の盆」にまつわる展示物が飾られ、観光会館では客の求めに応じて「おわら」の実演を見せる。ステージ上で数人が演じる唄と踊りだから、本来の雰囲気にはほど遠いが、「おわら」がどのようなものかを、解説つきでじっくり鑑賞することはできる。

これ以外に、遠隔地からの要請があると、チームを編成して出かける「出前」のようなこともする。民謡大会に参加することもあるし、老人ホームなどで「おわら」を演じたりもする。その場合にはもちろん旅費以外に、規定の公演料をもらうことになり、それはそれで八尾町民のアルバイト的な収入源になっている。

年に一度の町民だけの娯楽として行なわれていた「おわら」だが、こんな具合に観光資源化し、経済効果が期待されるイベントとしての性格が強くなると、本来の素朴さや自由闊達《かったつ》さは失われてゆく。いい意味でも悪い意味でも、「自ら楽しむおわら」から「他人に見せるおわら」へと変質してしまった。踊りのスタイルも厳格に規定されるし、練り歩くコース、街角で群舞を見せる場所なども勝手気儘というわけにいかない。

何しろ「風の盆」期間中は、町の中のどこへ行っても大群衆がひしめいているのだ。

警察や消防団、役場職員のほか、ボランティアの町民などが大童《おおわらわ》で交通整理に当たっているが、歌い手や踊り手はもちろん、観衆にしても、「おわら」本来の幽玄の気配に浸り楽しむどころの騒ぎではない。

こういう喧騒の中では、気の弱い者は人垣を搔き分けて町流しを見物することさえままならない。そこで、いつの頃からか、「おわら」は町流しだけでなくステージ上での演舞も行なわれるようになった。まさに「見せるおわら」への変質を象徴するようなものだが、それだけでなく、ある意味では「おわら」の進化のためという効用もあるにはあった。

「おわら」は都々逸《どどいつ》と同じ音節で作られる。それぞれの時代ごとに、庶民生活や風俗、社会風刺などを織り込んで、常に新しい歌詞が生まれてくるし、それとともに踊りの所作にも工夫の余地がある。新作の発表やコンクール的な要素のある演舞は、むしろステージのほうが適しているといえる。

こういった「演舞」は以前はもっぱら無玄寺《むげんじ》や聞名寺《もんみょうじ》など、町内の寺の回廊や境内で行なわれていたのだが、そこだけでは手狭で、大観衆を処理しきれなくなったため、「おわら伝承会」が中心となって町に働きかけ、グラウンドに特設ステージと観覧席を設け、入場料を取って見せるシステムが生まれた。しかしこのことは、それまで回廊や境内を開放して「おわら」の演舞に提供してきた無玄寺などの立場を無視する形になり、新たな軋轢《あつれき》を生むのは目に見えていた。案の定、やがてこの問題は町当局や観光協会、無玄寺、それに「おわら伝承会」、さらには「おわら学校」なる団体までが入り乱れる、複雑な対立関係に結びついてゆく。

正式名称「富山県民謡おわら伝承会」は、もともと全八尾町民が参加して発足した。その源流は前述の「おわら」改良期に尽力した人々で、その当時はごく小人数の「おわら研究会」でしかなかったが、全国民謡コンクールで優勝を重ねるなど名声を獲得するにつれて、唄にも踊りにも「正調」を確立しなければならなくなり、「伝承会」ができた。

「正調」といっても、元来が自然発生的に誕生した「おわら」だけに、改良を加える過程でいかようにも、オリジナルなスタイルを考案できたにちがいない。大正・昭和初期に一応、基本的なスタイルが創られた後も、演じる者の個性や才能によって唄の節回し、踊りの振付などが微妙に変化し進化してきたはずだ。

それらの中で、とくに秀でた者にはファンや信奉者がつくこともあっただろう。わが国には生け花、茶の湯、舞踊その他、ありとあらゆる文化活動に世襲制に近いピラミッド型の流派が生まれ、教授料や資格伝授の際の上納金システムという世界で唯一ともいえる文化形態がある。「おわら」の世界でも、極端にいえば「○○流」というような流派が生まれたとしても不思議はない。現在は大雑把にいって、町や「伝承会」を中心とする「体制派」と、無玄寺を含むそれ以外の流派をひっくるめた「アンチ体制派」が二大潮流として存在する。

歴史的にみると「おわら」や「風の盆」の発展と隆盛は寺を基盤として成立した。もともと「おわら」は、盂蘭盆《うらぼん》に先祖を供養する「盆踊り」であったもので、仏教的な行事でなければならない。「おわら」発生の時期から無玄寺がその中心的な役割を担ってきたのは、取りも直さず仏教の行事であることの表れだ——というのが、無玄寺側の言い分でもあった。確かに無玄寺は、演舞のステージとして回廊や境内を利用させたばかりでなく、祭りに集まる遠来の客や踊り手たちの宿泊所として、進んで本堂を開放、提供するといった貢献があった。その意味からいうと、無玄寺側が「われこそが本家本流」と主張するのも理由のないことではない。

「越中おわら」が全国区のものとして認知されるにつれ、外部にも優れた歌い手や踊り手が育っていった。わざわざ遠くから足を運ぶほどだから、外来のファンはとりわけ熱心で、「おわら」に取り組む姿勢が並ではない。その人たちにしてみれば無玄寺には恩義もあるし愛着もあるだろう。また、きれいごとをいえば、完全に観光事業化してしまった体制側の「おわら」を堕落と見て、それに飽き足らぬ妥協のない「わが道」を行く——の精神だったともいえる。いずれにしても、無玄寺派が誕生し、体制派と袂《たもと》を分かつ流れに向かうのは、ある意味では当然の帰結だったかもしれない。

しかし「おわら伝承会」側としては、基本的に「伝承会」以外の「おわら」は異端であり亜流であるという姿勢を貫いた。生粋《きっすい》の八尾育ちの人々にいわせれば、外来の人たちの踊る「おわら」など、見るに堪えない――ということになる。町の人間ばかりでなく「おわら」が好きで、毎年、欠かさず「風の盆」に訪れる目の肥えたお客も、その差は歴然たるものがあるという。

いったい何が違うのかというと、決定的なことは年齢の問題だ。「おわら」の踊り手には若さが求められる。とくに女性の場合は原則未婚者で、二十五歳前後までという不文律があった。「おわら」のあの、柳が風に靡《なび》くようにしなやかで、えもいわれぬ妖艶な風情を醸し出す踊りの姿態《したい》は、若さを失っては創出できない。どんなに年季を積んで技術的に優れていようと、年齢からくる体形の崩れは隠しようがない。

無玄寺の踊り手たちは達者だが、残念ながらそのどうしようもない弱点を抱えている。だから本物とはほど遠いと、「伝承会」の人々は歯牙《しが》にもかけないし、あれを「おわら」本来のものなどと見てもらっては困るというのである。

もう一つ、「おわら」の町流しの参加資格には、八尾在住者か八尾出身者でなければならないという決まりがあった。厳密にいうと昭和二十八（一九五三）年に行なわれた町村合併以前は井田川右岸の高台に密集した旧八尾町域十カ町――。それ以降は、井田川左岸の福島《ふくじま》も含めた地域の住人に縁《ゆかり》のある人々に限っていたのである。それ以外の者は、正規の町流しが終わった午後十一時過ぎから、任意にプライベートな形で踊り巡ることになる。この制約は過疎化、ことに若年層の踊り手の減少によって緩めざるをえなくなったため、地域を現在の八尾町全域にまで広げたが、それでも「おわら伝承会」の支部は旧町域十一カ町にのみ置かれ、それ以外の新設は認めていない。

これに不満を抱いたのが、旧町域以外の町民たちである。とくに井田川の左岸、JR高山本線の越中八尾駅周辺は、近年になって開発が進み、住民の数がこの付近のみ増加の一途を辿《たど》っている。旧町域から移り住んだ者も少なくないが、大半は企業誘致などで新たに町民となった者だ。その人々が「おわら」に参加できないことを不当な差別だと主張し、独自に「おわら学校」なる名称の研修団体を創設した。年齢、性別、住所、出身地のいかんに関係なく、おわらを愛する者なら誰でもおわらを学び、楽しめるよう、指導することを目的とする組織だ。

おわら学校は無玄寺と結びついて、無玄寺の舞台に発表の場を藉《か》り、出演者を供給する役割を担った。若さという武器に依《よ》らず、芸の質の高さで見せる――というのが「無玄寺派」の主張だとすれば、おわら学校はその下部機関として機能する。こうして無玄寺とおわら学校は、相互に利用し合い補塡《ほてん》し合って、「おわら伝承会」側とは、はっきり一線を画す大きな存在となった。このことがいずれ、両者のあいだで確執《かくしつ》や軋轢を生まないはずがなかった。

何も知らない余所者《よそ》の目にはただ華やかに見えて、その実、長年にわたってキナ臭い気配が漂いつづけていた「おわら」だが、年とともに対立関係の溝が深まり、変動の嵐が吹き荒れそうな、何やら不吉な様相を呈してきた。

「金魚事件」が発生したのは、その矢先のことである。

## 2

じつは屋台の問題は三十年以上前、「風の盆」が全国区のイベントにのし上がって、香具師の稼ぎどころとして目をつけられた頃から、いずれそうなることが予想されていたような厄介な難問ではあった。

「風の盆」祭りの三日間、町の道路という道路には無数の屋台が店を出す。最初の頃は、どこの祭りにもつきものの縁日程度だったのが、「風の盆」の人気急上昇とともに、屋台の店数は果てしないほど増えつづけた。さして広くない町内の道の両側にびっしり軒を連ね、観光客の往来どころか、「おわら」の町流しさえ妨げる状態だった。

問題は交通渋滞だけではない。屋台の店が出すゴミで、道路や民家の庭先までが惨憺《さんたん》たる有り様になる。たとえば焼きそばやたこ焼きのトレイ、ビールやジュースの空き缶、ペットボトル、段ボール箱の残骸《ざんがい》から、はてはトウモロコシの芯《しん》など、祭りの後始末に町中の人間が駆り出される。トラック数十台分のゴミが運び出され、その費用だけでもばかにならない。道路に面している土産物店や飲食店は、店の鼻先に屋台が出ては営業妨害もいいところ、まさに軒を貸して母屋を乗っ取られるようなものである。

しかも屋台の売り上げは、それぞれの店が持ち去るだけで、住民税はおろか消費税を納めることもなく、八尾町の人々にとっては何のメリットもない。むしろ既存の飲食店や土産物店が屋台に客を取られて、マイナスの経済効果を被《こうむ》ることになり、ひいては町税への影響も被害甚大というわけだ。

今度の「金魚事件」をきっかけに、屋台の弊害を根本から一掃しようという意見が、町内の総意として沸き上がった。確かに金魚が死んだのは不幸な出来事にちがいないが、それ以前に、勝手に他人の電気を盗んだことは犯罪行為ではないか。それを棚に上げて、まるで恐喝まがいに法外な損害賠償を吹っ掛けるなど、とんでもない話だ——と、強硬意見が続出した。

臨時に開会された町議会でも当然、この問題は取り上げられ、連日のように紛糾《ふんきゅう》した。町当局は町長以下、どちらかというと弱気だった。「祭りに屋台はつきものだから、十把ひとからげで一掃するのはいかがなものか。まあ、来年からは目に余る屋台については撤去してもらうよう努力するとして、なるべく穏便に」という慎重意見で、むしろ町民を説得する姿勢だ。

それに対して、「風の盆」実行委員を代表して、古手議員の一人安田順藏が「そんな弱腰でどうする」と噛みついた。

「第一、それじゃ訊くが、どの屋台が『目に余る』店ながけか、判断基準があんがけ？それに、騒動や混乱が起きたからいうて、祭りの期間中に追い出すわけにはいかんじゃないがけ？　さらにいえば、不良分子を特定して締め出したとしても、翌年になれば香具師の顔ぶれが変わるだけで、実質的には何も改善されんがじゃないがけ？　最初から屋台はお断りと決めてしまうんが、いちばんすっきりするんがじゃないがけ」

「つまり、全部の屋台を締め出してしまうということけ？」

町長は目を剝《む》いた。

「そういうことやちゃ。どれがよくてどれが悪いなどというのは依怙《えこ》贔屓《ひいき》やとか、差別やとか言われかねんちゃ。要するにすべての屋台はごめん被ると決めてしまうがいいがちゃ」

「しかし、そんなことをしたら、あの連中は黙っておらんがじゃないがけ。バックには関西系の暴力団が控えておるちゅう噂も聞いとります。今回の損害賠償問題の交渉と称して、明らかにそれらしい男たちが連日のように役場に押しかけて来る。役場の中を大手を振って歩き回るもんやから、職員はもちろん、町民の皆さんもすっかり怯《おび》えとります」

これが町長の本音だろう。いや、町長に限らず、誰にしたってその手の連中を相手に確執を抱えるのを望みはしない。本音ということなら、安田順藏にしたって暴力団の「お礼参り」は恐ろしい。しかし今回ばかりは意気込みが違った。むしろ千載一遇《せんざいいちぐう》のチャンスと捉《とら》え、この機を逸しては「風の盆」の浄化など、二度とふたたび訪れはしないと信じていた。

「そういう脅しに屈伏しておるから、永久に何も改善されんがやぜ。脅迫的な行為に対しては警察を呼べばいい。そもそも警察は何をやっとんがけ？　こういう時にこそ善良な市民を守ってくれんことには、警察なんか何の役にも立たんがじゃないがけ」

「いや、屋台の問題については警察と緊密に連絡を取りながら、善処方《ぜんしょかた》を模索しておるところです。警察としても近々、何らかの結論を出すと言っとんがけで、いましばらく静観していていただきたい。ただし、例の『金魚事件』の問題については警察はあくまでも民事不介入ということで、直接はタッチしない模様です。じつは、八尾町としてもですね、その件は上新町町内会と業者間の問題であり、第三者的な立場にあるわけでして、損害賠償に公費を支出するというのはいかがなもんかと……」

「何を言っとんがけ町長。それじゃその件には町は知らん顔をするつもりけ」

「いや、知らん顔じゃなくてね、町の立場は調停役としてね……」

「そういう言い逃れみたいなことを言っとったんじゃ、いつんなっても問題の根本的な解決なんかできっこないねか」

「言い逃れとは心外やね。私はあくまでも法的な解釈として申し上げておんがですよ。町の財源にはそのような目的の支出を許されるほどの余裕はないがです。とはいうても、先方が要求している二百万円という金額は妥当なものとは考えられんがで、その点については弁護士さんとも相談した上、最終的には司法の見解を求めるようなケースもあっていいがじゃないがけ」

「ということは、先ほど町長が言われた、警察の民事不介入は必ずしも既定の事実ではないと受け取ってもいいがけ？」

「まあまあ、安田議員のように、そういう言質《げんち》を取るような質問をされっと、いささか具合が悪いがやけど」

町長は曖昧《あいまい》な部分を残しながら、質問を肯定する笑顔を見せた。安田議員をはじめ議会側としては完全に満足したわけではないが、議会の特別委員会で屋台締め出しの町条例案を検討しながら、しばらくは町長のお手並み拝見という形で、その後の経過を見守ることになった。

八尾町議会での質疑応答は地元新聞に大きく取り上げられた。この種の記事が紙面を飾ることはめったにない。八尾の「風の盆」がいかに大きなイベントであるかを物語るものといえる。その反響はあちこちから寄せられた。圧倒的に多いのは賛成意見だが、それは地元のひどい実情を知っている人たちで、遠来の観光客は、屋台も祭りを構成する一つの要素だと思っていて、交通渋滞はともかく、ゴミ問題がそこまで深刻だとは知らなかったらしい。

それより、危惧したとおり、香具師の業界——というより、暴力団がらみの連中と思われるところからのリアクションがあった。ほとんどが町長宛《あて》のものと、議会で代表質問に立った安田順藏の自宅宛のもの。初めのうちは電話や手紙による抗議だったが、やがて明らかな嫌がらせ電話にエスカレートしていった。とくに安田家へのものが悪質で、もちろん匿名のものばかり。電話は番号非通知でかかってくるから、調べようもない。回数はさほどでもないが、自宅ならまだしも、弥寿多家のほうにかかってくる電話は、営業妨害も甚だしい。

内容はお定まりの「月夜の晩ばかりではないぞ」といったものから、「火のないところに煙は立たない」という、意味不明のことを書いたはがきも届いた。何かの秘密を握っているという脅しなのか、それとも放火するぞという脅しとも受け取れる。安田順藏は「こんなもの」と強がりを言ったが、正直、この脅しは効果があった。旅館に火付けでもされ、お客に万一のことでもあったら大事だ。それでなくても、八尾の町は木造家屋が狭い台地にひしめき合うようにして建ち並ぶ。風の強い日に放火でもされようものなら、ひとたまりもないだろう。家族や周囲の仲間たちでさえ、ちょっとやりすぎではないかと心配顔で忠告する。

「お父さん、大丈夫やろかねえ」

留守がちの順藏の代わりに電話を受けることの多い女将《おかみ》の恵子《けいこ》が、怯えて言った。順藏は「何も心配することはないちゃ」と言いながら、内心は不安でないはずがない。

「あいつらは、追い詰められると、ほんまに何すっか分からんぜ」

息子の晴人《はると》も、それに追い打ちをかけるように言う。晴人はすでに不惑の年を越えた。本来ならとっくに、弥寿多家主人の座を父親から譲り受けていい年頃だが、いまだに「若旦那」でいる。順藏からはまともに家督扱いさえしてもらえない。逆にいえば、順藏も恵子も隠居するどころではないということだ。

それというのも、晴人には、若い頃からヤクザ者との付き合いの噂が絶えないからである。いや、噂どころでなく「実績」もある。高校時代、京都の学校で寮生活をした頃に、暴走族の仲間に関係したのが始まりで、その「若気の至り」から、なかなか足抜けができない。その連中にとっては、田舎町の旅館のぼんぼんというのは、恰好《かっこう》のカモだったにちがいない。

曲がりなりにも大学を出て、八尾に帰った当座は、いったんヤクザ者との付き合いが途絶えたらしく、しばらくは真面目に父親に従い旅館業に専念していたのだが、風の盆の祭りに屋台を張っていた男が、かつての遊び仲間だったことから、旅館のぼんぼんの所在が知れた。

しかしその時は、晴人のほうも腹を据えたのか、その男の誘いには乗らなかった。順蔵が警察に手を回して、ヤクザ共の動きを封じ込めたのも効果があった。いくら頼りないといっても、警察は警察である。市民からの要請があれば、それなりに対処はしてくれる。ことに弥寿多家の主人は町の有力者だ。無下《むげ》な扱いはできない。それと、幸か不幸か、八尾の賑わいは祭りシーズンのほんの短い期間に限られているから、その連中の出入りも、そう頻繁というわけではない。ふだんの八尾は暴力団とは縁のない、ごく寂れたふつうの町なのである。

ところが、思わぬことから、晴人とその連中との悪い付き合いが復活してしまった。それには晴人の結婚問題が絡んだらしい。

晴人には中学時代からの、いわば幼馴染《おさななじ》みの延長のような恋人がいた。地元も地元、町内の「美濃屋《みのや》」という土産物店の娘・増子《ますこ》だ。晴人は高校・大学が京都だったので、あまり発展しないままでいたが、八尾に戻った年、伝承会主催の「おわら温習会（練習会）」に参加して踊ったのをきっかけに、本格的な交際が始まった。

美濃増子は飛び抜けた美人というわけではないが、姿態のなよやかな気立てのいい娘として、町内では評判だった。何よりもおわらを踊らせるとピカ一で、いくぶん痩せぎみの柔らかい体形が、まさにおわらにはうってつけといえた。

晴人は大学から戻った春、おわらの練習を始めたのだが、増子の踊りに魅せられて、あらためて親しい関係を取り戻した。それまでにも増子には言い寄る男どもがいなかったわけではない。しかしなぜか増子はその誰とも特別な付き合いをしないで、ひたすら晴人の帰りを待っていたふしがあった。

晴人はいわゆる「スジがいい」体質だったのか、おわらの習熟が早く、増子との息もぴったり合って、この二人の演舞のすばらしさは誰もが認めた。晴人の若々しい男舞いが、増子のたおやかな女舞いを引き立て、離れていながら一体感を醸し出す。

そうして、当然のように個人的な交際のほうも急速に進んだ。本人同士は結婚するつもりで、晴人は機が熟した頃を見計らって両親に打ち明けたのだが、案に相違して順藏の猛反対に遭った。反対の理由には「おわら問題」が絡んでいる。

美濃屋は八尾町内では弥寿多家などと並ぶ旧家で、おわらの振興についてはその創成期から携《たずさ》わってきた。もちろん、おわら伝承会幹部の一員でもあるのだが、その一方では無玄寺とも親しい。檀家《だんか》であるばかりでなく、出入り業者としての付き合いも長い。伝承会と無玄寺派との反目では、板挟みというよりは、どちらかというと無玄寺派に与《くみ》しないわけにいかない義理がある。

おわら伝承会が仕切る風の盆から、いわば締め出された形の外部の愛好家は、無玄寺の舞台を発表の場とするのだが、いつの頃からか、美濃屋が無玄寺の窓口業務を引き受けるようになった。商売柄、各地の旅行業者との繋がりがあり、その方面からの依頼を受ければ、面倒を見ないわけにいかなかった。

さらにその関連で、遠隔地からおわらの実演を招きたいという要請があればそれに応える、いわゆる「出前」の仕事も先代の頃から美濃屋が仕切る恰好になり、町内から出張に参加を希望する者を集め、チームを編成することが、一種のサイドビジネスになった。伝承会側も、遅ればせながら同様のビジネスを行なってはいるのだが、建前上、年齢制限など縛りがある関係で、なかなかメンバーが揃《そろ》わない。その点、年齢制限が緩やかで、主婦などベテランの踊り手を数多く提供できる無玄寺派に偏るのは当然の帰結といえなくもなかった。

とはいえ、こういう美濃屋のやり方は、もともと、無玄寺で演じられるおわらなど本物のおわらではない――と宣言している伝承会側としては、少なくとも公式的には認めるわけにいかない。まして「出前」ビジネスを既得権益のようにほしいままにされたのでは、不愉快きわまるのだ。その伝承会の代表格である弥寿多家の安田順藏は、何度となく美濃屋に乗り込み、スジを通し、伝承会を窓口とするよう申し入れしてきたのだが、美濃屋の主人・美濃太一《たいち》は頑として受け入れない。もちろん、背景には無玄寺の意向も働いているのだが、順藏にしてみれば、元凶は美濃太一そのものだという認識があった。

といったようなわけで、順藏は晴人と増子の結婚など、テンから話にもならないほどの反対で、取りつく島もない。「ほかのどこの馬の骨でもいいが、美濃屋の娘だけは絶対に駄目《だめ》だ」と言いつのった。そのうちに美濃屋の「み」の字を口にしたとたん、血相を変えて怒るようになった。挙げ句の果てには、美濃屋の娘とくっつく道を選ぶのか、この弥寿多家を継ぐのか、どっちかを選べ——と最後通牒《つうちょう》を突きつけた。

それでも晴人の気持ちは変わりそうになかったのだが、今度は美濃屋のほうがヘソを曲げた。美濃太一が弥寿多家にやって来て、そんなふうに虚仮《こけ》にされた家に娘をやれるかと啖呵《たんか》を切った。ここまでこじれると、あとは晴人と増子が手に手を取って駆け落ちでもするしかないと、両家の確執を知る誰もが思い、はたして弥寿多家のぼんぼんに、無一物になってまでも想いを遂げる心意気があるのかどうか——と、多分に野次馬根性で見守ったものである。

ところが大方の期待に反して、それから間もなく、事態はあっけなく決着した。安田晴人が、大学時代の友人の紹介で知り合った吉田夏美《なつみ》との縁談が纏《まと》まり、結婚したのだ。これには野次馬連中は拍子抜けしたが、美濃増子にとってはかなりのショックだったろう。自殺を図《はか》ったという噂も流れたほどだ。しかし、それも束《つか》の間、増子にも縁談があって嫁いでゆき、これでめでたく四方円満に収まったと思われた。

しかし、晴人はこの結果に必ずしも満足したわけではなさそうだった。親の言いなりになったと見せかけて、じつは陰湿な反乱を企てていたふしがある。家業に精を出すどころか、しょっちゅう留守がちだし、どうやら切れていたヤクザ者たちとの付き合いを復活させたらしく、金遣いも荒くなった。

こういう息子の放蕩《ほうとう》に愛想を尽かせている順藏が、辛うじて爆発しないでいるのは、ひとえに嫁の夏美のお蔭《かげ》といってよかった。夏美はにわか若女将《わかおかみ》として、慣れない役回りを与えられたのだが、傍目にも健気《けなげ》に、よく立ち働いた。それがあるだけに、晴人に対する順藏の苛立ちはつのるばかりなのである。仕事を怠けるのはまだしも、さんざ懲りたはずのヤクザ者との付き合いを、またぞろ始めたとあっては、断じて許すわけにいかない。

その晴人が「あいつらは何すっか分からんぜ」などと、助言めいた利いたふうな口をきくから、順藏はいよいよ腹に据えかねる。

「おまえに言われんでも、そんなことは分かっとる。だいたい、おまえがああいう連中と付き合いがある分、わしは町の者に対して率先して強気の姿勢を見せなければならんがやぜ。それを申し訳ないと思う気持ちがあったら、自分で出向いて行って、談判でもしてきたらどうだ。もっとも、そんな勇気はおまえにはないやろうがね」

そう言われては、晴人は沈黙せざるをえない。とどのつまりは、「どうなっても知らんぜ」と、捨てぜりふのように言って、席を立つのが関の山であった。

執拗《しつよう》に繰り返されるヤクザの脅しのせいもあってか、「屋台」問題を討議した議会から日にちが経《た》つにつれ、あれほど燃え上がった改革の熱気も収まり、何となく尻すぼみに終わりそうな雰囲気になってきた。相変わらずめげることなく意気軒昂《けんこう》なのは、順藏をはじめ「金魚事件」の当事者である上新町だけで、それ以外の人々のあいだには「どうせ改革なんてできっこないのさ」という無力感が広がっていった。

## 3

十月の町議会の特別委員会で、順藏たちが再度「屋台締め出し」条例案のタタキ台を作成したものの、上程することもなく無為に過ぎ、年の暮れ頃には完全に立ち消えの様相を呈してきた。ところが、そこに至って、日頃は評判がいまいちだった警察のほうが、想像以上に町民の意思を尊重して、富山県警レベルで対応してくれた。

年明けの一月三十日付けで、警察から八尾町宛に今年から「風の盆」に際しての道路使用許可を見直すことを打ち出してきた。業者を規制するのではなく、直接、行政側に通達する形を取ったのは、警察には珍しい快挙といっていい。

内容は要するに、公道上における物品販売等の営業活動を禁止するというものだ。早い話が屋台を出すことはまかりならぬ——ということである。違反者は道路交通法違反の現行犯で検挙するという通達を文書によって告知し、ご丁寧に八尾署長が自ら役場を訪れて、町長に通達書を手渡すというパフォーマンスつきであった。

このニュースは新聞、テレビにも取材され報道された。今度は富山県内版だけでなく、全国紙にもかなりのスペースを割いて掲載されたし、テレビの朝の報道番組やワイドショーでも取り上げられた。何といっても八尾の「風の盆」は全国区ものとして扱われる一大イベントなのである。

この思いがけない展開に、いったんは諦めムードだった町民の多くは快哉《かいさい》を叫んだのだが、中には、いざそうなってみると、今度は香具師たちの本格的な反発が心配だという者も少なくなかった。「火のないところ」云々《うんぬん》の例の不気味な脅しがかえって現実味を帯びてくる。「金魚問題」は三十万円を支払うことで手を打ったが、むしろ今年の「風の盆」がはたして何事もなく開催されるものかどうか、新たな心配のたねが生じたというのである。

この年は二十年ぶりだとかの大雪で、八尾の町は三月なかばまで雪が残った。八尾の町域を南北に縦断する国道四七二号線は、例年、金剛堂山《こんごうどうざん》と白木峰《しらきみね》のあいだの峠で、三月いっぱいまで通行止めになるのだが、四月に入っても雪が残り、ゴールデンウィークになってやっと開通した。

そのゴールデンウィークの真っ只中《ただなか》、五月三日の「曳山祭《ひきやままつり》」の日、安田順藏の弥寿多家旅館で小火騒《ぼや》ぎがあった。

「越中八尾曳山祭」は「風の盆」とならぶ八尾の祭礼で、かつてはこっちのほうが盛大だった。起源は江戸時代の中頃、寛保元《かんぽう》（一七四一）年といい、「風の盆」の起源が曖昧なのと較《くら》べれば、かなりはっきりしている。京都祇園《ぎおん》祭の山鉾《やまぼこ》や高山祭の屋台と並び称せられるような、絢爛《けんらん》豪華な装飾を施した山車《だし》が町中を曳《ひ》き回される。

火が出たのは、その山車がまさに上新町通りを次々に通過中のことだった。幸い日中だったために泊まり客もなく、厨房《ちゆうぼう》の一部を焼いただけで消し止められ大事には至らなかったが、若女将の夏美が顔に火傷《やけど》を負い救急車で搬送された。たまたま――というより、例によって亭主の晴人は留守だった。

火事のほうは小火で済んだために、それほどの騒ぎにならなかったが、人々の興味はむしろ出火原因にあった。消防署の調べに対して、弥寿多家ではフライパンで揚げ物をしていた油に火が入ったため――と説明し、公式発表もそれだったが、町では誰いうともなく密《ひそ》かに放火説が流れた。その中には、順蔵に恨みを抱く香具師たちの仕業であり、裏口から逃げる不審な男が目撃されている――という、まことしやかな説もあった。

弥寿多家は藩政時代の名残をとどめて、上新町通りに面した表の間口は四間（約七メートル半）と狭いが、うなぎの寝床風に奥行きが長い。裏口は背中合わせの蔵並《くらなみ》通りに面していて、そちらのほうは、いわば通用口として使用している。さらに先代の時に隣家の土地を譲り受け、中庭つきの数寄屋風新館も建てたから、内部はかなり広い。

　火災発生の時は、上新町通りに山車見物の人が群れ、そのちょうど裏返しの関係で、蔵並通りは閑散としていた。もし本当にそこから逃げ出した不審者がいたのなら、確かに目につきやすかったかもしれないが、逆にいえば目撃者もいない可能性のほうが高い。現に、噂を裏付ける目撃者が誰なのかも分からず、真相はまったく藪《やぶ》の中状態であった。

　警察もその噂をまったく無視するわけにもいかず、一応、事情聴取には来たものの、結局、新事実は何も出ずに、放火説は立ち消えになった。刑事は病院にも出向いたが、夏美の火傷は思ったよりひどく、食事も流動食を流し込むといった有り様で、事情聴取に応じるどころではなかった。夏美は入院から一カ月も経って、まるで透明人間のように包帯をグルグル巻きにした顔のまま退院した。町でも評判の美人だっただけに、その姿はいちだんと痛ましかった。

　火事を境に、安田順藏はそれまでの威勢のよさとはうって変わって、負け犬のようにおとなしくなった。小火とはいえ火を出し、近所に迷惑をかけたことで引け目を感じるのだろうが、場合が場合だけに、周囲の目にはあたかも暴力団の脅しに屈して沈黙したようにも映る。

　とはいっても、現実に「風の盆」から屋台は締め出されたのだし、今年の「風の盆」はいつもと違う、穏やかなものになりそうに思えた。ところが、屋台問題はこれで何もかも決着がついたというわけではなかった。それどころか、無玄寺と町との関係が、屋台問題を新たな火種に、ますます険悪なものになってきた。町がせっかく締め出した屋台を、無玄寺だけが継続して認め、彼らに境内を開放するというのである。

確かに、公道ではないのだから、無玄寺の境内での営業を禁止する法的根拠はない。あとは無玄寺の住職が町の方針に協力するか否かの問題だが、住職の言い分は、寺の境内で縁日の屋台が開かれるのははるか昔からの慣習のようなもので、昨日や今日に始まったことではないというものだ。

そうなれば、町の中のショバを追われた業者が殺到して、昔ながらどころか、以前にも増して屋台が盛大に軒を連ねることは間違いない。

それに、裏の事情を知らず、祭り気分を味わいたい観光客にとっては、屋台のない祭りは物足りないものなのかもしれない。入場料を払って観るグラウンドの仮設ステージよりも、寺の回廊での演舞を観ながら屋台を冷やかす雰囲気は、むしろ風情があるだろう。しかもこっちのほうは特別観覧席以外は入場無料。一般の観光客は、本家争いで対立する二派のあることなど関知しないから、無玄寺の「おわら」のほうが何やら本格的なもののように見えたりもするにちがいない。

こうして伝承会派と無玄寺派との対立は、ますます溝が深まるばかり。無玄寺は多くの檀家がいるので、表向きはお寺さんに楯突《たてつ》くことを遠慮する者もいて、問題はますます複雑化する。当事者同士のあいだで反発し合っている分にはいいが、それぞれの周辺――大げさにいえば町ぐるみの確執がエスカレートして、道で出会っても挨拶もしない風潮が染み渡った。平和の象徴であるべき祭りの裏で、それとはまるで似つかわしくない泥仕合が展開されるのである。

そんな事情はお構いなしに、今年も「風の盆」がやってくる。一般のお盆休みが過ぎれば、秋立つ風に急《せ》かされるように祭りの準備を急がなければならない。その矢先、今度は無玄寺で火事騒ぎが起きた。本堂や庫裏《くり》から少し離れた墓地の中に建つ、二坪ほどの小屋が燃えたのである。

消防の発表では出火の原因は墓に供えられた線香の残り火が、風に煽《あお》られ付近の枯れ草に飛び、さらに枯れ草の火が舞って小屋脇に積まれていた筵《むしろ》に燃え移った――とされている。

その日は八月十六日、送り盆にあたり、墓参りに訪れる人が夕方まで絶えなかったし、夕刻から夜半にかけて強い風が吹いた。ここ半月ばかり雨らしい雨もなく、墓地の草や供花が枯れはてていた。地面に草の燃えた痕跡《こんせき》が残っていたことも、線香の火が延焼した証拠といえなくもないが、しかし、それは火事が起きてからの飛び火による可能性も否定できない。

公式発表にもかかわらず、無玄寺の火事は今度こそ間違いなく放火だと、もっぱらの噂であった。とりわけ住職の仁木善照《にきぜんしょう》は声を大にして「犯人追及」を主張した。消防も警察も再三にわたり現場検証をした上で、あらためて失火と断定した。住職をはじめ関係者もそれでしぶしぶ納得したのだが、噂のほうはむしろそれ以降も、それこそ燎原《りようげん》の火のごとく広がっていった。

もし消防の発表どおりの原因でないとすると、出火場所はふだん火の気のないところだから、放火と断定しても不思議はない。もっとも、そんなふうに理詰めに考える以前に、無玄寺がいつかそういう恨みを買うであろうと信じて疑わない人々が多いことで、噂は信憑性《しんぴようせい》をもって迎えられたのである。

幸い火災のほうは、卒塔婆《そとば》や閼伽桶《あかおけ》などが置かれている小屋が半焼しただけで、本堂や庫裏にまでは被害が及ばなかった。あの強風の中で寺はもちろん、周辺の民家にも延焼しなかったのは、消防の奮闘があったとはいえ奇跡に近かった。「風の盆」を前にして、万に一つでもそんなことになったりしたら――と、誰もが肝を冷やした。

ひと騒ぎが収まってからも、住民たちのあいだでは、かなりおおっぴらに「犯人探し」が囁かれつづけた。といっても、その気になれば「容疑者」の候補はいくらでもあげることができる。極端にいえば八尾町民の半分ぐらいは無玄寺の専横を、あまり愉快には思っていないかもしれない。屋台問題はともかくとして、まったくのところ、「風の盆」の祭りが町を二分して行なわれるようになったのは、ひとえに無玄寺の専横によるものだと思い込む連中が少なくないのだ。

もっとも無玄寺側にいわせれば、そうなったのは町当局や「おわら伝承会」の責任だということになる。伝統と格式ある「越中おわら」を堕落させたのは、観光客誘致ばかりに突っ走る無節操な拡大主義が災いしたからであって、無玄寺こそは「おわら」の正統を守ろうとしている――というものだ。

どちらが正統でどちらが亜流かなどというのは、無関係、あるいは無関心な人間から見れば「目くそ鼻くそ」のたぐいに思えるかもしれないが、地元民はもちろん、「おわら」ファンにとっては重大事だ。ことに「おわら伝承会」にとって、無玄寺の離反・独立は苦々しいかぎりなのだ。

町の住民の多くは、警察の公式発表である「失火」を鵜呑《うの》みにはしない。無玄寺と対立関係にある何者かが、嫌がらせ目的でやった犯行と決めつけたがる。それにしても小屋が半焼した程度で済んだからいいけれど、本堂や近隣に飛び火していたら「風の盆」どころではなかっただろう。そう考えると、日頃は無玄寺に白い目を向ける人々も、今回ばかりは勝手が違った。「なんぼお寺さんが憎かろうと、火付けはやりすぎだがや」と言う者もいれば、「いやいや、分からへんで。同情を引こうとして、住職の自作自演ちゅうこともある」と、かなりの悪意を持って穿《うが》った見方をする者もいた。

じつは、町と無玄寺の対立を激化させている要因は他にもあった。この年、屋台締め出しと同時に、八尾町ではもう一つの改革を行なっている。本来の「風の盆」は九月一日、二日、三日の三日間だが、そこに二十万人ものお客が集中するから大混雑が発生する。お客の多いことは喜ばしいが、せっかく情緒を楽しもうと訪れた人々が、興ざめして帰ってしまうのでは、これはもう「嬉しい悲鳴」などと言っている段階を超えている。

そこで町当局と「風の盆」実行委員会は、外部の旅行会社と協議の結果、本番とは別に「風の盆前夜祭」なるものを考えついた。前夜祭といっても一日きりでなく、八月二十日から三十日までの十一日間、毎夜行なう。八尾の旧町域十一カ町がひと晩ずつ順繰りに当番で町流しに参加する。

いわゆる分散型というものだが、これなら本祭《ほんまつり》のような混雑はなく、また本番前のリハーサルを兼ねるという意味合いもあるし、踊るほうも観るほうも、じっくりと楽しむことができるだろうという発想だ。

もちろん反対意見もあるにはあった。各町ごとのグループで行なわれるために、町流しの列は短く、寂しげになる。参加者たちにとっては振り当てられた曜日の違いによって不満がある。休日ならともかく、勤務のあるウィークデーなど、町流しチームのメンバーを揃えるのに苦労する。

とはいえ、この企画は概して好評だった。ことにお盆休みが過ぎて、客足が遠のくこの時期、旅行関係の業者にとっては大歓迎だったろう。

対照的に真正面から異を唱えたのは、無玄寺の住職とその一派だった。「そんなふうに儲《もう》け主義に走り、時勢に迎合し便宜ばかりを図って、似て非なるものを演じるがごときは邪道でしかない。本物の『風の盆』を蔑《ないがし》ろにするものだ――」といった内容の投書が、住職名で地元紙に掲載された。推進派から見れば嫌がらせにしか受け取れないのだが、懐旧派の多くが同調して、またまた物議を醸すことになる。

賛否両論が交錯する中、ともあれ前夜祭は予定どおりスタートした。初日、二日目辺りまではまだ宣伝も浸透していなかったせいもあって、お客の入り込みは少なかったが、初日の様子がニュースに取り上げられたことから、三日目以降、ようやくそこそこの賑わいを見せてきた。

しかし、弥寿多家の小火といい、無玄寺の不審火といい、何やらきな臭いものが漂っているだけに、このまま万事がうまく収まるような気はしない。そのうちに何かあるのではという不安がたえず燻《くすぶ》っている。ほんの些細《ささい》な事故や事件のニュースにも、何かよからぬことが起こる前兆でなければいいがと、誰もが不吉な予感に怯えた。そうしてその予感を裏書きするかのように、弥寿多家の若主人・安田晴人が死んだ。それもふつうの死に方ではなかった。

## 4

八月二十三日、この日は弥寿多家旅館のある上新町が当番で、町流しの準備に取りかかっていた。亭主の安田順藏は家業のほうは女将の恵子に任せっきりにして、連絡と手配のために朝から飛び歩いている。若女将の夏美は火傷以来、顔を出したがらないし、亭主の晴人もさっぱり姿を見せない。

恵子女将の指揮と仲居たちの頑張りで、表のほうはどうにか取り繕っているが、この書き入れ時に旦那と若旦那が留守、おまけに若女将は逼塞《ひっそく》したきりというのでは、板場の連中はさっぱり気勢が上がらない。板長の古田昭一《ふるたしょういち》自身、何となく投げやりな様子だから、部下たちも俯《うつむ》きがちだ。

それでも商売のほうは繁盛していた。前夜祭効果は覿面《てきめん》で、期間中はほぼ満杯の予約が入っている。この日も、本番の「風の盆」までまだ八日もあいだがあるというのに、弥寿多家にはお客が三組も入った。ひと組は十三人のグループで三部屋に分宿。ほかはひと部屋に四人ずつのふたグループだった。どのお客も到着の際、一様に「本物ではないが、本番よりも今夜のほうが静かでいいかもしれない」と言った。

お客はちゃんと弁《わきま》えているのである。「風の盆」は文句なしにいいが、当日のあの雑踏と喧騒は、本来の「おわら」の情緒を期待して来たお客たちにとっては、興を削《そ》がれるものだ。似非《えせ》でも何でも、歌い手も踊り手も観客も、のんびりと「おわら」を堪能《たんのう》できるほうがいいに決まっている。

弥寿多家では夕食時、お客に「おわら」の実演をサービスする。居ながらにおわらを鑑賞できるように設《しつら》えた宴会場が自慢だ。中庭に面した三部屋のあいだの襖《ふすま》を取り払えば、およそ八十畳の広間になる。広間の奥にほんの五センチほどの段差をつけたステージがあって、背後に囃子方《はやしかた》を、脇に歌い手を配して、八尾でも選《え》りすぐりの名手が男女二名ずつ、これぞ正統と折り紙つきのおわらを踊る。町流しの雰囲気に浸ることはできないが、正調おわら節を鑑賞するには、またとない場であることは確かだ。

客たちは三時から四時頃までのあいだにチェックインした。夕食の時間まで、十三人のグループは句会を開いているが、ほかのふた組はすぐ近くにある「おわら資料館」を見学したり、町を散策するなどして過ごした。

お客の数は二十一名だが、弥寿多家のように料理を売り物にしている旅館としては、これでも手一杯なくらいだ。お客は広間でグループごとにテーブルを囲み、少しずつ間隔を空けはするものの、一堂に会して食事する。宴なかば、テーブルの上のものがあらかた片づいた頃合いを見計らって「おわら」のメンバーが登場する段取りだ。

宴たけなわの頃、常連客の一人が「若女将はどうした？」と言った。いつも必ず顔を出して挨拶する若女将が、到着の出迎えにも現れなかったのを訝《いぶか》しく思っている。

「申し訳ございません、少し具合を悪うしておりまして」

女将は笑顔で応じた。察しのいい客の一人が「ようやくおめでたかい?」と、腹に当てた手で円を描いて見せた。「まあ、そのようなところでしょうか」と、女将ははぐらかすように会釈をして席を外した。

女将がまだ部屋を出きっていないのに、口の悪い客が「あの若旦那がカミさんに子を作るとはね」と笑った。弥寿多家の息子の放蕩は、地元ばかりか馴染みの客たちのあいだにも知られている。ヤクザに付け入られて、賭博《とばく》に引きずり込まれ、いいように遊ばれるわ、女に騙《だま》されるわで、このままではいずれ弥寿多家の身上《しんしょう》はもたないだろう——などと、口さがない連中は好き勝手な噂を流すのである。その若旦那が外の女でなく、若女将に子をなしたとなると、手放しで「おめでた」とばかりはいえない。

女将の退席が合図なのか、トーンと小太鼓の音がひびき、三味線と胡弓に先導された踊り手たちが入って来た。男も女も編笠《あみがさ》を被り、男は股引《ももひ》きに法被《はっぴ》、女は踊り衣装に黒帯をきりっと締めて、白足袋《たび》の足捌《あしさば》きも軽やかに、白い華奢《きやしや》な手をすいすいと泳がせるように進む。それなりにアルコールも入っているのだが、お客はほぼ全員が正面を向いて、演者たちに敬意を払いながら、静かに耳を傾け視線を凝らす。拍手以外には、声高に喋《しゃべ》る者もいないし、食器の音を立てることも遠慮している。作法の心得もあり行儀のいい客たちであった。

演舞はそう長くは時間を取らない。「越中おわら節」を三曲だけ披露して静かに去って行った。「この続きはどうぞ、町流しのほうでお楽しみください」と、女将の口上で舞台をしめた。時刻もちょうど町流しの始まるタイミングに合わせている。板場お客を町に送り出すと、女将の顔から笑みが消え、暗く重苦しい表情になった。板場を覗《のぞ》き込んで「晴人はどこで何しるがかね」と、この日だけでも何度目かになる愚痴を零《こぼ》した。板場には板長の古田以下四人がいたが、どの顔も白けきって、恵子女将の声に誰も答えようとしない。内心では（このクソ忙しいのに、ドラ息子めが――）と思っている。それが分かるから、恵子も「みんなにはほんと悪いねえ」と、これも何度目かの詫《わ》びを言った。

町流しが終わって、客が引き揚げてきた。今夏の暑さはことのほかで、夜になってもなかなか気温が下がらないが、さすがに九時を過ぎて涼風が吹きだした。どの顔もいくぶん疲れぎみだが、「よかったよかった」と満足げに笑っている。観客はそれなりに多かったそうだが、それでも本番の「風の盆」の雑踏から見れば、まずはほどよい賑わいといったところ。いくら静かが望ましいといっても、まるで閑散としていたのでは盛り上がりに欠けるものである。群舞から十分な間合いとシャッターチャンスに恵まれて、いい写真が撮れたと喜んでいた。

それから少し遅れて亭主の順藏も帰った。恵子の顔を見るなり、開口一番「晴人はどうした?」と訊いた。まだ仲居が残っているから、恵子は小声で「まだよ」と言った。

「まだ戻ってないがか? 専能寺《せんのうじ》の近くで晴人を見たっていう話を聞いたんやけど。何か聞いとらんか」

「聞いとらん、そんなこと」

「夏美はどうしとる?」

「相変わらずやちゃ」

「そうか」

いつもどおり、話はそこで尻すぼみ。夏美のことに触れたとたん、この家の空気は冷え冷えとしてくる。退院してから、夏美は部屋に閉じ籠《こ》もっていることが多く、ことに泊まり客の前に姿を見せることはしない。あの小火騒ぎ以来、「美人女将」の評判だけがずっと生きているのが、夏美本人はもちろんだろうけれど、順藏と恵子にとってもやり切れないことだ。


吟行句会の十三人は、東京・杉並に本部のある「姫沙羅《ひめしゃら》」という俳句結社のメンバーである。おわら見物から帰った後、食事を摂《と》った広間で、午後九時半から句会を始めた。たったいま鑑賞してきたばかりの「風の盆」を兼題に競作する。

姫沙羅は主宰を置かず、選句から会誌の発行、会の運営に至るまで、万事を幹部会員の合議制で決める仕組みである。今回の吟行では、会誌「姫沙羅」の編集長・勝田ソウが幹事役を務める。勝田は八十歳。会員は上は九十一歳から下は四十四歳まで。とっくに年金生活に入っている人も少なくない。

主宰を置かない姫沙羅だが、長年やっていると、会員間でも俳句の巧拙は歴然としてくる。勝田は実力的にはベストファイブに入るかどうかといったところだが、長年にわたり編集長を務めている関係で、幹部会員に祭り上げられている。

本格的に俳句を始めたのは会社を定年退職してからだから、かなりのオクテといっていい。あまり身を入れるつもりもなかったことは、勝田の俳号の「ソウ」が本名の「聡」をもじっただけの変哲もないネーミングであることからも分かる。あまり評判はよくないのだが、本人は気に入っている。

勝田は幹事役として、今回は一人三句以上という申し合わせにした。これが自ら墓穴を掘ったようなことになった。あらかじめ腹案を練ってきたつもりだったが、本物のおわらの新鮮な印象を加味しようとすると、なかなか難しいものである。しかし自分が言いだしっぺだから、何とかして三句をひねり出すほかはない。

というわけで、ただでさえ遅作の勝田は、文字どおりの苦吟に陥った。すでに何句もできた仲間たちは、手持ち無沙汰《ぶさた》に茶ばかり飲んでいる。

ようやくいいアイデアが浮かんだかと思った時に、遠い胡弓の音が聴こえてきた。深夜の空気を渡ってくる音色に、疲弊《ひへい》した脳細胞が洗われるようで、せっかくの「名句」が、たちまち色褪《いろあ》せたものに思えてきた。

八尾の「おわら」の神髄《しんずい》は、一般観光客の多くが引き揚げた夜半過ぎからと聞いていたが、まったくそのとおりだ。潮が引いたように喧騒が去った町を、どこの誰が奏でるのか、胡弓の音がすすり泣くようにゆったりと流れてゆく風情は、えもいわれぬ情緒があって、つい耳を傾けてしまう。

「おわら」の形式は「七 七 七 五」という、都々逸と同じものだが、三節と四節のあいだに「オワラ」の合いの手が入る。この原則さえ守って、八尾や富山県の風物、人情の機微などが詠《よ》み込まれていれば、何を歌おうと自由。全国にあまたある民謡の中で、この点がおわらの最も特異なところだろう。

古い「おわら」はごく素朴な内容のものが多かったが、近代になって、著名な詩人や作家たちが数多くの名歌を残した。

八尾坂道　わかれて来れば
露か時雨《しぐれ》か　オワラ　はらはらと
小杉　放庵《ほうあん》

軒端雀《のきばすずめ》が　またきて覗く
けふも糸引きゃ　オワラ　手につかぬ
野口　雨情《うじよう》

八尾おわらを　しみじみ聞けば
むかし山風　オワラ　草の声
佐藤惣之助《そうのすけ》

富山出て四里　三味線うたが
花は咲くさく　オワラ　風の盆
長谷川　伸《しん》

即興で生まれた新作の歌詞が優れたものであれば、しぜん、人々に愛唱され、歌い継がれてゆくことにもなる。前掲の歌などもその例だが、そういう即興性は、どこか吟行句に通じる。それを意識するものだから、ますます句作に難渋するのかもしれない。

勝田は考えあぐねて席を立ち、トイレに入った。べつに尿意を催したわけではないのだが、思索にはトイレがいちばんだ。

純和風の旅館だが、設備は新しく、トイレも清潔そうで気分がいい。匂いも、かすかな芳香剤の香りが漂うばかりだ。勝田は「句作ないな」と、自虐的な駄洒落《だじゃれ》を呟いて、独り密かに笑った。

明かりを消して、庭に面した窓を細めに開けた。遠い川の瀬音を背景に、町をゆくおわらが思いがけなく近くに聴こえる。歌詞までは聞き取れないが、切々と哀調のある節回しが、涼風に乗って高く低く、うねるように流れてくる。

遠き日のかなしきことや風の盆

薄闇の奥にぼんやりと視線を向けているうちに、なぜかふっと浮かんだ。いい句なのかどうかは分からないが、これを三番目の句にして投句しようと思った。

その時、庭先を横切る人影があった。軒端の常夜灯に浮かぶシルエットは女性らしい。和服だが、浴衣ではない。時代劇のお高祖頭巾《こそずきん》を思わせる暗い色の布で顔を隠すようにして、俯きぎみに歩く。会ったこともなく、噂でしか知らないが、どうやら美貌で有名なこの旅館の若女将のようであった。

女将の話では体調がよくないということだったが、客の前に姿を見せないくせに、こんな時刻にどこへ行くのかと、勝田は訝しく思った。明らかに人目を避けるような気配を感じさせる。

若女将が見えなくなるまでいてから広間に戻ると、全員が勝田待ちの状態で、いっせいに倦《う》んだ視線を向けた。勝田は急いで最後の一句を認《したた》めて投句した。

選句、披講と進み、合評で天、地、人の入選作が決まった。

天

忍ぶ恋面を隠せる風の盆　　　　　淙子

地

宙へ手を撓へ星呼ぶ風の盆　　　　栄子

人

風の盆闇ふくらます人いきれ　　　淑子

いずれも女性会員の句ばかりで、こういう嫋々《じょうじょう》とした雰囲気の描写となると、どうも男性陣の分が悪いようだ。勝田の句はやはり選ばれなかった。

句会が終わった頃は、間もなく日付が変わろうかという時刻になっていた。たった一夜の旅だが、ずいぶん充実したような、このまま寝てしまうのが惜しくなるような昂《たかぶ》った気分だ。本番の祭りは夜っぴて「おわら」が行なわれるのだが、前夜祭は十時までで終了と決まっている。

風呂に入って床についてから、勝田は淙子の詠んだ「忍ぶ恋」の句を思い出した。淙子は七十代後半の年齢のはずだが、詠む句にどこか色気がある。単なる情景描写のように見えて、そこに仄《ほの》かな情緒を介在させるのがうまい。「忍ぶ恋」の句もそうだ。

そして「面を隠せる」が、まさに最前の若女将の姿そのものであった。あれは「忍ぶ恋」だったのかもしれない。亭主も亭主なら、若女将もそれなりに不倫でもしているのだろうか。

かといって、べつに非難めいた気持ちは起こらない。むしろ羨《うらや》ましいくらいだ。八十年の人生の中で、勝田は「忍ぶ恋」どころか、自慢できるほどのロマンスを経験しないまま、見合いのような結婚をし、妻一筋に穏やかに老いてきた。「遠き日のかなしきこと」でさえ、潜在意識下の願望であった。そういう実体のない作意を、仲間たちに見透かされたのかもしれない。

町のおわらがやんで、遠い瀬音ばかりが闇を震わせる。なかなか寝つかれなかったが、目覚めるとすでに窓は明るく、時計は八時を回っていた。

隣の部屋から仲間たちのひそやかな話し声が聞こえた。脇を見ると、同室の二人もとっくに起き出したようだ。こっちに気を使って話しているのだが、声の様子に、何となく緊迫した気配がある。

眠気は消えないが、勝田は、這《は》うようにして襖を開けた。

「何かあったの？」

男たちばかり五人がそこにいた。

「ここの若旦那が死んだんですと。それもどうやら自殺らしい」

「えっ……」

勝田の全神経は、いっぺんに覚醒《かくせい》した。

5

安田晴人の死体は、八尾市街を見下ろす城ケ山《じょうがやま》公園の植え込みの中で発見された。

城ケ山公園は八尾町の南側背後に聳《そび》える山一帯を整備し、公園化したものである。

「城ケ山」という名前から分かるように、七百年ほど昔、諏訪左近《すわさこん》という武将が城を構えたという言い伝えがある。もっとも、正確な記録はなく、あったとしても「城らしきもの」程度の館《やかた》か何かだろうといわれている。標高は二百メートルほどで、さして高くも急峻《きゆうしゆん》でもないのだが、見晴らしはよく、天気さえよければ富山湾までが見渡せる。

公園内にはいくつもの記念碑的なものが建っている。「乃木大将お手植えの松」はともかくとして「松本駒次郎胸像」「根上長次郎頌徳碑」といったものは、無縁の余所者には何のことか分からない。ここの名物は何といっても全山を覆い尽くすほどの桜で、春の花の季節はもちろん、秋の紅葉シーズンにも訪れる人は多い。

城ケ山に登るにはいくつかのルートがあるが、徒歩で登るなら諏訪町《すわまち》から諏訪社と専能寺のあいだにある石段の坂道が一般的なコース。石段といっても緩やかなもので、幅もゆったりしているから、急がなければ、さほどきつくはない。桜並木が左右からトンネルのように覆っている美しい坂道だ。

死体の発見者は毎朝のように散歩を日課にしている諏訪町在住の酒井という老人で、いつもどおり諏訪町から石段を登って行って、登り詰めたところにある亀甲池《きっこういけ》という、水たまりのような小さな池の畔を右のほうへ迂回《うかい》し、駐車場を抜けて「池田三朗頌徳碑」の辺りまで行った。べつに池田氏に縁やゆかりがあるわけではないのだが、そこまで行って、何となく頭を下げて帰るのが酒井老人の日課になっている。

その辺りは「あじさいの丘展望台」と呼ばれていて、シーズンにはみごとなあじさいが咲き競う。そこからやや下り坂にかかり、東新町《ひがししんまち》の若宮八幡社《わかみやはちまんしゃ》脇へ下りるのが、酒井の最長散歩コースだ。死体は坂を下り始めた右手下の斜面、砂利道から五、六メートル逸《そ》れた植え込みの中に立つ桜の木の根方に、まるで酔いどれたような恰好でへたり込んでいた。実際、酒井は最初、昨夜の祭りに踊り疲れた酔客だと思った。

しかし男はすでに息絶えていて、おまけに顔見知りの弥寿多家の若主人であることが分かった。酒井は城ケ山を駆け下りて最寄りの民家から一一〇番した。

八尾署に県警から第一報が入ったのは午前七時三十三分と記録されている。署員はほぼ全員がいつもより一時間近く早く出勤して、泊まり番の連中との引き継ぎ作業を終えたところだった。

盆踊り祭りの期間中は近隣の警察署から応援も入って、いつもの倍以上の人員が八尾署に詰めるのだが、「前夜祭」にはその措置が取られない。通常どおりの人数で十一日間を乗り切らなければならない。本番とはケタ違いで、午前中はさしたることもないが、昼近くになると人出も増え、署員のほとんどが交通整理と防犯パトロールに出動する。

刑事防犯課捜査係長の山地《やまち》勇翔《はやと》警部補は、この朝は泊まり明けで、いったん帰宅し、ひと眠りしてから夕方時分に戻って来て配備につくことになっていた。私服に着替えて署を出ようとした時に課長に呼び止められた。

「いま、県警から一報が入ったがやけど、変死の一一〇番通報があったそうだ。どうやら弥寿多家の若旦那らしい。現場は城ケ山公園。泊まり明けで悪いが、見て来てくれんか」

「殺しけ？」

「いや、分からん。通報者は病死か自殺だろう言っている。外傷などが見当たらないからそう言うんやろうけど、あてにはならん。事件性があれば、応援を出す」

山地はともかく近くにいた部下二名とともに現場へ向かった。現場には第一発見者の老人と、騒ぎを聞きつけた野次馬が十数人、事件現場を荒らさないようにという指示を守って、死体のある桜の木を遠巻きにしている。地面は雑草に覆われているが、足跡の採取は可能のようだ。

やや遅れて弥寿多家・安田家の関係者も駆けつけた。主《あるじ》の安田順藏を先頭に、板長の古田、順藏の妻の恵子、晴人の妻の夏美という順番だ。旅館は朝の忙しい最中だったから、ほかの板場の連中や仲居たちの姿はない。

現場保存ということから、全員が一度に遺体の傍に行くことはできなかったが、順番に近寄って遺体の主が晴人であることを確認した。

順藏は「なんちゅうことを……」と、怒りと悲しみを込めた鬼瓦《おにがわら》のような顔になった。恵子は「ひいっ」と悲鳴を上げ、「いやや、いやや」と亭主にしがみついた。夏美は紫色の布でお高祖頭巾のように顔を隠している。頭巾の中の表情は見えないが、亭主の死顔を確認しても、立ち尽くすばかりで、泣き崩れたりはしない。内心はともかく、見たかぎりでは、悲嘆にくれている様子には思えなかった。

遺体の着衣は、白地にブルーのストライプが入ったポロシャツに濃紺のズボンという、普段着といっていい服装だ。酔いどれに見間違うような哀れな恰好を、順藏が「みっともない」と嘆いて手をかけようとするのを、山地は慌てて制止した。

間もなく別ルートで医師も駆けつけた。すぐに死亡を確認するとともに「毒物による可能性があっちゃのう」と言った。外傷や大きな着衣の乱れなど、争ったような形跡は見られなかった。現金四万円あまりと、カード類が五枚入った財布、外国製の腕時計などもそのまま手をつけられていない。死亡推定時刻については、「少なくとも死後七、八時間程度は経過している」ということだ。

他殺か自殺かは不明のまま、山地は課長に「事件性のある変死」と報告した。ただちに署員のほぼ半数が出動、現場保存に努めながら県警本部からの応援を待った。富山市から八尾町まではおよそ十五キロ、サイレンを鳴らして来れば二十分もかからない。その間に鑑識作業の準備を整え、城ケ山公園一帯を立ち入り禁止にした。八尾署の陣容ではそこまでが限度だ。

鑑識が到着して現場の状況を記録し終えると、死体は搬送されてゆき、遺留品の捜索が始まった。

間もなく、死体の足元から四、五メートルほど斜面を下ったところに缶コーヒーが転がっているのが発見された。中身が少し残っていた。これが証拠品の第一号になって、後の調べで、アルカロイド系の毒物が検出される。缶には晴人の指紋だけがついていた。毒物はともかく、コーヒーのブランドはどこでも売っているものだから、入手経路を特定するのはかなり難しそうだ。

午前十時を回ると、八尾署の取調室で山地警部補を中心に、弥寿多家の関係者に対する事情聴取が進められた。弥寿多家ではすでに宿泊客はすべてがチェックアウトしたので、留守番役を残して全員が出頭してきた。

安田順藏をはじめ、家族はもちろん、従業員のほとんど全員が山地とは顔見知りだから、やりやすい反面、感情移入が働いて、ビジネスライクな尋問口調というわけにはいかない。まずお悔やみを言ってから、故人の日頃の言動やら家庭内の状況などを、柔らかい態度で訊いていった。

警察として、捜査の最初にはっきりさせておきたいのは、自殺の可能性があるか否かだ。所持品の中に遺書のたぐいはなく、家族も口を揃えて「自殺するはずはない」と主張したが、そういうのはいつの場合も判で押したようなもので、だからといって自殺の可能性なしと断定はできない。

現に、近所の聞き込みによると、死んだ安田晴人はかなり以前からヤクザとの付き合いがあって、ギャンブルにも手を染めていたらしい。当然、借金もあったにちがいない。それに、ヤクザの女に手を出して、足繁《あししげ》く通っていたのではないか――など、どこまで事実かはともかく、評判はかなり悪い。

晴人の唯一の取り柄といえば、おわらを踊らせたら天下一品だったことだそうだ。誰に聞いても「あれはすごかった」と述懐する。誰もが過去形で言うのは、二十年近い昔のことだからである。おわらの男踊りには「かかし」「稲刈り」など基本の型があるのだが、晴人の演舞はそれを超越した独自のスタイルだった。したがって群舞にはそぐわない。バレエでいえばソロかデュエットといったところか。とくにデュエットが「すごかった」という。しかし、そのおわら踊りも、二十四、五歳の頃にぷっつりとやめて、以来、おわらにも、風の盆の祭りをはじめとする、町の催し自体にも参加しなくなった。あとは放蕩一筋ということになる。

家族に問いただした結果も似たようなものだ。学生時代に京都のヤクザとのイザコザがあって、その尻拭いに苦労したことや、八尾に戻ってからもヤクザに付け狙われたのを、警察のお蔭で何とか手を切らせた「前科」があることも分かった。世間では「死ぬよりほかに、生きる道はなかったんやろ」などと悪口を言う者もいた。

その証拠のように、晴人は妻を受取人に指定した生命保険に加入していた。その保険金は相当な額になる。町の人間が「死ぬよりほかに、生きる道は……」と言ったのは単なるジョークでなく、死んだことによって彼の借財も罪も贖《あがな》われるのは事実なのだ。彼の死は、幼い頃を別にすれば、最初にして最後の「親孝行」「女房孝行」だったともいえる。

その場合、晴人の死の原因は他殺か、せめて事故死によるほうがいいのであって、自殺となると、保険金の額もかなり削減されるだろう。遺族が強く自殺を否定する裏には、じつはそのことがあるのではないか——と、山地はつい疑いたくなった。

足取り調査は思いの外、難航した。

前日の晴人の行動は、家族の誰もがあまりよく分かっていないようだ。昼間のうちは自分の部屋でゴロゴロしていたらしいが、夕刻から先は、主人の安田順藏は祭りの実行本部に詰めていたし、恵子女将も仲居たちも板場も目の回る忙しさで、晴人の様子に構っている暇はなかった。宴会を終え、お客たちを町に送り出して、気がついたら、いつの間にかいなくなっていた。

妻の夏美は晴人とは別室で暮らしているから、最初から晴人の動向など関知していないという。

近所の聞き込みからも、諏訪町の西川節子《にしかわせつこ》という女性が、城ケ山公園のほうに行く姿をチラッと見かけたという話以外、あまりはっきりした目撃談は出てこない。この時刻はおわらの町流しが始まるまで、まだ少し時間があるけれど、見物しやすい場所取りをしようと、観光客も町の人間も、上新町の通りへ集まって行く。弥寿多家の玄関は上新町の通りに面しているが、家族用のプライベートな出入口は蔵並通りに面している。蔵並通りは美しい石畳の小路だが、一般の観光客にはあまり知られていない。雪洞《ぼんぼり》に明かりの入る灯ともし頃、人波をはぐれたような恋人同士がひっそりと肩を寄せ合って通るくらいのものだ。晴人が外出したとしても、顔見知りの人間に目撃されることはなかったと思われる。

そんな具合に、現場へ至る晴人の足取りはほとんど摑めなかった。車は自宅の駐車場に置いてあるし、タクシーを利用した形跡もない。城ケ山公園の現場までは一キロあまり。歩いて行ける距離だが、夜中に現場付近へ行く者はまずいないから、目撃者も期待できそうにない。

現場周辺の地面は草地で、草が踏みにじられた複数の足跡がある。そのいくつかははっきりした型を採ることもできた。晴人の靴の跡も三つ採取できた。つまり、晴人がその場所まで自分の足で歩いて行ったことは間違いないのであって、それが自殺の心証を強くしている。

とどのつまり、当面は自殺、他殺の両面で捜査をするが、捜査本部の設置は見合わせることにした。県警から機動捜査隊の出動を仰いで、大規模な捜査を展開するには、もう少し明確に、他殺を示唆する根拠がなければならなかった。

# 第二章　名探偵と迷作家と

## 1

　今年の猛暑は記録的である。甲子園の高校野球も終わり、例年なら日によっては秋風も立とうかという八月の末になっても、東京の気温は連日三十五度を記録しつづけた。太平洋高気圧はいっこうに後退する気配がなく、熱い陽光は容赦なく街に降り注ぐ。

　浅見《あさみ》光彦《みつひこ》は夏は嫌いではないが、こういう日にはどこへも出る気にならない。クーラーを効かせて走ればいいようなものだが、ソアラ嬢のボディがフライパンのように焼かれるのを想像しただけで、自分はともかく、彼女が気の毒に思えるのである。

　気の毒といえば、こんな日に買い物に出かけなければならないお手伝いの須美子《すみこ》も、気の毒なことだ。近くで用が足りないわけではないのだが、浅見家とは三十年来の付き合いのある肉屋が霜降《しもふり》橋の商店街にあるので、ついでにその付近の店でまとめ買いする。それはいいのだが、浅見家の前からすぐ下りになる坂道を、買い物袋をぶら下げて上ってくるのは、かなりきついにちがいない。

浅見がリビングで寛《くつろ》いでいるところに、須美子が見るからに重そうな買い物袋を下げて帰って来た。真っ赤な顔に汗をビッショリかいている。「僕のソアラを使えばいいのに」と言うと、「とんでもありません」とムキになった。

「あのような高級車は、乗るのも触るのもご遠慮します。それに、これは私のお仕事なのですから、坊っちゃまはお口を出さないでください」

まるで、坊っちゃまに仕事を横取りされてたまるか——と言いたげだ。そう言っているそばから電話が鳴った。浅見が立ち上がりかけるのを制して、須美子は買い物袋を下げたまま、受話器を取った。「はい、少々お待ちください」と、いっそう暑苦しそうに顔をしかめて、「軽井沢のセンセです」と、浅見に受話器を差し出した。

軽井沢のセンセとは、浅見の数少ない友人の一人で、長野県の軽井沢に住む内田某という小説家のことだ。もっとも、友人といっても内田は浅見より二十五も歳上で、当人は自分を浅見の恩人だと思い込んでいる。優雅なフリーター暮らしを楽しんでいる浅見を、雑誌「旅と歴史」に紹介して、ルポライターに仕立てた。何を勘違いしたものか、内田はそれ以来、カメを救った浦島太郎のような気分でいるらしい。安い原稿料と過酷な取材日程とケチな取材費のことなど、まったく意に介していないのだ。おまけに、浅見が苦労して取材した事件簿を丸ごとパクッて、愚にもつかない推理小説に仕立ててしまう。

そういう内田であっても、浅見は仕事を紹介された義理を多少なりとも感じていないわけではない。しかし須美子は、内田の坊っちゃまに対する、いかにも横柄な恩着せがましさが気に食わないから、露骨に「センセ」などと軽んじた言い方をするのである。

「やあ、相変わらず元気そうだね。今年も夏は終わるなあ」

「元気でもありませんよ、こう暑くては」

「暑い？　そうかなあ、軽井沢は涼風が吹いて、いい気候だよ」

厭味《いやみ》なことを平気で言うのも、露悪趣味と並ぶ内田の悪い癖だ。

「何か？」

浅見は用件を催促した。

「じつはね、三鷹《みたか》の宗匠から、浅見ちゃんに頼んで欲しいと言われたもんでね」

内田のいう「三鷹の宗匠」とは、東京都三鷹市に住む勝田ソウという老人のことで、浅見も軽井沢で二度か三度会ったことがある。内田の窮乏時代に何かと世話になった人だそうだ。浅見のところにもときどき送ってくる「姫沙羅」という俳句雑誌の同人で、幹部会員に推されるくらいだから、かなりの古株なのだろう。

勝田は内田と違い謙虚な人柄で、「古いだけで少しも上達しない」と謙遜するのだが、どうしてどうして、門外漢の浅見から見ても達者なものだと感心させられる。

「勝田さんの頼みといいますと？」

少し用心しながら、浅見は訊いた。

「浅見ちゃん、八尾って知ってる？」

「八尾というと、富山の八尾町のことですか？　越中おわら節の」

「そうそう、よく知ってるなあ。さすが浅見ちゃんだねえ」

「八尾ぐらい、誰だって知ってますよ。風の盆で有名じゃないですか」

「そう、それなら話は早い。かいつまんでいうと、数日前、姫沙羅の連中が、その風の盆を当て込んだ『八尾吟行』っていうのをやったのだけどね」

「ちょっと待ってください。風の盆は確か、九月の頭の三日間じゃなかったですか？」

カレンダーにはまだ、八月が三日、残っている。

「そうなのだが、八尾では今年から、風の盆の前夜祭というのを始めたらしい。前夜祭といっても十一日間もやるのだから、いささか商売っ気を感じるけどね。それはともかく、姫沙羅の吟行はその前夜祭の三日目か四日目に、弥寿多家という、八尾ではちょっと知られた旅館に泊まって、風の盆ムードに浸りながら一句ひねろうという趣向だった。じつはそこの若女将というのが、なかなかの美人らしくてね、彼女を目当てに行く、怪《け》しからんやつらも少なくないらしいのだな。その点、僕などの旅行はすべからく、純粋に風光を愛《め》で、旅情に浸るという、高尚な目的に徹しているのだけれどね」

「せっかくの話の腰を折るようで、まことに申し訳ありませんが」

浅見は馬鹿っ丁寧に言った。

「勝田さんのご依頼の件とは、いったい何なのですか？　箇潔にお願いします」

「ん？　ああ、だから、その若女将のご亭主、つまり旅館の若旦那の話なのだ。姫沙羅の句会があった夜、ご亭主が殺された」

「えっ？……」

箇潔にはちがいないが、箇潔すぎて、浅見は驚いた。その反応が伝わったのだろう。電話の向こうで内田は満足そうに「へへへ」と笑った。

「どうかね、面白そうだろう」

「何を言ってるんですか。仮にも人一人が殺されたのを面白がっていいはずがないでしょう。不謹慎ですよ」

「そりゃ、建前はそうかもしれないけどさ。そんなことを言うなら、イラクで十数万人も死んだ戦争をテレビで眺めて興奮したり、時代劇で人がバッタバッタと切られるのや、ミステリードラマで人が死ぬのを見て楽しんでいるのは、あれはどうなるのさ」

「それとこれとは違いますよ」

「違うもんか。人間の本性なんてやつは、他人の不幸はいくらでも我慢できるし、時には快感でさえあるのだ。しかし、それを議論するつもりはないから話の先を進めるがね。

結論を言うと、勝田宗匠としては、弥寿多家の若旦那が殺された事件を、浅見ちゃんにぜひ調査してもらいたいのだとさ」

「僕なんかより、警察の仕事でしょう」

「いや、それが駄目なのだな」

「どうしてですか？　頭っから駄目だと決めつけるのは警察に対して失礼ですよ。第一、事件発生からまだ一週間も経っていないじゃないですか」

「一週間だろうと何百年経とうと同じこと。警察は動かないからね」

「動かないって……ひどいなあ、いくら口が悪いにしても、どうしてそんな断定的なことが言えるのですかねえ」

「それが言えちゃうんだな。何しろ、警察は殺しだとは思っていないのだから」

「えっ？　どういう意味ですか？」

「要するに、警察は早いとこ自殺で処理しちまいたいのさ」

「なるほど、つまり、警察の判断は間違いだって、そう言いたいのですね」

「そのとおり、大間違いのコンコンチキだ」

「しかし、警察がそう判定したのには、それなりの理由があるはずですが」

「おいおい、きみらしくないな。警察の早とちり、事実誤認はいまに始まったことじゃないだろう」

「それはまあ、僕も否定はしませんが。それじゃ、殺人事件であると断定する根拠はあるのですか?」

「そんなことは知らないよ」

内田はあっけらかんと言い放った。

「えっ、知らないんですか? そんな、無責任な……明確な根拠もなしに、殺人事件と決めつけているのですか」

「当然でしょう。明確な根拠なんてものがあったら、警察がとっくに捜査本部を設置していて、浅見ちゃんの出番なんかないよ。それがないからこそ、浅見ちゃんに頼むって言ってるんじゃないの」

「驚いたなあ……」

浅見は呆《あき》れたが、内田の言う屁理屈《へりくつ》にも、確かに一理はある。

「分かりました。警察が自殺で処理したけれど、他殺の疑いがなきにしもあらず——というわけですね。しかし、そこに勝田さんが乗り出した理由は何なのですか? それと、僕を名指しで依頼する理由もお聞かせいただきたいものです」

「いや、正直にいうとだね、宗匠は必ずしも疑惑を抱いているわけでもなく、ましてや、ぜひとも浅見ちゃんに捜査を依頼したいと言ってもいないのだよ。あの宗匠にはそういった洞察力はないからね」

「はあ？　どういうことですか？」

「つまり、宗匠に欠如している洞察力を僕がカバーしてだね。八尾のその事件は殺人事件であると断定したのだ。それにもかかわらず警察があっさり自殺で処理しようとするのは、警察の怠慢にほかならない。ここは一番、浅見ちゃんに出馬してもらう以外、選ぶべき方法はないとしたものだ。よってもって、勝田宗匠を唆《そそのか》し、弥寿多家への橋渡しを頼んだのさ」

頭の中の構造がどうなっていれば、そういう三段論法的なことを言ったりできるのか知らないが、それからすったもんだの挙げ句、十五分後には浅見の抵抗力は尽き、ついに内田に押し切られた。

驚いたことに、内田はすでに勝田経由で弥寿多家に手を回して、風の盆の前日から四泊、浅見のための部屋を予約してあった。風の盆といえば、全国から客が殺到する書き入れ時の真っ最中だろうに、さぞかし迷惑なのではあるまいか――と思ったのだが、そうでもないらしい。不幸な事件を嫌ってか、キャンセルが出たのだそうだ。

「まあ最悪、布団部屋の片隅ぐらいは空いているだろう」

内田は呑気《のんき》なことを言っているが、それはともかくとして、八尾に行くとなると、その間に締切りのくる「旅と歴史」の原稿を、大慌てで片付けなければならない。徹夜で仕上げた原稿を編集部に届けがてら、藤田編集長に八尾取材の企画を持ちかけた。風の盆を三日間にわたって密着取材すると言ったら、藤田は鼻先で笑った。

「いまごろ計画したって、宿が取れるはずないだろう。まあ『ホテル・ソアラ』で寝起きするつもりならいいけどさ」

「その覚悟で行きますよ」

「へえーっ」と、藤田は浅見の真顔をしげしげ眺めて、「それじゃ、やってみてよ」と、いつもより気張った額の取材費を出してくれた。気張ったといっても高が知れているが、それでもケチな藤田が意気に感じたことを思わせるだけのものではあった。

八月三十日に浅見は出発して、途中、軽井沢の内田家に一泊することになった。夫人と愛犬キャリー嬢に久闊《きゅうかつ》を叙して、内田からあらためて「八尾殺人事件」の詳細を解説してもらう。もっとも、内田も伝聞もいいところ、又聞きの又聞きだから、あまり詳しいことは知らない。例によって強引な「洞察力」なるものを発揮して、勝手に状況を決めつける危険性があったから、妙な先入観を避けるため、早々に切り上げた。

内田が自慢するだけあって、さすがに軽井沢は快適だ。とくに日が落ちたあと、カラマツ林を抜けてくる涼風に吹かれながら、ヒグラシの鳴く音を聴くと、もうそれだけで心が癒《いや》される。

夕食は夫人の提案で、最近、内田が贔屓にしている「プランデルブ」という店でフランス料理のコースを楽しむことになった。

「浅見ちゃんはラーメンに餃子《ギョーザ》のほうがよかったかな」

　またしても憎まれ口を叩く。素直に人を喜ばせることのできない、ひねくれた、困った性格だ。

　プランデルブの料理は、フランス料理の王道をゆくような、スタンダードなコースだった。あの内田でさえ「近頃は妙にひねくれた、小手先で変化をつけるような料理が多いけど、ここのは真っ当だ」と、自分のひねくれは棚に上げて褒めている。店の雰囲気もさり気なくて、しかも品がいい。こういうのが気軽に堪能できるのだから、浅見家の別荘があった頃の軽井沢は、昔日の感がある。

　食事を終え、帰りの車を運転しながら、内田は「ちょっと気に留めておいてもらいたいのだけどね」と言いだした。

「三鷹の宗匠によると、弥寿多家の若女将の様子がおかしいらしい。事件当夜の行動にも不審な点があると言っていた。吟行会の仲間の中では、宗匠だけが気づいていて、誰にも言っていないことだが、事件が発生したと思われる時間帯に、弥寿多家を留守にしていたのではないかという」

「しかし、若女将が留守にしていれば、誰だって気づきそうなものじゃないですか」

「いや、それがそうではないのだよ。まあ、行ってみれば分かることだけどね」

　話はそれきりだったが、美人若女将のことが気になって、その夜、なかなか寝つけなかった。

翌朝、カッコウの声で目覚めた。すでに夜明けだったが、ふだんの浅見としては真夜中にあたる。出発は九時の予定だから、まだたっぷり時間はある。七時までベッドにいたが、遠いキッチンのほうで物音がしはじめたのを聞いて、起きだすことにした。

キッチンに顔を出すと、夫人が「あら、お早いのね。コーヒーをおいれしますね」と言ってくれた。

「いえ、その前にキャリーちゃんの散歩をさせてください」

キャリー嬢は血統書つきのコリーである。大の浅見ファンで、飼い主の亭主に対するより、はるかに愛想がいい。リードが要らないくらい浅見に擦り寄りながら歩く。柔らかな起伏のある道を歩くのは気分がいい。それなのに、もう軽井沢の夏は終わるのか、別荘族の多くが引き揚げ、広い別荘地は閑散としていて、もったいないほどだ。

三十分近く歩いて戻ると、内田も起きていて、「めしだめしだ」と騒いでいる。テーブルには支度が整っていた。ハムエッグにトーストにコーヒーが内田家のスタンダードで、浅見家とさほど変わらない。

「僕はアジの干物と納豆と生卵で、白いご飯に味噌汁というのがいいんだけどね」

内田は愚痴を言いながら、仕方なさそうに夫人のお仕着せを食べている。それには浅見も同感だ。朝は日本食で——というのは、浅見の見果てぬ夢である。母親を前にしてそれを言いだせない状況も、内田家の力関係と似通っているのがおかしい。

食事を終え、身支度を整えて玄関に出ようとすると、内田がワープロケースとバッグを持った旅支度で現れた。いきなり「僕も行くことにしたよ」と言う。

「どうも、浅見ちゃんだけでは一抹の不安を感じるもんでね」

浅見は呆れたが、夫人も「行き当たりばったりで、ほんとに計画性がないんですから」と嘆いた。

「車は僕のセルシオで行こう。運転は浅見ちゃんに頼む。きみのソアラはガレージに入れておきたまえ」

勝手に決めて、さっさと荷物をセルシオのトランクに入れている。浅見は前途に一抹どころでなく、重苦しい不安を抱いた。

2

北陸自動車道を富山インターで下りると、八尾までは十キロあまりだが、おわら祭りの影響なのか道路は渋滞ぎみで、車はさっぱり進まない。車の温度計は四十度を超えた。富山は北陸だから、軽井沢には及ばないにしても、さぞかし過ごしやすいだろうと思うのは間違いで、夏は暑く、冬は寒い土地柄なのである。

八尾に近づくにつれて、渋滞は最悪の状態になってきた。明日からの「おわら」を前にして、周辺一帯は早くもヒートアップの様相を呈してきている。八尾に向かうこの辺りの道路は狭く、どこも片側一車線で、カーナビで見ても、あまり効率的な迂回路はない。さらに明日からの祭り期間中、町の中心部への一般車両の乗り入れが禁止されるというので、井田川を渡る手前の河川敷の広大な臨時駐車場に車を置いて、弥寿多家までのおよそ三百メートルを歩くことにした。八尾は坂の多い町だ。井田川を渡る風は涼しいが、それも束の間、午後の太陽はじりじりと照りつける。ただでさえ歩くのが苦手の内田は、バッグとワープロを浅見に持たせたくせに、わざとらしく脚を引きずりながら、ぶつぶつと愚痴を零していた。

町の賑わいの中、弥寿多家の玄関先だけはエアポケットのように閑散としている。客を迎えた従業員の愛想笑いも、心なしか冷え冷えとしたものを感じさせる。

浅見たちと前後して到着した客が二組あった。不運で縁起の悪い事件があったにもかかわらず、お客がすべてキャンセルしたわけではないらしい。おわら盆祭りの期間中は絶対といっていいくらい、町中の宿という宿が満室になる。たとえ何があったにせよ、せっかくキープした宿を手放すのは忍びないということなのだろう。

内田は「布団部屋」などと言っていたが、実際には二間つづきの結構な部屋だった。窓の障子を開けると、ガラス窓の向こうには細竹を植え込んだ坪庭がある。どこかのスピーカーから流れる「おわら」がかすかに聴こえる程度の静けさだ。

　ひと落ち着きしたところに、仲居を伴って女将が挨拶に現れた。この客は二人とも、もちろんイチゲンの客だが、勝田宗匠からの紹介もあってか、女将は「このたびはご贔屓いただきまして」と挨拶した。

　しばらくのあいだは八尾の自慢や「おわら」のことやら、当たり障りのないことを喋っていたが、仲居が茶菓をテーブルの上に載せて引き揚げるのを待って、居住まいを正し「勝田様からお聞きになっておいでかと思いますが」と切り出した。

　電話でのやり取りだそうだから、それほど詳しい事情を聞いているとは思えないのだが、内田は例によって調子よく、「はいはい、すべて聞いてますよ」と相槌《あいづち》を打った。

「ご子息が殺害されたのだそうですね。しかも警察が頼りにならない。いや、そういうのは珍しいことではありませんよ。警察はなるべく楽ができるように、ことを荒立てたくないのです。もともと警察っていうところは、ことが荒立つから商売になるのに、矛盾も甚だしい話です。しかし僕とこの浅見クンが来たからには、任せておいてください。存分にことを荒立ててみせます」

　妙な威勢のよさに不安を感じるのだろう、「あの……」と、女将は遠慮がちに小さく手を上げて、内田の饒舌《じょうぜつ》を制した。

「そないにことを荒立てていただかんでも、よろしいがですけど」

「ははは、いや、これは言葉のアヤというやつですよ」

息子が殺されたというのに、大口を開けて笑う相手を、女将は恨めしそうに睨《にら》んだ。

「事件の前後のことを、あらためて詳しく聞かせてください」

浅見は内田とは対照的な真摯《しんし》な表情で、訊いた。

「はい、お話しさせていただきます。けど、私よりも主人のほうがよろしい思います。いま呼んで参りますから」

女将が去って間を置かずに、弥寿多家の主人・安田順藏がやって来た。大柄で、本来はふっくらした体型のようだが、さすがに面やつれが目立つ。

「お休みのところ、申し訳ありません」

敷居際で坐り、手をついて、深々とお辞儀をした。

「まあまあ、そんなに堅苦しいご挨拶は抜きにしてくれませんか」

内田が当惑ぎみに言った。浅見はまだしも母親にしつけられているが、内田は行儀作法に縁のない人間だ。

「内田さんの言うとおり、ざっくばらんに、ありのままをお話しください」

浅見も言葉を添え、順藏を座卓の前に誘った。順藏は体をすぼめるようにして部屋に入り、用意した座布団を脇に退《ど》けて坐った。

「勝田様から、ぜひ浅見様に……それから内田様にご相談しなさい、いうて勧めていただきましたが、ほんとに、こないややこしいことをご相談してよろしいがしょうか？」

「よろしいですとも」

内田は答えたが、順藏の口ぶりに、いくぶん自分が添え物のように扱われたことを感じてか、面白くない顔である。

「そしたら、遠慮なくご相談させていただきますが、ずいぶん前からのことをお話しせんとなりませんので、少し長うなりますけど。お客様、お疲れとちがいますか？」

「いや、大丈夫です、疲れてはいません。それより、ご主人のほうこそ、仕事は大丈夫なのですか？」

「はい、私はかましません。旅館では亭主の出る幕はあまりないがです。それに、何組かのお客さんがキャンセルなさいましたし、祭りの世話役のほうも、こういう無様《ぶざま》なことがあったもんで、謹慎いうことにさせてもらっとんがで」

順藏は「それでは……」と坐り直し、視線を宙に彷徨《さまよ》わせてから、ぽつりぽつりと話しだした。

まったく長い話になった。何しろ晴人が放蕩息子であったことから語り起こすのだから、否応《いやおう》なく長くなる。「お恥ずかしいことながですが」と前置きして、晴人の結婚問題に絡むごたごたも話した。いまの夏美に落ち着くまで、美濃屋という土産物屋の娘と結婚したいと、死ぬの生きるの、大騒ぎだったそうだ。「美濃屋のおやじは、八尾のおわらをぶち壊しかねない、とんでもないやつながです」と、その話になると、とめどがない。

「晴人が殺された時、すぐヤクザか美濃屋に殺《や》られたと思ったくらいながです」

ヤクザも美濃屋も「おわら」がらみなのだそうだ。とにかく、背景には八尾という町の特異性があることを承知していないと、事件の全体像が理解できないので、順藏は「おわら」の歴史と現状についても、ひととおり解説した。

もちろん、この町の特異性の中心には「おわら盆祭り」の存在がある。順藏はその辺りのことを丹念に語った。「おわら伝承会」と無玄寺との確執から、屋台の金魚掬いの店の騒動に端を発した大騒動など、話を聞いているだけで興味が尽きない。

かつては想像もできなかった「おわら」の賑わいは、八尾の町の繁栄の礎《いしずえ》であり、町民の幸福の源泉だが、それは同時に、欲望や虚栄といった人間の醜悪な部分を助長する。屋台のいくつかがそうであったように、ヤクザをはじめ、よからぬ輩《やから》が付け入り、食い物にしたくなる状況も創り出す。順藏は必ずしも、町の噂を丸々信じているわけではないが、もしそれが事実だとすると、安田晴人はまさにそういう連中に取り込まれ、いいように利用されたのかもしれない。

「いまにして思いますと、小火騒ぎのあった頃から、こういうことになるような不吉な予感みたいなものがあったがです」

春の「曳山祭」の最中に起きた小火で、嫁の夏美が顔に火傷を負い、それ以来、弥寿多家の周辺や順藏の身辺には不穏な空気が漂っていたのだという。

「晴人の放蕩は、それ以前からのものでしたけど、嫁が事故に遭《お》うてから、いっそう手がつけられんようになってしもたがです。嫁はそれまで『若女将』いうて、弥寿多家の看板みたいなもんやったんですが、それ以来ずっと、お客さんの前には顔を出さんと、部屋に籠もりがちながです。そんなもんで、私ら夫婦が隠居もできんがです。まあ、弥寿多家も私らまでで、終《しま》いいうことになんがでしょうね」

これでようやく、事件の背景については、ほぼ語り尽くされた感がある。

そうして順藏は、重い口調で息子の事件を語った。

「晴人の死にざまを見た時は、わが子ながら情けのうて情けのうて、いっそこの手で殺してやろか、思いました」

順藏がジョークで言っているわけではないのは、彼の悲痛な表情を見れば分かる。晴人は城ケ山公園の桜の根元で、酔いつぶれたような恰好で死んでいたのだそうだ。足元からそう遠くないところに、缶コーヒーが落ちていて、残った液体から毒物が検出された。缶には晴人の指紋だけがくっきり付いていた。その場所の草地に晴人の靴跡が残っていた。これらの状況から見れば、確かに自殺と判断してもおかしくない。

「しかし」と順藏は声をひそめながら、断固として主張した。

「警察は賭博やら飲み屋の借金で、ヤクザに追い詰められたための自殺ではないかと言っとんがですが、晴人はそんな理由で自殺するような殊勝なやつじゃないがです。絶対に殺されたがです」

「絶対と断定できるのですね」

「断定できます」

「分かりました。そこまではっきりおっしゃっていただくと、僕も自殺説を無視してかかれます。ところで、自殺でないとすると、ご主人は犯人や動機について、何か思い当たることがおありなのでしょうか?」

「やはり、ヤクザに殺されたがじゃないがですか。動機もやっぱし、金の返済でトラブルがあったんやないか、思います」

「さあ、それはどうでしょうか?」

浅見は首を傾《かし》げた。

「ご子息は連中にとっては金づるのような貴重な存在だったはずです。しかも借金があったのなら、殺してしまったのでは元も子もなくなりますが」

「それはそうかもしれんがですけど、しかし、返せ、返せないと言い争っとるうちに、カッとなって殺すいうことはあるがとちがいますかね」

「カッとなって、缶コーヒーに毒物を入れて、ですか?」

「…………」

矛盾を衝《つ》かれ、順蔵は何か反論しようと空中を模索したが、結局、沈黙した。

「毒物を用意して、缶コーヒーに仕込んだということを考えただけでも、ご子息は盗み目的や、喧嘩《けんか》口論の末といった単純な動機で衝動的に殺されたというのではありませんね。何か根の深い怨恨《えんこん》による、計画的な犯行だと思いますよ」

「怨恨て……どんな？」

「それはむしろ、ご主人のほうにお訊きしたいですね。何か思い当たることはありませんか。どんな些細なことでも結構です。殺害という凶行に至るまでには、何らかの前兆のようなものがあるはずです」

「ですから、ヤクザの連中に脅されていたようなことがあります」

「それ以外に、何かありませんか」

浅見が遠慮がちに質問しているのを、もどかしそうに、内田が脇から言った。

「たとえば、女性関係なんかどうです？　聞けば、息子さんはしょっちゅう出歩いていたそうじゃないですか。外泊もあったんじゃないですか。余所に女性がいたとしても、不思議はないでしょう」

「どうでしょうかなあ。おったかもしれませんが、私らは知りません」

「世間の噂を何か聞いてませんか？」

「そんな噂はないのとちがいますか」

「ふーん、おかしな町ですねえ。名門老舗《しにせ》旅館の御曹司《おんぞうし》が、とち狂って遊びまくっているのに、町内の噂にならないのですか。誰も忠告してくれる人もいないのですか。冷淡というか、無関心にもほどがありますね」

皮肉たっぷりな言い方だったから、浅見は慌てて「先生！」と窘《たしな》めた。しかし、内田の不躾《ぶしつけ》な質問は、順蔵のガードをぶち破るのには効果的だったようだ。

「確かに、そういう噂はあったがみたいです。相手の女はヤクザの紐《ひも》つきかもしれんから気つけたほうがいいいうて、教えてくれた人もおります。けど、噂なんちゅうものは、信ずるに足らん思て、取り合うたことはないがです」

順蔵は吐き出すような口調で言った。

「というと、噂は何人もの人からお聞きになっているのですね？」

「まあ、そういうことです。どこそこを車で走っておるところを見たとかやわ。それも魚津《うおづ》の辺りやとか、下呂《げろ》温泉の近くやとか、富山のホテルやとか……」

「女性と一緒に、ですね」

「そいがです。晴人の車は派手な色をしとるもんで、目につくがやそうです」

「その女性がどこの誰かは分からないのですか」

「分からんそうです。サングラスをしてネッカチーフいうがですか、そういうもんで顔を隠しておったいう話もありました」

「最後に晴人さんが目撃されたのは、いつ、どこで、誰にでしょうか？」

「警察にも調べてもらったがですけど、結局、二十三日の夕刻頃、城ケ山公園へ登る石段を上がって行くのを見たいうのが、どうやら最後の目撃者のようです。諏訪町の西川さんいうおたくの奥さんで、その日は上新町が当番の祭りの日やのに、晴人がそんなところにおるんが不思議や、思たいうて教えてくれました」

「晴人さんは一人だったのでしょうか」

「一人いう話でした」

それ以上のことは分からないらしい。

「ところで、若女将さんからも、お話をお聞きしたいのですが」

浅見は言った。

「申し訳ありません。さっきも言うたように若女将はお客さんには顔を……」

「あ、お顔は拝見しなくてもいいのです。マスクをしたままでも、お高祖頭巾でお顔を隠したままでも構いません」

「さようですか……それでしたら、当人もお断りはせん思います。そしたら、しばらくお待ちになっとってください」

順藏が退出して、かなりの時間が経過したが、現れる気配はない。若女将の説得に苦労しているのか、それとも着替えや頭巾の着用に手間取っているのか。内田は「何やってんだろね」と苛立って、出されていたお茶菓子の浅見の分をむしゃむしゃ食った。

3

小一時間も経って、ようやく廊下とのあいだの格子戸が開く音と、「遅くなりました、失礼いたします」と順藏の声が聞こえた。襖が開いて、順藏は背後に向けて「先に入んなさい」と言っている。その声音《こわね》から、説得に苦労した苛立ちが感じ取れる。

「失礼いたします」

沈んだアルトがひそやかに聞こえて、順藏の脇を抜け、女性が入って来た。

浅見はもちろん、それなりの歳を重ねているはずの内田も、着物の布地に関する知識などない。藤色の地に秋の草花を散らした裾《すそ》模様が美しい。帯は白を主体に金蒔絵《きんまきえ》のような細かい柄のものだ。そしてお高祖頭巾は、それが定番なのか、紫の無地のもので、目鼻以外はすっぽりと隠している。なんだか、時代劇の女スパイを見ているような気分だ。

「夏美と申します。こんな恰好で、申し訳ありません」

若女将は、頭巾の中で、くぐもった声で言い、畳に額がつきそうなお辞儀をした。

「いやいや、こちらこそ無理を言ってすみません。何しろ、この男がどうしても若女将に会いたいときかないもんでしてね」

内田は女性の、それも美人には優しく、浅見には意地悪だ。もっとも、いまの若女将が美人なのかどうかは分からない。こうやって頭巾で隠したいほどの火傷痕なのだろう。元が美しければ美しいほど、その落差には本人はもちろん、見る者も耐えがたいものがあるにちがいない。

「このたびは、ご主人――晴人さんが災難に遭われたこと、ご愁傷様でした」

浅見は慣れない悔やみを述べた。

夏美若女将は「ありがとうございます」と言ったが、すぐに「主人の不始末で、皆様にご迷惑をおかけして、申し訳ないことです」と付け加えた。

浅見は（おやっ？――）と思った。暗に亭主の自殺を認めているような口ぶりに聞こえる。チラッと順藏の様子を見ると、案の定、苦い顔で夏美を睨んでいた。

「晴人さんがああいうことになられた原因といいますか、理由について、何かお心当たりはありますか？」

「その件につきましては、警察でも訊かれまして、何度も同じお答えをしました。私にははっきりした心当たりはありませんけど、主人が暴力団の人とお付き合いがあって、いろいろと借金が嵩《かさ》んでいたことは知っとります。それと、どこかの女性と親しいいう噂のあることも、耳にしとりました。そういうことが原因といえば、そうなりますのでしょうか」

「では、あなたは晴人さんは自殺であると、お考えなのですね？」

「はい、そう思っとりますし、警察もそう言うてました」

「しかし、こちらのご主人や女将さんはそうは思っておいでじゃないそうですよ。晴人さんは何者かに殺害されたものと信じておられますが」

「それは考え方の問題ですので、私には何とも言えません」

驚くほど冷たい口調だった。この「嫁」と夫の両親とのあいだにある、越えがたい溝の深さが想像できる。

「晴人さんには女性との噂があると聞きましたが、その相手の女性はどこの誰か、ご存じですか？」

「いいえ、存じません」

知りたくもない──と言いたげだ。

「晴人さんの遺品……たとえば日記とか、手帳とか、何でも結構ですが、その女性のことを推測できるような、手掛かりになる品はありませんか」

「メモ程度のものはありますけど、そういうたことは何も書いてありません」

「そのメモを見せていただけませんか」

「それは構いませんが、見てもしようがないようなものです」

「しようがないかどうかは、われわれが判断します」

脇から内田が、焦《じ》れったそうに言った。フェミニストの内田が、美人に対してこういう強い口調でものを言うのは珍しいが、お高祖頭巾の中が見られない苛立ちのせいかもしれない。その剣幕に驚いたように、夏美は急いで部屋を出て行った。

「失礼なことを言うようですが」と、浅見は順藏に向かって言った。

「若女将さんと晴人さんの不仲は、その原因も理由も分かりますが、ご両親との関係も、うまくいっていないのでしょうか？」

「いや、そういうわけじゃ……いまはお見苦しいところをお見せしてしまいましたが、火傷の前までは、夏美は若女将としてようやっとってくれたがです。晴人の不始末もありまして、私ら夫婦も夏美には殊更に気を使ったがです。けど、それは夏美としては我慢に我慢を重ねとったいうことでしょう。火傷からこっち、夏美は人が変わったように、塞《ふさ》ぎ込んで話しもようせんようになってしまいました。そこへもってきて、晴人が亡《の》うなって、これから先がどうなることやらいう不安もあるのとちがいますか。さっきも言うたように、私ら夫婦の代で、弥寿多家も終わりいうことになるでしょうし」

「婿《むこ》養子をお取りになって、跡を継がせることはお考えにならないのでしょうか」

「つまり、夏美をその婿さんと再婚させるいうことですか。それは夏美が承知してくれれば、そういう方法も考えられんこともないがですけど……」

順藏は語尾を濁して、首を振った。

夏美が戻って来た。テーブルの上にルーズリーフを五束、置いた。一束が五十葉くらいだろうか、ハガキより少し大きめの用紙の右肩の穴に、金属製の環《わ》を通して止めただけの、まさにメモ帳のようなものだ。

浅見は手に取って、パラパラとページを繰ってみたが、実際、電話機の傍に置いて、電話の用件をメモしたと思われる走り書きもある。

「これは警察も見ているのでしょうか？」

「はい、主人の遺体が発見された直後に、刑事さんがこちらに見えて、主人の遺品をいくつか預かって行かれました。その中にこれもありました」

「それで、警察は何か言ってましたか」

「いいえ別に。三日後の二十七日には返してくれましたけど、何も言うてません」

「そして出した結論が、晴人さんの死は自殺であるというものなのですね」

「はい、そうです」

「それがおかしい、言うとんがです」

順藏が我慢ならん——とばかりに言った。

「捜査を始めてから、まだ三日しか経っとらん段階ですよ。警察は断定したわけではないと言うとるものの、事実上は自殺と決めてしまうたいうのは、あまりにも杜撰《ずさん》なのとちがいますか。警察は最初からまったくやる気がないがです」

「そのとおり！」と、内田が膝を叩いた。そういう時代がかった仕種《しぐさ》が、妙に似合う男ではある。

「警察はいつだって、ことなかれ主義で片付けようとする。オウム真理教の時だってそうだ。警察は再三のチャンスに向き合いながら、わざと目を背けているとしか考えられないような怠慢ぶりで、行き着くところまで暴走させてしまった。埼玉県の桶川《おけがわ》ストーカー殺人事件だって、警察がもっと早い段階で被害者の訴えに対応していれば、あんな最悪の結末にならずに済んだのです。グリコ・森永事件の時だって、三億円事件だって……」

「先生……」

浅見が制止しなければ、内田は過去の事件をどんどん遡《さかのぼ》って、大化の改新の「蘇我入鹿《そがのいるか》殺害事件」までいきそうな気配だった。

「ご主人のご不満はよく分かります。しかし警察がそういう判断を下したのには、それなりの根拠があることも事実なのでしょう。明日は警察へ行って、その間の事情を聞いてみることにします。それまで、このメモ帳を拝借していてもよろしいですか？」

浅見が優しい口調で訊くと、夏美は少し躊躇《ちゅうちょ》してから、「はい」と頷《うなず》いた。

それから浅見は順藏に「申し訳ありませんが、夏美さんにだけちょっとお尋ねしたいことがあるのですが」と頭を下げた。

順藏は少し気掛かりそうな視線を夏美に向けたが、「はいはい」と頷いて席を立った。

順藏の足音が遠ざかるのを確かめてから、浅見は言った。

「晴人さん、ご主人が亡くなられた夜のことですが、奥さんは外出したそうですね。どちらにいらしたのでしょう？」

「は？　いいえ、私はどこへも行っとりませんけど」

夏美は即座に答えた。浅見は黙ったが、内田が「そんなことはないでしょう」と嚙みつくように言った。

「あなたが外出するところを見たという者がいるんですけどねえ」

「さあ、そんなことをおっしゃるが、どなたさまか知りませんけど、それは何かの見間違えやと思います。私はずっと部屋におりました。誰かに聞いてもろたら分かります」

「しかし、若女将はずっと部屋に籠もりきりで、何をしているのか、誰も知らないと言っているのですがね」

「そしたら、外出したところも、どなたさんも見ておいでではないのとちがいますか」

「いや、見たのはおたくの従業員ではなく、別の人間ですよ」

「つまり、お客様ですか？　そんな遅い時間に、お客様が私を見ておられるようなことはない、思いますけど」

「ほほう……」

内田は鬼の首を取ったような声を出した。

「僕は夜とは言ったが、遅い時間とは言ってませんよ。どうして遅い時間と分かったんですかね」

「それは……それは、主人が亡くなったんは十時から十二時頃までにかけてやと、警察の方が言うておられましたから」

内田は言い負けた形で黙ったが、それに代わって浅見が言った。

「なるほど。ではご主人が亡くなった深夜でなく、夜の早めの時間にはお出かけになったということですね？」

「いいえ、どこへも行ってません」

夏美はかぶりを振った。お高祖頭巾の中の表情までは見えないが、視線を外したのが、何やら胡散《うさん》臭い。

かといって、刑事でもないのだから、それ以上の追及はできない。

「分かりました。たぶんその人の錯覚だったのでしょう。失礼しました」

浅見は内田に代わって詫びた。

夏美が退出すると、内田は不満そうに「あんな見え透いた嘘を見逃しちゃうのかね」

と言った。

「本当に嘘かどうか、分かりませんよ」

「嘘に決まっているだろう。それに旦那のほうだって、もうちょっとカッカさせれば、殺人説のよってきたる所以《ゆえん》を喋ったかもしれないのに」

「えっ、じゃあ先生の熱弁は、それが狙いだったんですか?」

「当たり前だろう。人間、勢いがつくと、本音はもちろん、思っていないことまで喋っちゃうんだ。それを引き出すのが尋問術というものじゃないか」

「へえーっ、いつの間にそんなことを勉強したんですか?」

「いや、勉強したわけじゃないさ。いつもそれでしてやられている、実体験から学んだ生活の知恵だな」

「してやられているって、誰にですか?」

「ん?……そんなことはどうでもいい」

内田は慌てて口を濁して、「まだめしには早すぎるかな」と誤魔化《ごまか》した。

気がつくと、窓の外は夕景になっている。八尾は山脈の北側にある町だから、日の暮れが早いのだろう。そろそろ雪洞に火が入る頃かもしれない。

「めしを食うべきか、町を見物に行くべきか、それが問題だな」

内田はハムレットを気取って、廊下へ出て、調理場から漂ってくる匂いを嗅《か》いでいたが、歳のせいで嗅覚《きゆうかく》も鈍ったのか、つまらなそうに戻って来た。食事の準備が整ったかどうか、判断できなかったらしい。

浅見は、テーブルの上のメモ帳を丹念に調べる作業を始めた。環で綴《と》じられたメモ用紙の枚数に多い少ないがあることは、最初に指で挟んだ時に、微妙な厚みの違いを感じて、気づいている。市販されている時には同じだったはずだから、何らかの理由で破り取ったと考えられる。

内田にそのことを言うと、「そんなもの、メモを書き損じたのか、それとも不要になったから破って捨てちゃったんだろ」と、大して感心したふうもない。

「そうですかねえ。このメモ帳は、必ず日付が入っています。ただの覚え書きではなく、たぶん、日記代わりにしていたんじゃないですかね。これまで聞いた感じでは、晴人さんという人は、あまり几帳面《きちようめん》な性格ではなさそうだから、日記だの日誌だのをつけない代わりに、このメモをそっくり残しておいたのじゃないかと思うのですが」

「まあ、そうかもしれないけど」

あっさり認めたが、だからどうだっていうのさ？——という顔だ。

「もし日記的な性格のものだとしたら、多少の書き損じがあっても、破り捨てるようなことはしないと思うのですが」

「そりゃまあ、そうだろうね」

「それにもかかわらず、破り捨てたか、抜き取ったか、枚数がバラバラなのは、どういう理由によるものでしょうか」

「そんなこと分かるはずがない。残しておいては具合の悪いメモがあったのかもしれないし、どっちみち訊きたくても、本人が死んじまってるんだから」

「晴人さんが破ったかどうか、分からないじゃないですか」

「ん?……ああ、なるほど……」

内田はようやく、浅見の言わんとするところを理解できたらしい。食い物のことばかり考えているから、頭の回転が鈍るのだ。

「晴人氏が破り捨てたのでないとしたら、犯人は若女将か。そうだよ。僕は最初から怪しいと睨んだんだ。あのお高祖頭巾の中からこっちを見る、眼光の鋭さは、嫉妬に狂う女に共通したものだからね」

嫉妬に狂う女を何人も見てきたようなことを言う。

「若女将かどうか分かりませんよ。そもそも晴人さん自身だった可能性だってあるのですから」

「何だよ、晴人氏じゃないって言ったのは浅見ちゃんじゃないの」

「いや、僕は分からないって言ったんです。晴人さんかもしれないし、夏美さんかもしれない。あるいはほかの人かもしれない。警察だって、その可能性がありますしね」

「警察？……いくらなんでも、そこまで言うかね」

「可能性の問題です。警察が証拠物件としてメモ帳を持ち去ったのは事実なのですから。捜査員の中には、晴人さんと付き合いのある人間もいたかもしれないじゃないですか。ヤクザと接触していたやつだっているかもしれない。自分の名前がメモしてあったら、破り捨てますよ」

「ふーん……そうか、そうだな、そんなこともありうるな……しかし、きみはいろんなことを考えるもんだねえ。きみみたいな女をカミさんにしたら大変だな」

「僕が女性だったら、先生みたいなチャランポランな男はごめん被りますね。よっぽど忍耐力がなければ務まらない」

「いやなことを言うなよ」

床の間の電話が鳴って、夕食の支度ができたことを知らせてきた。

夕食は広間で、他のお客たちと一緒に、会席料理を供された後、ステージの「おわら」を鑑賞する。ただし「前夜祭」と違い、本番のおわらが明日の早い時刻から始まるので、演舞は一度だけ、解説つきで演じられた。

舞い手は選りすぐりの名手らしく、しかも若い。差す手、引く足のしなやかさ、艶《あで》やかさ、型の決まった姿態の美しさの、どの部分を取っても無駄がなく隙《すき》がなく、観客を魅了してやまない。

「いいね、いいね」と、内田は興奮ぎみに、浅見の耳に顔を寄せて囁いた。

「とくにあの右側の女性の、鳥追い姿の編笠の奥に潜んだ瞳に、ちょっとした角度の加減で明かりが反射して、黒曜石のように円《つぶ》らに光るのがいい」

作家らしい鋭い観察力と、細かい表現力には感心するが、それにしてもいったい、踊りを見ているのか、どこを見ているのか分かったものではない。

踊り納めて、「それでは、この続きは明日の本番で、たっぷりお楽しみください」と口上を残して、おわらのグループが去った。お客たちもザワザワと席を立ち、それぞれの仲間同士、ひと塊になって町へ出かける。

大抵は宿のお仕着せの浴衣姿に団扇《うちわ》を持った、お定まりのスタイルだが、内田も浅見も着たきりのままである。「捜査」の都合上というより、二人とも、あまり浴衣姿でチャラチャラ歩くのが好きではないのだ。そういう偏屈なところだけは、妙に気が合う。

祭り本番は明日からというのに、宿を出たとたん、通りはそぞろ歩きの人で賑わっていた。おわらの群舞はないのだが、どこからともなく、涼風に乗っておわら節が流れてくる町の雰囲気は、むしろ今夜のほうがしっとりとして、風情があるかもしれない。通りには雪洞が立ち並び、紫色の空にピンク色の明かりが滲《にじ》んでいる。

町のそこかしこで、戸障子を開け放った座敷や、中には道端で、三味線を爪弾《つまび》いたり、胡弓を奏でる老人の姿がある。いまはもう現役を退いて指導者を務めるのだろうか。根っからの祭り好き、音曲好きそのもののようないい顔をしている。その辺りには幾重にも人波が囲んで、いい音色に耳を傾けている。

これだけの人出だから、どこの店もさぞかし満員の盛況だろう——と思ったが、必ずしもそうではなかった。賑わいの背後に、ポッカリ空いたエアポケットのように、客が疎《まば》らな店があるものだ。その中から、とくに客の少なさそうな「コケット」という名の喫茶店に入った。

テーブルが四脚しかない小さな店だ。右手のカウンターに、とまり木の高い椅子が四つ並ぶ。浅見と内田はそこに坐った。カウンターの中では、たぶん店主らしい中年の女性がコーヒーをいれている。あまり愛想がよくないのがウリなのか、新しい客を一瞥《いちべつ》して「いらっしゃい」と言ったきり、サイフォンのほうに没頭している。その香ばしい匂いに誘われて、二人ともコーヒーを注文した。

店主以外に店員がいないところを見ると、よほど繁盛してない店のようだ。しかしコーヒーは旨《うま》かった。内田が無遠慮な声で「旨い」と褒めた。「おいしいでしょう」と、女店主は初めて笑顔を見せた。

「うん、旨い。モカとキリマンジャロのブレンドかな」

「へえーっ、すごい、よう分かりますね」

「えっ、当たったの？……」と、浅見はもちろん、当てた本人も驚いた。

「ははは、嘘ですよ、そんな上等なのは使いませんて」

「ははは、そうだろうな。お世辞で言ってみただけだもん」

それで大笑いになった。打ち解けると、女主人の口も軽くなった。

「お客さん、東京の方やね」

「彼はそうだけど、僕は違うよ。信州だ」

「あら、信州信濃《しなの》ですか？　嘘みたい。垢抜《あかぬ》けているから東京の方だとばかり思った。

ううん、お世辞でなく、これはほんと」

「うーん、それは正しい審美眼というべきだよ。生まれは江戸っ子、信州といったって軽井沢住まいだからね」

「あらーっ、軽井沢なが。歓迎しますよ。いいわねえ、いちど行ってみたい」

「ぜひいらっしゃい。いや、これはお世辞じゃないからね」

内田は求められもしないのに名刺を出している。薄っぺらな、変哲もない名刺だ。女主人は名刺を押し戴《いただ》いたが、「内田康夫」の名前を見ても、べつに何の感興も起きないらしく、ついでのように浅見に言った。

「私は山田篤子《あつこ》いいます。どうぞよろしく。あの、そちらのハンサムな方のお名刺も戴けません？」

浅見が仕方なく、肩書のないほうの名刺を渡すと、「あら？」と呟いた。

「浅見光彦さんて、名探偵で有名な浅見さんと同じお名前ながですね」

「はあ、まあ……」

「まさか、あら、いやだ、ほんとに名探偵の浅見さんじゃないんですか？」

「いや、僕はただのルポライターです」

「そうなんですか？　えっ、だったらそうじゃないですか。テレビドラマの浅見さんもルポライターをやってるわ。あっちのほうは俳優さんだから、顔は違うけど、でも、かっこいいところはそっくり。ね、内田さん、そうながでしょう？」

「どうかなあ……」

内田は自分の名前はそっちのけで、浅見ばかりが認知され、しかも「ハンサム」などと持て囃《はや》されるのが面白くないから、肯定も否定もしない。そっぽを向いて、煮え切らない返事をしている。しかし、すでに山田篤子の疑惑は確信に変質していた。

「そうながね、そうなんやわ、へえーっ、浅見探偵さんが来たということは、じゃあ、やっぱり、あの事件のことで？」

急に声をひそめて、浅見の前に顔を突き出した。

「あの事件というと？」

「あら、知らんがですか？　弥寿多家の若主人が殺された事件のこと」

「ほうっ……」と、がぜん内田が反応して、二人のあいだに割って入った。

4

「それって、殺人事件なのかい？　新聞には自殺と書いてあったけど」

「自殺なもんですか。違いますよ。新聞なんて、ほんとのことは書かんがやから」

「いや、新聞やテレビだけじゃなくてさ、警察がそう判断したのだろ？」

「警察なんて、あてにならんちゃ。素人は信じるかもしれんけど。ねえ、浅見さん、そうなんがしょ？」

山田篤子は内田を素人扱いにして、浅見に確かめる。気のせいか、浅見に話しかける時は妙に艶《なまめ》かしい。店名の「コケット」はコケティッシュから取ったのかもしれない。そう思って見ると、やや太めだが、なかなかいい女なのである。

「僕の立場としてはどちらとも言えませんが、消息通のあなたが言うのなら、たぶん間違いないのでしょう」

「ううん、私だけやなくて、みんなそう思っとんがじゃない。もっぱらの噂だちゃ」

「噂の根拠は何でしょうか？」

「それは何ていったって、晴人さん、弥寿多家の若主人さんだけど、あの人は自殺するようなタマじゃないって……私が言ったがじゃないですよ。そう言う人が多いが」

「驚きましたねえ」

「あら、どうして？　誰だってそう思いますよ」

「いや、そうでなく、同じようなことを弥寿多家のご主人が言ってました。もちろん、タマとは言いませんでしたが、趣旨としては同じことです。つまり、晴人さんは自殺なんかしないという点ではです」

「えっ、浅見さんは順藏さんのこと、知っとんがけ？」

「知っているといっても、今日、初めて会っただけですが。今夜から四日間、弥寿多家に泊まります」

「なーんだ、そうだったがけ。じゃあ、やっぱりあの事件のことを調べに来たんじゃないがけ」

「そういうわけではないのですが、結局、そうなっちゃうのかなあ……」

浅見は当惑げに苦笑して、内田と顔を見合わせ、頭を掻いて見せた。

「山田さんは、八尾の出身ですか？」

「ええ、そう……といっても、町中じゃなく、城ケ山の裏のほうですけどね。ここには嫁に来て、亭主はとっくに亡くなりました。もう、かれこれ十年近くになるかねえ」

「えっ、そんなに昔ですか？　じゃあ、まだ新婚時代ですね」

浅見は正直に驚いたのだが、内田は「うまいうまい」と褒め讃《たた》え、山田篤子は嬉しそうに「ははは」と笑った。

表の人通りが賑やかなわりに、お客の数の少ない店だ。二人が入った時から空《す》いていたのが、それっきり新規の客が入って来ない。店はほとんどガラガラ状態になった。

「僕たち、営業妨害してますかね？」

「あら、どうして？　お客さんが少ないから？　この時間帯はこんなもんやちゃ。お手伝いのコも明日からだし、ちょうどいいの。でも、もうちょっとすると、散歩がてらのお客さんがボチボチ入って来るけど」

「では、それまで話を聞かせてください」

「ええ、いいですよ、何でも訊いてくださいな。ただし、あまり差し支えのあることは話せませんよ。いくら私だってね」

内田は気を利かせて、コーヒーを追加注文した。

「ずばりお訊きしますが、山田さんの考えている犯人像って、ありますか？」

「犯人像ねえ……私がっていうより、町の人たちがみんな考えとんがは、男ね。晴人さんの愛人の愛人ていうところかな」

「愛人とは、下呂温泉付近や、富山市付近を晴人氏とドライブしていたという噂の女性のことですか」

「そんなことまで知っとんがけ。八尾には今日、来たばかりながでしょう。さすが名探偵だわね」

　山田篤子はコーヒーをいれる手を休めないで喋る。

「そうやね、その彼女の愛人――かどうか知らんけど、彼女に惚《ほ》れた相手だわね。三角関係のもつれっていうじゃないですか。それですちゃきっと。でもね、その女の人、名前はもちろんだけど、誰もどこの誰なのか知らんがですよ。サングラスやスカーフで顔がよく見えなかったっていうんやけど」

「しかし、その女性が犯人の愛人で、つまりその女性の愛人が晴人さん殺害の犯人であるという想像だけでは、説得力がないですね」

「そうかもしれんけど、他に晴人さんを殺りそうな人って、おらんちゃ。それに、晴人さん、ここに来た時に、『おれは殺されるかもしれん』って言っとったし」

「えっ、そんなことを言ったのですか。いつ頃の話ですか?」

「かれこれひと月ぐらい前かしら。そう、高校野球が始まる前ってことは八月初旬かな。少し酔っとったし、ヤクザに脅されている頃の口癖みたいなものやったし、どうせいつもの愚痴でしょうって思たから、その時は気にも留めんくて、すっかり忘れとったけど、事件が起きて、ああ、そういえばそんなことがあったな――って思い出したの」

「そのこと、警察には?」

「言わんちゃ。警察が来た時、何も訊かれんかったし……言っときますけど、これは浅見さんやから話すがやぜ。警察に告げ口なんかせんといてね」

「分かりました。それで、晴人さんは、どうしてそんなことを言ったのですかね？　たとえ冗談にしても、殺されるというのは穏やかではありません。身辺に何か、それらしい兆候があったのでしょうか？　確か、暴力団関係者に借金があったと聞きましたが。それとは関係ないのでしょうか」

「ああ、暴力団ね。警察も最初はそっちのほうに目を向けとったけど、それは違うちゃ。だって、借金があるなら、殺しちゃったら意味ないじゃない」

その点は、内田と浅見が話していたことと同じ意見だ。

「やっぱりね、晴人さん、いろいろ悩みがあったんやと思う。奥さんがあんなことになっちゃって……知っとんがでしょ、若女将の火傷のこと。それで、愛人のほうに気持ちも体も向かってしもて。そうすっと、初めは遊び半分のつもりでも、だんだんエスカレートして、にっちもさっちもいかんくなっちゃうもんなのよ」

「ふーん……」と、内田が感心したように唸《うな》った。

「その意見は、ママの経験から学んだものなのだろうね」

「ははは、さあ、どうかしら」

山田篤子は手をヒラヒラさせ、適当にあしらっている。

「しかし、晴人さんの放蕩は、若女将が火傷するより、ずっと前からのことでしょう」

「そうやけど、でも、やっぱり火傷してからは決定的になったんじゃないけ。夏美さんは引き籠もりがちで、人に会うのを避けとったからね。晴人さんとの夫婦生活やって、事実上、終わってしもたようなもんじゃないかね」

「ということは、それまでは夫婦生活はあったのかな？」

そういうことになると、内田は首を突っ込みたがる。

「知らんちゃ、そんなこと。夏美さんはとっくに、気持ち的には離れていたみたいやけど、晴人さんのほうはどうやったがかね。酔って迫るなんてこと、あったがじゃないかね。男ってほんと、しようがない生き物やから」

そう言われると、「しようがない生き物」である二人の客はシュンとなる。

「晴人氏と夏美さんは恋愛結婚かね」

「そもそもの馴《な》れ初《そ》めはお見合いみたいね。すぐに結婚したから、それなりに馬が合ったんがやろうけどね。だけど、晴人さんには、その前から付き合ってた恋人がいたっていうちゃね」

「夏美さんにだっていただろう、彼氏の三人や四人」

「そうだちゃね、あんだけの美人やもん。三人かどうか知らんけど、ぜんぜんいないっていうほうがおかしいちゃね」

「そもそも、夏美さんてのは、どこの人だったの？」

「岐阜県の高山市辺りの人やって聞いたことがあっちゃね。彼女はあまり話したがらんがやけど、お父さんがいなくて、苦労した家庭やったみたい」

「高山ですか……峠を越えた向こうですね」

浅見は地図を思い描いた。高山までは、越中八尾駅から高山本線に乗れば、たぶん一時間ほどの距離だ。

「夏美さんと私は、ほとんど同じ頃にお嫁に来たがやで。歳恰好も似たようなもんやし、余所者同士ってこともあって、ときどき、ここに来てはコーヒーを飲んで行くが」

「余所者って、山田さんは余所者じゃないじゃないですか」

「まあね。でも、八尾町の中でも、厳密にいうと、旧市街の町家の十カ町以外は、全部余所者なのよ。昔はおわらだって参加できなかったんですから」

「排他的なんですか」

「それとはちょっと違うんやけど、伝統的なことを守ろうとすることに関しては、うるさい人が多いみたい。それと、あまりこせこせしないのね。富山県人て、働き者っていうイメージがあるねが。でも、八尾の人たちはのんびりしとんがっぜ。文化的っていうんか、見栄《みえ》っ張りっていうのか。貧乏なくせに、飾りたててお祭り騒ぎをするの大好きで。風の盆もそうやど、春の曳山祭なんか、その典型だちゃね」

山田篤子の口ぶりには、屈折した郷土愛のようなものが感じ取れる。好きなくせに素直に好きと言えない、彼女もまた、八尾の風土を代表する人物像なのかもしれない。

「そういえば、曳山祭というのは、高山の山車と似ていますね」

「そうやね、どっちも、元をただせば京都の祇園祭を真似たものなんでしょう。八尾が先か高山が先か知らないけど、やっぱり見栄っ張りやちゃね」

「その高山から嫁に来たのか……八尾の曳山を、どんな思いで見ていたのかなあ」

「見ていたって、夏美さんのこと？」

「うん、高山にいた頃、恋人と祭りに出かけたことだってあったでしょうからね。感慨が胸に去来したんじゃないですかねえ」

「ああ、そうやねえ……ふーん、浅見さんて、そういうことを考えちゃう人なんだ。そんなことを聞くと、なんだか夏美さんが可哀相になってきちゃう」

山田篤子は初めて、しんみりした表情を見せた。

「おわらについては、本家争いみたいなものがあるんだそうだね」

せっかくのいいムードをぶち壊すように、内田が言った。

「弥寿多家の親父さんが、伝承会のリーダーで、無玄寺派と対立していると聞いたが、そのことと、事件とは関係ないのかな」

「それはないがじゃないけ。晴人さんは伝承会どころか、おわらには一切、関わっとらんもん」

「それが不思議なんだけど、八尾で生まれ育って、しかも老舗旅館の跡取りで、風の盆やおわら伝承会のリーダー格である順藏さんの息子だろ。その晴人氏がおわらに無関係でいられたっていうのがさ」

「若い頃はちゃんとやってましたよ。晴人さんはハンサムやし、プロポーションもいいし、踊り手としては最高だったわね。でも、夏美さんと結婚した頃から、すっぱり、踊りをやめてしもたのよね」

「ということは、夏美さんとの結婚がきっかけで、親父さんとの関係がこじれちゃったってことか。何があったのかな？」

浅見はカマをかけて訊いてみた。

「それはだから、好きな女の人との結婚を反対されたってことじゃないがけ。私は詳しいことは知らんがやけど」

山田篤子が嫁に来る前の話だ。すでに二十年近くを経過している。その歳月を超えて、怨念《おんねん》が続いていたとは考えにくい。

「それとも一つ、屋台を締め出した問題はどうなのだろう。香具師の仕返しってことはないのかな」

「そっちのほうが、もっとないと思うな。だって、晴人さんは町の人たちより、むしろヤクザ関係の人と付き合っとったみたいよ。もしそうやとすると、香具師の人たちから見たら、交渉の橋渡し役みたいなもんじゃないけ。その人を殺しちゃうなんて、ありえんちゃ」

「そういうものかな……」

内田は必ずしも得心したわけではなさそうだが、それ以上の質問をやめた。

山田篤子の予言どおり、歩き疲れたような顔のお客が入って来た。お客と一緒に外の熱気も流れ込んだ。「いやあ、涼しいな」と、生き返ったような声が出る。

それを汐《しお》に、二人は席を立った。会計を済ませ、女店主に礼を言って、店を出た。モアーッとした熱気と湿気に包まれて、つい足早になった。一刻も早く冷房の効いた旅館に戻りたい。

「夏美さんは、どういう経緯で弥寿多家に嫁に来たんですかねえ」

歩きながら、浅見は切れ切れに喋った。

「そりゃ、弥寿多家なら、嫁入り先として不足はないいんじゃないかね。たとえ晴人がドラ息子でもさ」

「そういうことですかねえ」

「そういうことだよ」

それが結論で、弥寿多家に戻るまで、会話が途切れた。

# 第三章　八尾の女

## 1

翌朝、朝食を済ますと、内田はすぐにワープロに向かい仕事を始めた。週刊誌の締切りが昨日なのに、一枚も書いていないと嘆いている。

「だったら八尾くんだりまで付き合うことはなかったじゃありませんか」

浅見は、背中を丸めてキーを叩く、内田の後ろ姿に言った。

「いや、僕も引き受けた以上、責任があるからね。きみに任せきりにしておくわけにはいかないのだ」

本当に責任感からなのか、それとも野次馬根性からなのか、よく分からないが、まったく、自分の失敗を素直に認めたがらない、偏屈な男だ。

結局、浅見は一人で八尾署へ行くことになった。折よく、順藏が買い物に行くというので、車に便乗させてもらった。今日から風の盆の本祭りが始まるが、規制区域内でも、午前中は地元の「特定車両」の走行はOKらしい。

朝もやがかかって、いまのところは過ごしやすいが、もう少しすると暑くなるにちがいない。朝のうちから胡弓と三味線の音が聴こえていたけれど、町はまだのどかなものである。

小さな町だけに、八尾署はこぢんまりした建物だ。浅見が「寄って行きませんか」と誘ったが、順藏は「刑事らの顔など、見たないちゃ」と、素っ気なく言って、去って行った。彼が憤慨していたとおり、晴人の死はすでに自殺で片がついているらしい。捜査本部が置かれた様子もなく、入口付近も閑散としたものである。

受付で「旅と歴史」の名刺を出し、「安田晴人さんの自殺のことで、お話をお聞きしたい」と言うと、二階から制服の警部補が下りてきて「山地といいます」と名乗った。

「どういうことでしょう？」

浅見の名刺と顔を見比べて、訊いた。テレビ局や大新聞ならともかく、名前も聞いたことのないような、弱小出版社だと軽く見るのか、愛想のない口調だ。

「安田さんの死は自殺で処理されたそうですが、じつは他殺ではないかという噂を聞きました」

「またけ」

山地警部補は苦々しく顔を歪《ゆが》めた。

「そんな噂をどこの誰に聞いたんか知らんけどね、そういうことを憶測で言ってこられても、困るがやちゃ。終わったことを掘り返して記事にするのは勝手やけど、無責任なことは書かんといてくださいよ」

「またとおっしゃると、他社もそう言ってきているのですね」

「いや、他の社は警察発表にケチをつけるようなことはしとらんよ」

「では、誰がケチをつけたのですか？」

「それは……そんなこと言えるはずないちゃ」

「やはり、被害者のご遺族でしょうか」

「だから、それは言えんと言っとるでしょう」

「それにしても、ずいぶん早い段階で自殺と断定したように思うのですが、根拠は何なのですか？」

「まだ断定はしとらんよ。けれど、状況からいうて、自殺以外には考えられんがじゃないけということやちゃ。盗まれたものもなさそうだしね」

「携帯電話の記録は調べましたか？」

「いや、電話は持っとらんかった」

「えっ？　それは変ですね。携帯電話を持っていないとは考えられませんが」

「しかし死体が持っとらんかったことは事実やちゃ。付近の捜索からも発見されとらんし、携帯電話だけを盗むはずもないし。目下、自宅や被害者の立ち寄り場所なんかを当たっとるけど、現在までのところ発見には至ってないやちゃ」

「遺書はなかったと聞いていますが」

「遺書はなかったが、やけど奥さんがご主人からそれらしいことを聞いとんがでね」

「えっ、自殺すると言ったのですか？」

夏美は警察が出した結論である「自殺」を肯定はしていたが、自分のほうからそんなことを言ったようなニュアンスには受け取れなかった。

「自殺するとは言っとらんけど、死にたい言っとったそうやぜ」

「その程度のことなら、苦しい時につい口走りそうな気がしますが」

「そうですかね。自分は言ったことないけど、あんたは言ったことがあるけ？」

「いえ、僕もありませんが」

「そうやろう、人間、そんなに簡単に死ぬちゃは言わんちゃ」

おかしな理屈だが、妙に説得力がある。

「こんなところですかね。じゃあ仕事があるんで失礼しますよ」

山地は軽く挙手の礼を見せて、さっさと行ってしまった。取りつく島もない。

警察署を出て歩きだしたところに、スーッと車が寄ってきて「浅見さん」と呼ばれた。

「コケット」の女主人・山田篤子だ。買い物の帰りらしく、後部座席にパンやら野菜やらが山積みになっている。

「やっぱり浅見さんだったがね。後ろ姿がかっこいいから、すぐに分かったちゃ。どうでした警察、ぜんぜんやる気がないでしょう」

「それはどうか知りませんが、自殺と断定したことは事実のようですね」

「それやから、やる気がない証拠じゃないけ」

「さあ、一概にそうとはいえませんよ」

「ううん、そうやちゃ、そうに決まっとんが。それより浅見さん、弥寿多家さんに帰るんなら、乗って行かんけ」

「あ、それは助かります」

小さな車だが、八尾の町中を走るには都合がいいのだろう。フロントガラスに特定車両のステッカーが貼ってある。

「事件現場、見られた？」

山田篤子が言った。

「いや、まだですが」

「だったら行きませんけ」

十時半の開店までには、行って戻って来られる距離なのだそうだ。まだこの時刻は観光客の人出も少ない。

八尾は緩い傾斜のある細長い町だ。中央の古い街道筋（国道四七二号）を中心に、三本のメイン通りが北東から南西に走る。三本の最も南寄りの道が、日本の道百選に選ばれた「諏訪町通り」で、通りのほぼ真ん中、諏訪町の専能寺脇から城ケ山公園へ上る坂道がある。両側が桜並木で、春はずいぶん賑わうそうだ。ただしほとんどが緩やかなから石段の道だから車は通れない。車は、諏訪町通りの突き当たり近くを左折、東新町の若宮八幡社の脇を抜けてゆく坂を上る。

「晴人さんの車は自宅に置いてあったそうですから、石段の道を登って行ったことになるのでしょうか」

浅見は訊いた。

「さあ、どうかねえ」

坂道に向けてハンドルを切りながら、山田篤子は首をひねった。

「もしそうやとしたら、誰かに見られていそうなもんやけどね。石段付近は、夜更けでもけっこう、涼みがてらの散策をする人が少なくないですから。誰かの車で行ったんじゃないがかね。つまりその人が犯人ていうことになるけど」

「車で行ったとするとこの道ですか」

「たぶんそうやと思うけど、山の反対側の角間《かくま》というところからも登り道がありますよ。山の上で繋がってます」

この道も桜並木。その背後には杉林が迫っていて、昼なお暗い山道といった趣だ。しかし、じきに開けたところに出た。左右にいくつかの記念碑のようなものが建つ辺りから、山頂までが城ケ山公園だという。かなりの広さだ。

篤子はブレーキを踏んだ。城ケ山公園の広場に入って少し行ったところで、そこが事件現場であった。

車を降りて二、三メートル先には、実況見分が行なわれたことを示す白い粉などが残っている。すでに「立入禁止」のテープは取り払われていた。

「そこの木の根方に、酔っぱらいみたいな恰好で坐り込んでいたんがやって」

篤子が指さした桜の根元の、晴人が坐っていた位置に、白い粉のマークがある。脇に置かれた花束が枯れていた。

広場は舗装されていないが、砂利が敷きつめられた状態で、おそらく足跡は採取されなかったものと想像できる。警察が足跡を採取したのは、草地に入ったところだそうだ。ただ、夏草が繁茂しているから、それほど条件のいい足跡が採取できたとも思えない。他殺だと仮定した場合、犯人が別の場所で殺害した晴人を、ここまで運んで来た可能性も否定できないのではないだろうか。

「この辺は夜間、まったく人通りが絶えてしまうのでしょうか?」

「ふだんはそうやけど、でも盆祭りの夜は、けっこう賑やかじゃないのかしら」

「あ、いや、晴人さんが亡くなった日の頃という意味です」

「そうやねえ、前夜祭は本祭に較べれば、人出は段違いに少ないから、たぶん誰も来ないと思いますよ。昔はけっこう、デートスポットだったみたいだけど、いつだったか、アベックがカツ上げされたことがあって以来、物騒だっていう噂が広まったし」

浅見はじっと佇《たたず》んで、桜の木の根元を見つめた。警察と夏美は自殺だと断定し、弥寿多家の人々やコケットのママなどは他殺だと信じている。そういうまったく相反する意見の狭間《はざま》にいて、死んだ安田晴人はどんな思いでいるのだろう。

ラフカディオ・ハーン（小泉八雲）は、日本人特有のものの考え方として「なぞらえる」という精神活動をあげている。自分以外の誰か、あるいは何かに、自分の精神を委《ゆだ》ねることによって、意思の伝達や感性の幅を広げようとするものだったと記憶している。

それと同様に、われとわが身を桜の根元に坐らせ、晴人になぞらえて、想像の世界に浸りたい――と浅見は思う。

彼の視点に立てば、真相はいとも簡単に見えてくるのに、第三者でいるかぎり、憶測や邪推の限りを尽くしても、結局、ああでもない、こうでもないと、なかなか真実には近づけないものだ。

「浅見さん、どうしたがけ？」

山田篤子が心配そうに声をかけた。その寸前、ほんの一瞬だが、浅見は「なぞらえる」ことに成功したような、何かが見えたような気がした。晴人の靴を履き、晴人を背負って斜面を行く犯人――。しかし、それは単なる錯覚だったかもしれない。どっちにしても、山田篤子の無遠慮な声が、着想に繋がりそうな雰囲気を吹っ飛ばしてしまった。

「行きましょうか」

浅見は踵《きびす》を返した。目の前に集会所のような建物が見える。

「あれは何ですか？」と訊いた。

「管理棟っていって、町がイベント目的に造ったんやけど、ほとんど利用されんで、税金のムダ遣いやないかって、評判が悪い代物よ」

「夜は誰もいないのですかね？　もし宿直の人でもいれば、事件を目撃していたかもしれない」

「宿直なんて、いるわけないちゃ」

篤子は言ったが、浅見は大股で歩いて「管理棟」を訪問した。しかしドアは閉まっているし、窓から覗いてみたが、管理職員のいる気配もない。ガランとした板の間の隅には、幟旗《のぼりばた》や小太鼓など、祭りの小道具のようなガラクタが積まれていて、まるで物置だ。

「ほらね、昼間だって誰もおらんがやから、宿直がいるはずないでしょう」

「ほんとですねえ」

言ってからも、浅見はしばらく板の間の様子を眺めた。この建物が事件の唯一の「目撃者」だったことを思った。そう思うと、中のガラクタでさえ、何かの意味を持つような気がしてくる。

「早く行きましょうよ。お店、開けなんとならんがやちゃ」

催促され、思いを吹っ切って車に戻り、城ケ山を下りながら、浅見は篤子に訊いた。

「晴人さんが、若女将の夏美さんと結婚する前に付き合っていた女性のこと、あなたは知ってますか？」

「ええ、知っとるよ。といっても、かれこれ二十年近くになるし、私が嫁に来る前のことだから、顔見知り程度ですけどね」

「かなりアツアツだったそうですね」

「そうみたいやね。二人ともおわらの踊りがとても上手で、いつも一緒だったし、いずれ結婚するって決めていたそうですよ」

「それが駄目になったのは、親父さん、順蔵さんが猛反対したからだとか」

「そうね、家同士が仲が悪かったがね。その彼女の家、美濃屋さんいうんですけど、無玄寺さんと古くからのお付き合いがあんがですよ。すぐそこやから、ちょっと前を通ってみましょうか」

町並みに入ると、山田篤子は器用にハンドルを捌《さば》いて、一方通行の道を曲がる。

八尾の町としては、わりと平坦な道の両側に、宿場町風の家と、近年になって新しく建てたらしい民家がミックスした家並みだ。どの家も提灯を飾り、祭りの雰囲気を盛り上げている。その途中に、軒から少し突き出している「美濃屋」の看板が見えた。ほかの店同様、間口はあまり広くないが、奥行きのあるこぎれいな土産物店だ。浅見は店の中に視線を走らせながら通過した。

「いま、お店の奥にチラッと見えたでしょう」

「えっ、そうでしたか。気がつかなかったな。まだここにいるということは、彼女は独身を通しているのですか？」

「ううん、結婚して高山のほうにお嫁に行ったわ。それも、晴人さんの結婚からそんなに遠くなく。いまはご実家の手伝いに来とるのよ」

「ふーん、そんなものですかねえ。案外クールなんだなあ」

「クールだなんて、増子さんはそんな人じゃないわよ」

篤子はムキになって弁護した。

「そうそう、娘さんの名前は増子さん——増加の増に子供の子——珍しい名前でしょう」

「そうですね、覚えやすい名前ですね。ところで、美濃屋さんは無玄寺と付き合いがあるというと、安田順藏さんたちの『おわら伝承会』とは対立関係にあるんじゃないですか」

「そうなのよ。本心はどうか知らないけど、美濃屋さんとしては、先祖代々の菩提寺《ぼだいじ》である無玄寺さんを立てないわけにいかんでしょう。弥寿多家のご主人はそれが気に入らんわけ。だからうまくいかんかったんじゃないんですかねえ」

「なるほど、ちょっとしたロミオとジュリエットというわけですか」

「そうそう、町の人たちはみんなそう言っとったよ」

「そのロミオが亡くなって、ジュリエットさんはどんな気持ちでいるのかな。少なくとも、お店の手伝いができるくらいだから、やっぱりクールなんじゃないですかね」

「やめなさいよ、そんなこと言うのは。もう二十年も昔の話でしょう」

車が停まった。

「はい、降りてください」

山田篤子は冷たい口調で言った。てっきり機嫌を損ねたのかと思ったが、そうではなかった。すぐ脇にコケットの看板が見えている。「お店、すぐ開けますから」と言うので、浅見はコケットの前に佇んで、しばらく街の風景を眺めた。

よく晴れて、たぶん祭り日和といえるのだろうけれど、とにかく暑い。まだ午前中というのに、日陰にいてもジワッと汗ばむような熱気が漂っている。それでももう、街を往来する観光客の姿が少なくない。弥寿多家を出てから小一時間のあいだに、ずいぶん賑やかになっていた。

「お待たせ」と背後で声がした。山田篤子がドアに「営業中」の札を下げている。コケットの店内の暗さに瞳孔が慣れるまで、しばらく時間がかかった。店の中は、たったいまクーラーのスイッチを入れたばかりらしく空気が生暖かい。

何も注文しないうちに、篤子は冷たいコーヒーを、氷をたっぷり入れた大きなグラスに注いで出してくれた。喉《のど》から胃の腑《ふ》に爽快感《そうかい》が突き抜けた。

「増子さんのことやけど」

篤子が気まずそうな顔で言った。

「本当は彼女、昔、自殺未遂があったみたい」

「ほう……」

「あまり驚かんがね」

「いや、そんなことはありませんよ。ただ、そういうこともあるかなとは思っていましたからね」

「やっぱり浅見さんは名探偵なんだわ、何でもお見通しながね」

「いつ、どういう状況だったのですか」

「どういうって？」

「つまりその、自殺未遂の状況です。縊死《いし》なのか、服毒自殺なのか、それとも飛び込み自殺だとか、いろいろありますが」

「そんなふうに、いろいろ取り揃えてあるみたいな言い方は、よくありませんよ」

「ああ、確かに……しかし、それをはっきりしておかないと、理解できませんから」

「自殺の方法で何かが分かるってことなんですか？」

「たぶん」

「ふーん……そんなものかしらね。もっとも、私は後になって人から聞いただけやから詳しいことは知らんがぜ。睡眠薬を飲んだっていうんやけど」

「いつのことですか」

「晴人さんと夏美さんの結婚が決まる前やちゃ。だから増子さんがクールだなんてことはありません」

「それで、その時、晴人さんはどういう対応をしたのでしょうか」

「それはもちろん、ショックだったんじゃないかしら」

「しかし、予定どおり結婚しちゃったのでしょう。それなのにどうしてショックだったって分かるのですか？」

「それは……まあ、ふつうはショックだったろうって……だけど浅見さんて、おかしなことに気が回んがねえ」

「そうかな、おかしいですかね。しかし、本当にショックだったかどうか、ご本人には訊けなかったのだし、ほかの誰かに確かめたわけでもないのでしょう？」

「じゃあ、晴人さんはショックじゃなかったかもしれんっていうわけ？」

「少なくとも、夏美さんとの結婚を解消するほどのショックではなかったことは事実でしょう」

「それはそうやけど……」

「もし僕が晴人さんの立場で、愛する女性が自殺を図ったと聞いたら、すぐには結婚などできなくなるでしょうね。おそらく晴人さんには、増子さんが自殺しようと何をしようと、夏美さんとの結婚を絶対に解消できない、何らかの事情があったのでしょうね」

「…………」

山田篤子は何か言いかけた言葉を呑み込むと、恐ろしげな目で、まじまじと浅見の顔を見つめた。

2

日頃、持続力のない内田が、珍しくワープロを叩く作業に専念している。浅見が部屋に入って行っても、振り向きもしない。よほど切羽詰まった状況なのだろう。そういえば、担当編集者の菊地という女性がなかなかきつくて、原稿が遅れると、ふた言目には「私に死ねというんですか」と嚙みつくそうだ。

「美人を殺すわけにもいかないものでね」と、内田は半分本気らしい。

浅見は内田の執筆を妨げないように気を使って、部屋の反対側の片隅で、例の晴人のメモ帳を広げた。

丁寧に読み返してみても、事件を予測させるような記述は出てこない。

目立つのは電話の覚え書きと思われるもので、何かの会合や打ち合わせなのか、「○月○日、○時、M氏　高岡Pホテル」といったメモが頻繁に出てくる。宿泊の予約を受けたと見られる「○月○日、S氏他七名」というメモも少なくない。フロントでなく、晴人の携帯に直接電話してきたというのは、個人的な繋がりによるものと見てよさそうだ。客の住所・電話番号に、京都、大阪方面が多いのは、おそらく京都の大学時代に培ったと思われる人脈を活用して、営業活動を行なっていたものだろう。

順藏の話を聞くと、晴人はまったく家業に精を出さなかったイメージが強いのだが、これを見るかぎり、それなりに働いていたようにも思える。

五束あるルーズリーフの最後の束も、ページ枚数が残り少なくなった。つまり「事件」の日に近づいてきたということだ。

それまでよりもいっそう注意深く、ゆっくりとメモを繙《ひもと》いていて、浅見はふと、捲《めく》った次のメモ用紙に、前のページのボールペンの痕がかすかに捺《お》し写されていることに気がついた。真上からの明かりでは判然としなかったかもしれないが、窓の光線を斜めに受ける微妙な角度で際立って見える。

そのページには「8／9　3時　北日本新聞　武井氏来」とメモがあるだけで、比較的余白部分が広い。

メモが書かれたのは八月三日。メモの余白部分に「高山」という文字がかすかに刻まれていた。これまで見てきたメモの中に「高山」はなかった。昨日の山田篤子との会話の中で「高山」が若女将の夏美の出身地であることを知った。そのことが浅見の視神経を刺激したにちがいない。

浅見はがぜん、緊張した。

念のために前のページを確かめたが、そこには宿泊予約と思われる人物の名前、大阪の住所・電話番号、それに「五名様」と人数が書いてある。「高山」の文字はない。明らかに「高山」を書いたページは引き抜かれているのだ。

あまり明瞭ではないが、「高山」の文字以外にも十ばかりの文字が刻まれている。浅見はシャープペンシルを斜めに使って、メモ用紙の上を軽く擦《こす》った。白抜き文字がうっすらと浮かび上がってくる。「8／19　1時　高山　ロスト」と読めた。

八月十九日の午後一時に「ロスト」で誰かと会う約束をした——と考えられる。それまでにも、似たような記述がいくつかあった。そういう書き方が晴人の癖なのだろう。北日本新聞の武井の場合も、同じだった。

ただし、相手の名前が書いてないところが異なる。つまり書かなくても分かる……あるいは書き留めると具合の悪い相手だったのかもしれない。

「ロスト」はたぶん喫茶店の名と見当をつけて、「岐阜県高山市のロスト」の電話番号を問い合わせた。思ったとおり、ロストは高山市にある喫茶店だった。電話に出た女性に場所を訊くと、そういう問い合わせが多いのだろう、いかにも慣れた口調で「宮川沿いの本町通りです。鍛冶橋の交差点から百メートルばかり南へ行ったところですから、すぐ分かります」と言った。

「高山がどうかしたのかい？」

内田がワープロの手を休めて訊いた。原稿に没頭している様子だが、ちゃんと聞き耳を立てていたらしい。浅見はメモ帳を示して解説した。浅見の疑惑には内田も興味を惹《ひ》かれて、身を乗り出した。

「八月十九日といえば、晴人が殺される四日前じゃないか」

「そうですね。事件との関係があるのかどうかはともかくとして、メモが引き抜かれている点から見て、見過ごすわけにはいかないでしょう。とにかく、調べてみる価値はあります」

「じゃあ、高山へ行くの？」

「ええ、そのつもりです」

「そうか、高山とくれば飛騨牛《ひだぎゅう》と高山ラーメンだな……僕も行きたいが……」

事件のことより、食い意地が先行するのがいかにも内田らしくておかしい。今回もそれが決め手になったようだ。内田はワープロの画面としばらくにらめっこをしていたが、決然と「よし、行こう」と宣言した。

「いいんですか、菊地女史は？　また叱られますよ」

「なに、そんなもの、高山ラーメンの魅力を前にしては恐れるに足らんさ」

締切りの恐怖を払いのけるように、強がりを言って立ち上がった。

町はずれの臨時駐車場まで歩いて、セルシオで行くつもりだったが、順蔵が列車で行ったほうがいいと勧めた。

「帰りに渋滞に引っ掛かって、それに、駐車場にも入れなくなるかもしれません」

「それもそうですね」

結局、タクシーで駅まで行って、そこから高山本線を利用することにした。順蔵の忠告は正しかったようだ。まだ真っ昼間というのに、通りをそぞろ歩きする観光客の数は相当なものだ。この分だと街道筋も身動きが取れないくらいだろう。

越中八尾一三時〇六分発の「L特急」は、高山には一四時一五分に着く。発車時刻まで四十分もあるし、ちょうど昼食時だった。駅前にラーメン屋があったのだが、内田はすでに、高山に行ってからラーメンを食うつもりになっている。

到着した列車からは、いまどきのローカル線では信じられない、満員の客がドッと降りてきた。「おわら」人気が相変わらずであることを物語る。

高山本線は次の停車駅猪谷《いのたに》を通過すると、山に分け入るような風景になる。左右は人家も疎ら。濃密な緑がしたたるばかりで、さながら森林浴の気分を味わえる。トンネルをいくつも抜け、途中の六つの駅を飛ばして、次は飛騨古川《ふるかわ》、そして高山である。

高山というと、川べりの屋台で「みたらし団子」を商うような、素朴な情景ばかりを想像してしまうが、意外なほど大きな町だ。観光案内所で訊くと、駅を出て東へ向かい、十分ほど歩けば川にぶつかる。その辺りが鍛冶橋だからすぐ分かる——そうだ。

駅前周辺は少し雑駁《ざっぱく》な感じだが、川べりまで出ると、とたんに情緒豊かな街になった。高山は盆地の町で、九月に入ったとはいっても真昼の暑さは相当なものだが、川風のせいか、それとも風景のせいなのか、さほどには感じない。

しかし暑がりの上に歩くのが苦手の内田は汗だくで、「早く店を探してくれよ」と悲鳴を上げた。

「店って、ラーメンの店ですか？」

「まさか、この暑さでラーメンはないでしょう。とりあえず涼しいところがいいな。ロストだかゲットだか知らないが、その喫茶店らしきところへ行こう」

電話で聞いたとおり、ロストは目標の鍛冶橋の交差点から百メートル足らずの、歩道のある通りに面した場所にあった。アーリーアメリカン風のこざっぱりした店で、内田の念願どおりクーラーがよく効いている。店内で最も風の当たる席に坐り、二人ともアイスコーヒーを注文した。

この辺りは観光スポットから外れているのか、それとも時刻が中途半端なせいか、お客は少ない。ひと落ち着きしたところで、浅見はウェートレスを呼び、ポケットから写真を取り出して訊いた。

「この人に見覚えありませんか？」

安田晴人のポートレートである。「へえーぇ、用意がいいね」と内田は感心した。ウェートレスは首を突き出すようにして覗き込んだが、すぐに「さあ……」と悩ましげな顔になった。

「知らん顔やけど、その人、お客さんですか？」

「たぶんそうだと思います。八月十九日の午後一時頃に来たはずですが」

「八月十九日ですか？」

復唱して、目を宙に向けた。その日の記憶を思い出そうとしている様子だったが、じきに諦めて首を横に振った。

会話を聞いていたのか、カウンターの中から、マスターとおぼしき男が「八月十九日というと、台風が来た日と違うかな。高校野球が中止になってまったさあ……」と言った。

その言葉が刺激して、女性の記憶を呼び起こしたらしい。

「ああ、あんときの……マスター、ちょっと見てみい。この写真の人、あん時の人じゃないですか？」

マスターもやって来て、写真を手に取って見た。

「そやな、あん時の人だな」

頷いてから、気がついて、「お客さん、刑事さんかな？」と訊いた。

「いや、そうじゃないですよ」

浅見は笑顔で答えた。

「知り合いが行方不明になっていて、手分けして探しているのです。そうですか、やはりおたくに来ていたのですか。それじゃ、この人ともう一人、一緒にいたでしょう？」

「いや、一人やったよ」

言ってから、ウェートレスと「どうしようか」という顔を見合わせた。

「確か、誰かと待ち合わせしていたと思うのですがね」

浅見は誘い水を向けた。

「そやな、待ち合わせしとったよ。そやけどこの人が来たのは一時やなくて二時頃やったよ。昼頃から雨風がだんだんひどくなって、お客さんもおらんし、もう店を閉めようかって話しとったんやおな」

マスターに同意を求められて、ウェートレスは黙って頷いた。

「ずぶ濡れで入って来て、そうそう、タオルを貸してやったりしたんだ……そういやあ一時に待ち合わせしとって、遅れたようなことを言っとったよ。やけど、その時間におったお客さんはみんな顔見知りの人ばかしで、該当するような女の人はおらんかったよ」

「あ、ちょっと待って、待ち合わせの相手は女性だったのですか」

「そや、そう言っとったよ。八尾のほうからみえる予定やったみたいです。名前も言ってたな……」

「えっ、名前を言ったのですか。何て言っとったかなあ……」

「そや、言っとったよ。何て言っとったかなあ……」

マスターが呻吟していると、脇から女性が言った。

「確か山本さんやったと思います。私の友だちの名前と同じやったで、憶《おぼ》えとるよ」

「そやそや、山本さんって言っとった。やけど、たぶんあれは嘘やったんじゃないかなあ。八尾って言った時も、言ってしまってから後悔したみたいな顔やったし、名前を言う時には、ちょっと躊躇《ためら》うような様子を見せとったよ」

「山本ですか……」

「そいつは間違いなく偽名だね」

内田が断定した。さらに思い当たる名前を口にしそうになったので、浅見は慌てて制止した。

「それで、この人はそれからどうしたのでしょう？　待ち合わせの相手は結局、現れなかったのですね」

「そや、来なかったよ。何しろあの日はすごく荒れとったからね。すっぽかしたというより、来れんかったんじゃないかなあ。三時頃までおって、帰られましたよ。その後すぐ、うちも店を閉めたもんで、それから来たのかどうかは知らんけど」

「そうですか、どうもありがとう」

礼を言って、それから間もなく店を出た。ドアが閉まるか閉まらないうちに、内田は我慢の糸が切れたように「その女だけどさ、コケットのママの山田篤子じゃないのかね？」と言った。

「偽名を使う時、とっさの場合に似たような名前を口走ってしまうものだからね。山本の本名は山田だろうな。しかも女とくれば、あの山田篤子に決まっている」

「そんなに簡単に決めつけちゃっていいのですかねえ」

浅見は苦笑した。

「間違いないさ。消息通だし、弥寿多家のことも美濃屋のことも詳しいし、晴人とも夏美とも親しくしている。晴人が愚痴を零しに来たとも言ってたじゃないか。それにどうもあの女、客に対して生意気だ」

とどのつまり、山田篤子に自分を無視されたことが気に入らないらしい。内田の個人的な思惑はともあれ、その可能性がないわけではない。

「彼女はそう悪い人間には思えませんけどねえ」

「どうしてそう言えるのさ。甘い甘い。浅見ちゃんは女のことには疎いからな。僕ぐらい苦労していると、女の本質が見えてくる。おわらの女たちだって例外ではない。純情可憐《かれん》そうに見えて、鳥追い笠の下で何を考えているか知れたもんじゃない」

「先生が女性に苦労しているのは、あえて否定しませんが、しかし、山田篤子を悪女と決めつけるのはどうですかねえ。現に昨日もそうだったけど、今日なんか、事件の背景なんかについて、彼女のほうから積極的にいろいろ教えてくれましたよ。事件現場の城ケ山公園にも案内してくれたし」

「えっ、案内って、それはいつのことさ」

「午前中ですよ。警察の前で偶然会って、車に乗せてくれて、ついでに現場まで連れて行ってくれました」

「なんだ、怪しからんな、僕に内緒で」

「べつに内緒にしたわけじゃないですよ。たまたまそうなっただけです。第一、先生は仕事をしていたじゃないですか」

「まあいいよ、分かった。それじゃそのことは不問に付すとして。そんなふうに積極的にペラペラ事件の話をするというのは、むしろおかしいと思うべきだ。放火犯が現場をうろつくのと似ている」

「分かりました。まあいいでしょう。彼女に会って確かめればいいことです」

「えっ、山田篤子に直接訊くのかい？」

「ええ、そのつもりです。それ以外に方法があれば別ですが」

「いや、ないけどさ……そう、彼女に会うのかねえ。いい度胸だな」

「何をそんなに怖がっているんですか。彼女が怪しいって言いだしたのは先生のほうなんですからね」

「怪しいとは言ってないよ。かりに晴人のデートの相手が山田篤子だとしてもだ、悪いのは誘い出した晴人のほうで、篤子には責任はない」

「どっちが誘ったのか、まだ分からないでしょう」

「そんなこと、晴人のほうに決まってる」

「それはどうですかねえ。あのメモは相手の言ったことをメモったものと考えられますからね。少なくともデートの場所と時間を指定したのは、電話をかけてきた相手ですよ。それが山田篤子かどうかは知りませんが」

「そうか、そうかな……彼女はそんな悪女には見えないがねえ」

浅見は呆れて二の句が継げない。いざとなると、言うことが二転三転するのも、内田の優柔不断の証拠だ。

とにかく八尾に戻って、コケットへ行くことにして、高山駅へ向かった。

3

鍛冶橋交差点の角にラーメン屋があった。古色蒼然《こしょくそうぜん》とした、いかにもそれらしい造作だ。大きな看板に「高山らーめん」と、しゃれた崩し字で大書してある。

「旨そうな店だな」

内田が足を停めた。本来の目的（？）であるラーメンを忘れてはいなかった。それに、腹がへっているのは浅見も同様だ。

「これだけの店構えをするからには、味に自信があるにちがいない」

「どうですかね、建物や造作だけじゃ、分かりませんよ」

「そんなことはない。店主のラーメンにかける姿勢は、まず外観に表れるのさ」

「僕は反対ですね。こけ威かしということもあります。第一、行列がないじゃありませんか。たとえ時間外れでも僕の経験からいうと、目抜き通りにあって、しかも行列がない店は信用できません。喜多方《きたかた》ラーメンで経験済みです」

福島県会津《あいづ》の喜多方ラーメンを食べに行って、車が駐《と》められて、並ばなくていい店を選んで入った。正午を回ったところだったのでほかの店は大抵、行列ができていて、三十分から一時間程度は待たされそうだったが、その店はテーブルが半分ほど空いていた。そして……。

その時の顚末《てんまつ》を内田に話したら、早速、小説のネタに使われた（『透明な遺書』参照）。小説に描かれたとおりの惨憺たる結果だったのだが、後で喜多方警察署の警部補から内田宛に「本当の喜多方ラーメンはおいしいのです。浅見さんは最悪の店に当たってしまわれたのではないでしょうか」と、遺憾の意を込めた手紙がきた。土産用のラーメンまで添えてあったのを、浅見もお裾分けにもらって食べたが、これがなかなか旨かった。店で出されたラーメンは、あれは何だったのか？——と、かえって腹が立ったほどだ。

「まあ、いいから、この店に入ろう。メニューに『飛騨牛らーめん』とあるのも、期待できそうじゃないか」

内田はさっさとドアを開けた。

浅見は期待感ゼロだったから、ごくふつうの「高山らーめん」八百円也を注文した。それでもふつうよりは高い。内田は最初から決めていた「飛騨牛らーめん」千二百円也を張り込んだ。広い店内には観光客らしきカップルや若者グループ、家族連れなどが、パラパラと散らばっている。この空き具合も不吉な予感を抱かせる。

そして結果は——浅見の予想は的中した。ラーメンの丼が運ばれてくると、内田はいきなり、七、八枚入っている飛騨牛の肉なるものを口に入れた。ものを食う時の彼の顔は、いつも至福に輝いて見えるのだが、次の瞬間「うっ」と言ったきり口の動きが停まった。その次に動いた時は「固い」と呻《うめ》いた。

「浅見ちゃん、食ってみろよ」

丼を押しつけた。

歯の丈夫なことでは人後に落ちない浅見だが、この飛騨牛の肉片には、文字どおり歯が立たなかった。

「まあ、いいか……」

内田は悲しそうに、肉以外のラーメンの本体に箸を突っ込んだ。浅見は慰めの言葉もなく、内田に倣って麺を口に運んだ。

「まずい……」

内田が呟き、浅見も異論はなかった。妙に黒ずんで魚臭いスープが絡んだ麺の、歯ごたえのなさは、肉の固さと対照的だった。

さすが悪食《あくじき》の内田も箸を置いた。千二百円の投資の対象物をしばし眺めてから、未練を断ち切るように席を立った。黙ってレジで金を払い、黙って外へ出る。その場では決して文句をつけないのが内田流である。ほかの客の迷惑になる——というのがその理由だが、なに、度胸がないだけである。しかし、丸々口をつけなかった丼が二つ並んでいれば、店の連中にもその理由は分かるだろう。「良心とプライドがあれば、旨い品を出すか、それとも店を畳むかだ」と内田は言う。

浅見はそれほどシビアではないが、内田に従った。よく晴れた夏空に暗雲が立ち込めたような気分だった。

「口直しに、もう一軒寄ろう」

性懲りもなく——と思うが、現実に腹は空いていた。

さっきの店とは対照的に、開店して間もないような、明るい感じの店に入った。行列もなく、店内もガラガラで、初めから期待感も湧いてこない。内田も同じ気持ちなのか、用心して、肉のないふつうの「高山ラーメン」を頼んでいる。

今回はまずまずであった。どこといって変哲もない、といってしまえばそれまでだが、それが高山ラーメンの特徴なのか、海産物系の強いダシさえ厭《いと》わなければ、それなりに合格だろう。期待感のなさも、いいほうに働いたのかもしれない。

「クーラーが効いていて、いいね」

内田は妙な褒め方をした。

駅に着くと列車の時間まで間があった。その間に内田は飛騨牛の味噌漬けを買いに行った。本来、旨いはずである名物飛驒牛の名誉回復を確かめるつもりだ。自家用のとは別に浅見用のも買って送っている。「おふくろさんへのお土産だ」と照れくさそうに言った。こういう、そこはかとない優しさが、女性読者に人気がある所以《ゆえん》かもしれない。

八尾に着くと夕方近かった。すでに三時からおわら流しが始まっていて、ものすごい人出になっている。車の渋滞どころか、駅前付近から人間の渋滞が発生している。時折、流しを楽しみながら、人の群れに混じって、作家とルポライターものんびり歩いて行った。

コケットに辿り着いた頃は、汗っかきの内田はもちろん、浅見も額から汗が吹き出していた。クーラーの効いた店内に入って、生き返ったような気分だった。

店は混んでいたが、カウンターの席がちょうど二つだけ空いている。山田篤子は素っ気ない口調で「いらっしゃい」とだけ言い、ほかのお客のテーブルに飲み物を運んでいる。手伝いの女性が一人入っているのだが、いましがた混みだしたのか、注文したものがまだできていないテーブルもある。

忙しかった状況がようやく収まって、二人の前にもアイスコーヒーが置かれた。注文した覚えはないのだが、山田篤子のほうで勝手に決めているらしい。

「高山へ行って来ましたよ」

浅見が言った。

「あらそう、高山も暑いがでしょう」

「暑かったけど、いい町ですね」

「高山のどこへ行かれたが？」

「鍛治橋の近くの、ロストという店ですが、知ってますか？」

「ロスト？　それって、喫茶店け？」

注意深く篤子の表情を観察したのだが、ロストの名前を聞いても、特別な変化は表れなかった。浅見と内田はあてのはずれた顔を見交わした。

「聞いたことないけど、それって有名な店ながけ？」

「そうでもなさそうです」

「ふーん、わざわざそこへ行く目的で、高山まで行ったがけ？」

「そう」

「取材か何かけ？」

「いや」

「ふーん……」

ようやくおかしな雰囲気に気がついて、篤子は二人の客を等分に眺めてから、声をひそめて訊いた。

「何があったがですか？」

「じつは……」と、浅見もカウンターの並びの客を意識しながら言った。

「例の事件の少し前のことですが、安田晴人さんがその店で誰かと落ち合うことになっていたらしいのです」

「へえーっ、少し前って、いつのことけ?」

「八月十九日」

「というと、亡くなる四日前け……待ってくれんけ、十九日って、確かその日は嵐じゃなかったけ? そうよ、台風十一号ですごい嵐だった日やわ。井田川が増水して洪水警報が出たし、暴風で八尾でも被害が出たくらいやもの。うちも表の看板が飛ばされて、修理に一万三千円もかかったんやから。次の日から前夜祭が始まるのに、大丈夫かどうかって、大騒ぎやったわ」

この「供述」で、山田篤子の潔白は明らかになった。

「そんな日に何やって、出かけて行ったがかね?」

「前もってデートの約束があったのじゃないですか」

「デート……相手は女性ながけ?」

「そのようです」

「誰かね?……」

「晴人氏は店の人間に、『八尾から来る』と言っていたそうですよ」

「えっ……」

カウンターの客二人が立ち上がってレジへ向かった。篤子は「ユリちゃん、お願い」と声をかけておいて、「八尾からって、どんな感じの人？　いくつくらい？」と訊いた。

商売どころではないらしい。ユリちゃんは小柄で、バストばかりがむやみに大きい愛嬌のある娘だ。「しようがないママ」という顔をしたが、すぐに笑顔を取り戻して、テーブルのあいだを走り回っている。

「いや、だから、落ち合うはずだった相手が現れなかったのですよ」

「晴人さんはすっぽかされたんや」

「すっぽかしたのか、それとも嵐で来られなくなったのか」

「あ、そうか……だけど、冷たいわね。あたしやったら、雨が降ろうと槍《やり》が降ろうと、すっぽかしたりせんわ」

「へえーっ、ママってそういう女か」

隣で窒息したように黙りこくっていた内田が、突然、息を吹き返した。

「もちろんやちゃ。八尾の女は情が深いが。裏切ったりせんちゃ。もっとも、相手によりけりやけどね」

まるで「あんたは相手じゃない」と言わんばかりだったから、内田はまた窒息した。

「ということは、じつはその相手は八尾の女じゃなかったわけですか。晴人氏は嘘をついたことになります」

浅見は鋭く、矛盾を衝いた。

「そうやね……と言いたいけど。でもね、いくら情が深くても、あの嵐の中じゃ通行止めがあったりして、物理的に行けなかったがかもしれんね」

「電話が不通ということはないでしょう。かりにケーブルが切れたとしても、携帯電話も使えない状況は考えられませんよ」

「そうやね……」

今度は篤子が黙った。

「それとも、電波の届かない山中で、車が動けなくなったとか」

「あ、それがちゃ、きっと」

どうでも「八尾の女」を弁護しなければ、気が済まないようだ。

「八尾と高山のあいだで、電波が届かない場所というと、どの辺りですかね」

「そうやねえ、国道四一号だったら、大抵はどこでも大丈夫そうやけど、神岡《かみおか》の手前の割石《わりいし》トンネルか、神岡を過ぎた辺りの峠くらいかね……高山本線で行ったとすると、沿線にはトンネルが多いし、谷間なんかは駄目かもしれない」

「高山本線はその日、不通になったのでしょうか」

「ああ、そういえばそうやったわね」

「だとすると、電話もできないような事情があったかもしれませんね」

「そうそう、きっとそれがちゃ」

山田篤子はほっとしたような顔をして、新しい客が入って来たのを汐に、カウンターを離れた。

「どうだかな、結局、八尾の女だっていいかげんなもんじゃないの」

内田が面白くもない――という顔で、ボソッと言った。

「所詮《しょせん》は女なんて、どこの女もいいかげんな生き物だ」

「その二倍くらい輪をかけて、いいかげんなのが男ですか」

「それはいえるな」

内田も痛いところを衝かれて黙った。

長居しにくいほどお客が混んできたので、浅見と内田は押し出されるようにして席を立ち店を出た。篤子は「ありがとうございました。またどうぞ」と言ってくれたが、客相手の常套句《じょうとうく》に過ぎないのかもしれない。

外はまだムッとする熱気だが、そろそろ夕景で、おわらが佳境に入ってゆく頃には涼風も立ってくるだろう。それを期待するかのように、そぞろ歩きの観光客の姿が多くなっている。

浅見は少し寄り道をして、美濃屋の前を通ることにした。土産物店もかなりの人だかりである。覗いてみると、さして広くもない店内は、身動きが取れないほどの客だ。

店員の女が二人、忙しげにお客の相手をしている。一人は山田篤子と似たような歳恰好で、中年ではあるけれど、なかなかの美形といっていい。もう一人は若いアルバイト風。奥のほうで店を仕切っている年配の男が、美濃屋の主《あるじ》なのだろうか。

「何か土産を買うのかい」

「いえ、そういうわけではないですが。晴人氏の恋人だった女性を確かめてみようと思いまして」

「晴人の恋人？　何だい、そいつは？」

「晴人氏が結婚前に付き合っていた女性ですよ。この家の娘さんです。祭りのあいだ、手伝いに来ているらしい」

「なんだなんだ、そんなこと、僕は聞いてないよ。いつ仕入れたネタだ？」

「今日です、午前中にコケットのママと会ったって言ったじゃないですか」

「だったら教えてくれないと困るね。じゃあ、そいつが高山で晴人をすっぽかした女か。怪しからんやつだな」

義憤を感じたように、悪態をついた。

「それで、その悪女がここにいるのか？」

「たぶん彼女じゃないかと思うのですが。ほら、いまお客から品物を受け取って、にっこり笑った女性」

「ああ、あれか、いい女じゃないの。あの人はきみ、悪い女じゃないよ。デートをすっぽかしたりするもんか」

面食いの内田の言うことには、理論的な裏付けなどまるでない。

「それはまだ分かりませんよ。第一、本人かどうかも分かってないのだから」

「だったら、確かめてこいよ」

「えっ、いまですか？　無理ですよ、こんなに忙しい時に」

「大丈夫だって。彼女の名前は何ていうんだい？」

「増子さんですよ」

「増子、何ていうんだい」

「増子はファーストネームですよ」

「へえー、変な名前だな。で、苗字《みようじ》は？」

「いまの苗字はまだ聞いてません」

「なんだ、しょうがないな」

内田は人込みを掻き分け、ズカズカと店に入ると、「銘菓玉天《たまてん》」と書かれた菓子の箱を無造作に摑んだ。目当ての女性に近づいて箱を差し出している。支払いをしながら何か喋っていたが、やがて袋に入った土産をぶら下げ、相撲に勝った時の高見盛《たかみさかり》のように天井を向いて、意気揚々と引き揚げてきた。

「間違いない。彼女が増子さんだったよ。すでに結婚していて、祭り期間中だけ、店を手伝いに来ているんだとよ」

「驚きましたね。短い時間で、よくそんなことを訊けるものです」

「それはきみ、善意と愛情を込めて訊けば、ほとんどの女性は素直に胸襟を開いてくれるものさ」

内田は得意げに言った。聞いた瞬間、浅見はなぜか「ユリちゃん」の胸襟を連想して、我知らず顔が赤くなった。

4

弥寿多家に帰ると女将の恵子が「お帰りなさいませ」と出迎えて、内田に電話のあったことを伝えた。「東京の菊地様とおっしゃる方からで、至急ご連絡していただきたいとのことでした」と言っている。原稿の締切りがとっくに過ぎているはずだ。

「可哀相な菊地さん」

浅見は同情した。

「あの、浅見様にもお電話がございました。東京の藤田様とおっしゃる方で、『どうなっているのか。そう言えば分かる』とお伝えするようにとのことでした」

「ははは、愉快愉快」

内田は大いに笑った。他人の不幸をこんなふうにあけっぴろげに喜べる人間は、そうざらにはいない。

しかし、その電話のお蔭で、浅見は本来の仕事を思い出した。できることなら内田抜きで「おわら」を取材したいものである。歌い手や囃子方、それに歴史に詳しい長老へのインタビューもしなければならない。内田も菊地嬢に言い訳の電話こそしなかったが、職業意識に目覚めたのか、ふたたびワープロにしがみついて、キーを叩き始めた。

夕食の時間まで、事件がらみのことが浅見の意識上から去ったわけではないが、周りがすべて忙しく立ち働いているのに、聞き込みに歩くわけにもいかない。しかし、その中で唯一、エアポケットのように異質の空間もあった。若女将の夏美の部屋である。そうはいっても、なりたての未亡人の個室を訪れるのは、かなり勇気を要する。

浅見は意を決してフロントへ行き、女将に若女将と会えるよう、取り計らってもらうことにした。女将は少し渋るような表情を見せたが、ともかく館内電話で息子の嫁に意向を訊いてくれた。

「お目にかかるそうです」

女将は本意ではなさそうな口ぶりだ。

身仕舞いに少し時間がかかるとのことで、十分後に女将が迎えに来た。フロントの脇を入る長い廊下を通って、家人のプライベートゾーンに案内された。

そこそこ大きな旅館でも、お客用にスペースを割いて、自分たち家人の住居部分は存外、小さいのがふつうだが、弥寿多家は従業員寮は別のところにあるものの、主人夫婦のブロックと晴人の部屋、夏美の部屋はちゃんと確保してある。キッチンやバス・トイレなども二世帯それぞれに備わっているようだ。もちろん、プライベートゾーンは、客間に向かない日当たりが悪く窓の外の風景も悪い部屋を利用しているのだが、それは仕方のないことなのだろう。ほかに応接間もあって、浅見はそこに通された。

すでに部屋の中に若女将は待機していた。前回同様、お高祖頭巾でイスラムの女性なみに顔を隠し、おまけに、さして明るくもない室内だというのに、サングラスをかけている。挨拶を交わすと、恵子女将は気を利かせたのか、それとも夕食の準備で忙しい最中なのか、早々に部屋を後にした。

「お祭りは盛大ですね」

浅見は当たり障りのない話題から始めて、本題に入ってゆくつもりだ。

「そうでしょうか、だといいのですけど」

「僕は初めてだから、比較できませんが、見たかぎりではものすごく賑やかです」

「それならいいのですけど、ああいうことがありましたから、もし影響があったりすればうちの責任です」

お高祖頭巾の顔を伏せて、くぐもった声で言った。

「それはないみたいですよ。こちらのお客さんも、それほどキャンセルはなかったそうじゃありませんか」

「はい、お蔭様でそのようですけれど、それも少し悲しいことですね」

人一人の命が消えても、世の中の動きや、生活の流れにはさほどの影響を与えないというのも悲しい――と言いたいのだろう。

「奥さんは飛驒高山のほうから、こちらにお嫁入りしたのだそうですね」

「ええ、まあそうですけど」

「高山のロストという喫茶店を知ってますか？　鍛冶橋の近くですが」

「ロスト……鍛冶橋ですか……」

首を傾げるようにして、しばらく記憶を探る様子を見せた。心理的な動揺があるのかどうかまでは、摑めない。

「あのお店かしら。白っぽい明るい感じの喫茶店……」

「そうそう、そこですよ」

「若い頃、一度か二度、入ったことがあるかもしれません。向かい側にお土産用の手作りの小物のお店があって、そっちにはときどき行きましたけど」

「では、そのロスト辺りで、デートなんかもしたことがあるんですね」

「それはなかったと思いますよ」

夏美は苦笑しているらしいが、お高祖頭巾に隠されて、表情の動きがあまりはっきりしない。

「八月十九日はどうですか」

「八月十九日って、このあいだの台風のあった日ですか？　その日に何か？」

「いや、ロストに行かれたかどうかお訊きしたかったのですが」

「えっ？　まさか……行きませんよ」

「その日はどちらにいましたか？」

「どちらって、八月十九日でしたら、ここにおりましたけど」

「何をしてました？」

「さあ……何をしていたかしら……いつも本ばかり読んで暮らしていますけど。あの、それって、どういうことでしょうか？」

逆に質問された。とぼけて言っているのだとすると、相当にしたたかだが、そんなふうには思わせない雰囲気がある。

「その日、ご主人の晴人さんが、ロストに行っているのです」

「はあ……主人がですか……」

だからどうした？——という口ぶりだ。

「ご主人はどうやら、ロストで女性と待ち合わせしていたようなのです」

「どなたですの？」

「それが分かりません。奥さんかと思ったのですが」

「ほほ……」

夏美は軽く笑った。浅見をただの年下の男としか見ていない笑い方だ。

「訊きにくいことをお訊きしてもいいでしょうか」

「ええ、どうぞ。ただしお答えしにくいことはお答えしませんけど」

打てばひびくような、賢い女性だ。

「高山に住んでいた頃、つまりお若い頃ですが、恋人はいらっしゃったのでしょうね」

「まあ、人並みには」

「あなたほどの女性ですから、きっと華やかな恋愛劇があったと思うのですが」

「それほどのことはございません」

「そのお相手の方とは、その後、どうなったのですか？」

「その後といいますと？」

「つまり、晴人さんと結婚することが決まった時、何もおっしゃらなかったのか、ご結婚以降、何事も起きなかったのかといったことについてです」

「そのようなこと……」

夏美は冷ややかな口調になった。

「何も存じません」

「なぜこんなことをお訊きするのかというと、晴人さん殺害の動機を持つ人物の中に、その人も入っている可能性があるからです」

「あほらし……主人は自殺したのですよ」

「本当にそうお思いですか？」

「ええ、そう思っとります」

「ご両親はお二人とも、息子さんは殺されたものとお考えのようですが」

「それは、人それぞれでしょう」

なんとも冷淡だ。

「晴人さんには、奥さんと結婚することになる以前、愛し合った女性がいたことはご存じでしたか？」

「存じませんけど、一人前の男性として、そういう方がいたとしても、不思議ではありませんわね。あなただって、二人や三人はいらっしゃるのでしょう？」

痛いところを衝かれて、浅見は苦笑した。

「残念ながら、一人もいません」

「嘘でしょう。あなたほどハンサムで魅力的な方に、思いを寄せる女性が一人もいないはずはありませんわ。私がもし、もっと若くて独身でしたら、ぜひお願いしたいくらいですもの。いまはこんなことになってしまいましたけど」

夏美はお高祖頭巾の顔を伏せぎみにした。何をどう「お願いしたい」のか、少し気にはなったが、そんな余談にかかずらっているわけにはいかない。

「晴人さんとあなたが結婚することが決まった時、その女性は自殺を図ったそうです」

「はあ、そうでしたの。でも、私には関係のないことです」

「この八尾町の人なのですが、そういう噂を聞いたことはありませんか」

「ええ、ございません」

「奥さんのかつての恋人は、まさかそんなことにはなっていないでしょうね」

「ないに決まっているでしょう」

毅然《きぜん》と顔を上げ、サングラスの奥から失礼な質問をする客を睨んだ。

「ということは、奥さんはその不幸な男性のその後をご存じなのですね？」

「知りませんよ。そう申し上げましたでしょう」

「ご存じないのなら、自殺を図ったかどうかも知らないはずですが」

「あほらし……」

ふたたび、その言葉を洩《も》らしたが、最前の場合と違って、矛盾点を指摘された分、勢いに欠ける。

「御用というのは、そういうお話だったのですか？　でしたら、すみませんけど、これで失礼させていただきます」

頭を下げ、腰を上げた。

「もう一つだけ訊かせてください」

浅見は穏やかな口調で引き止めた。夏美も仕方なさそうに坐り直した。

「病院には、月にどのくらいの頻度でいらっしゃるのですか？」

「週に一度来るように言われております。でも、あれ以来、行っとりませんけど」

「失礼ですが、どういう治療をなさっているのですか？」

「そんなこと……」

夏美は呆れたように絶句してから、語気を荒らげて「お答えする義務はありません」と言い放ち、今度は頭を反らせて席を立った。もはや金輪際、話に応じる気はない――という意思表示に見えた。

部屋に戻ると、それまでテーブルに頬づえをついてぼんやりしていた内田が、浅見に気づいて「どこへ行ってたんだい？」と、不興顔で言った。

「はあ、ちょっと……」

浅見はどう答えるべきか一瞬、躊躇った。べつに隠すつもりはなかったのだが、内田のほうがせかせかと、話を先に進めた。

「地図を眺めていて、ちょっと気づいたのだがね、僕は高山本線と国道四一号は同じようなところを走っているとばかり思っていたが、じつはぜんぜん違うルートなんだな」

テーブルの上のロードマップを浅見の手に押しつけた。

「ほら、高山本線は猪谷まで南下すると、そこから右、つまり南西の方角に向かうじゃないの。道路も並行して走っているから、それがてっきり国道四一号かと思ったら、そうじゃなかった。国道三六〇号という、かつては越中西街道と呼ばれた、いわゆる旧道らしい。ここに『断崖峡路でガードレールなし』と但し書がしてあるから、よほど狭隘《きようあい》な道なんだろうな。それに対して国道四一号のほうは猪谷を直進して南東へ向かう、越中東街道と呼ばれたルートだ。神岡から西へ向きを変えて、やがて本線と合流する。距離的には少し遠いようだが、道路の規格は二ケタ国道の四一号のほうがいいに決まっている」

「なるほど……」

せっかくの「大発見」だから、感心したように頷いたものの、それがどうした――と言いたいくらいなものだ。

「問題は神岡だがね」

内田は口許《くちもと》に笑みを浮かべた。「大発見」の時に見せる、得意気な表情だ。

「浅見ちゃんはたぶん、気がついていないのだろうな」

「何がですか？」

「やっぱりね」

ますます口許の笑みが大きくなって、顔が歪んだ。

「さっき、コケットのママと喋っている時、山田篤子は『神岡』という地名を言ったのだが、気づいてないだろう」

「気づいてますよ。神岡の前後にトンネルや峠があって、電波の届かない地域になるとか、そういう話をしていたのでしょう」

「そうそう、しかしきみはあらぬ方に視線を向けて、ママの顔を見ていなかった」

「そうかもしれませんが、それが何か？」

「僕はそういうきみと違って、山田篤子の魔力に取り込まれないから、冷静に彼女の表情を観察していたのだ」

「僕はべつに、ママの魔力に取り込まれてなんかいませんよ」

「いや、取り込まれていたよ、絶対に」

言いだしたら後に引かない。

「まあいいでしょう、取り込まれていたとしましょう」

「ほらみろ、やっぱりそうじゃないか。だいたい浅見ちゃんは女に甘いんだ。女が嘘つきであるという大前提に気づいていない。山田篤子ごときに取り込まれるようでは、この先が心配だな」

「いや、この先を心配していただかなくても結構ですから、話を先のほうに進めてもらえませんか。神岡がどうしたんですか？」

「ん？　ああ、そうだったな。山田篤子が神岡という地名を口にした時、彼女の表情の微妙な変化に気がついた。彼女は『神岡』を二度、口にした。最初の時は何気なく、ごくふつうに言ったのだが、二度めの時は言いかけて躊躇う表情が出た。（あ、いけない――）という、明らかに口にしたことを後悔する表情だったが、途中でやめるわけにもいかない。もちろん語調も弱かった。そのことは何を物語るかだ」

　内田の口許は歪みに歪み、いまや福笑いの顔のようになった。

「なるほど、それはすごい発見ですね。それで、何を物語ったのですか？」

「そんなこと、知るもんかね」

「えっ、知らないって、ママの表情の変化は何かを物語るのでしょう？」

「そうだよ、間違いない。しかし何を物語るのかなど、僕に分かるわけがないだろう」

　いともあっさり言ってのける。福笑いが消えて、いつもの端整な顔に戻った。

「なーんだ、それだけの話ですか」

「それだけの話じゃないよ。その先は浅見ちゃん、きみが解明するのだ」

「当たり前だろう。こんな一文にもならない作業をやるやつが、きみ以外に誰がいるというのかね。これだけの大発見をヒントとして上げるのだから、あとはきわめて簡単だ。あえて僕が出馬するまでもなく、きみ一人で何とかなるだろう」

「えっ、僕がですか？」

「驚きましたねえ……」

「そんなに驚くほど、感謝してもらわなくてもいいよ」

「いや、そうでなくて……」

浅見が反駁《はんばく》しようとした時、仲居が「お食事のお支度が整いました」と呼びに来た。

内田は「ほいきた、めしだ、めしだ」と、日頃の気だるそうな動きからは想像もつかないほど身軽に立ち上がって、仲居の後を追って行く。

（やれやれ——）

浅見はまたしても、内田の魔力に取り込まれた思いで、首をひと振りしてから、力ない足取りで歩きだした。

# 第四章　幽霊のパートナー

## 1

交通手段のない時代の八尾は、山間の辺鄙《へんぴ》なところだったかもしれないが、現代の八尾は鄙《ひな》びた雰囲気を残したまま、交通は比較的便利な観光地である。富山湾からもおよそ二十キロ。氷見《ひみ》や新湊《しんみなと》に揚がった新鮮な魚が一、二時間で届く距離だ。食卓は山の幸よりも海の幸のほうが圧倒的に多い。

内田はどちらかというと、海の幸づくしの食事が好きで、海産物がテーブルに並ぶと、それだけで機嫌がいい。浅見は肉でも魚でも旨ければいい主義だ。惜しむらくは、二人とも酒量がまるでいけない。とくに内田は下戸で、ただひたすら食うばかりである。

大広間では四組の客が、人数によってそれぞれ大きさの異なるテーブルについている。テーブルは十分に間を取ってセッティングされているので、隣の会話が邪魔になることはない。風の盆祭りの特徴なのか、子供連れの客は一組もない。やはりおわらの情緒を求めて来る客が多いのだろう。時と場合にもよるけれど、大人の雰囲気を楽しむ旅は、大人ばかりが集まるのがいいのだ。

どこのテーブルも男女混交で酒も入っているから、なかなか賑やかだ。こっちの二人は対照的にまるでお通夜の席である。下手に口を開くと、殺しだの事件だのと、剣呑《けんのん》な話題が出てきそうだから黙っているということもあるが、これだけよく知り合った仲では、話すこともあまりない。その点、倦怠《けんたい》期の夫婦とよく似ている。

「さっきの神岡のことですが」

食事の合間に、浅見は時刻表とロードマップを広げながら無粋な話題を持ち出した。それ以外に話すことがないのだから、仕方がない。

「先生が言ったとおり、神岡は高山本線からは、はるかに外れています。鉄道は神岡鉄道という私鉄が国道四一号と並行して走っているけれど、これが全長わずか二十キロ。一日に九往復するだけというローカル線もいいとこ。それでいて神岡は国道四一号と四七一号が分岐する交通の要衝になっています。僕たちは高山本線を利用したからピンときませんが、地元の人たちにとっては、神岡という町は、物心両面で重要なところなのでしょうね」

「そうなんだろうな。車で富山と飛騨を行き来する場合には必ず通るとすると、この界隈《かいわい》の人たちにとっては、高山よりも身近な存在にちがいない」

「だからといって、それが事件と繋がるという根拠はありませんね」

「一概に根拠がないと思うのが、素人の浅はかさだな」

「はあ、何かありますか」

「だからァ、そんなことは知らないと言っているだろう。浅見ちゃんが名案を考えてくれなきゃ困るよ」

まるで駄々っ子だ。

「しかし、『コケット』のママが『神岡』と言った時の、表情の変化が気になると言いだしたのは先生ですよ。それを見てもいない僕に解明を委ねるのは筋が違うのです」

「筋が違うもんか、僕は考える人、きみは歩く人。それで世の中は成立している」

「つまり僕は、ロボコップですか」

「なるほど、うまいことを言うなあ。自意識のあるロボットというのは、かなり高級機だからね。すばらしい」

褒められても嬉しくない。

「神岡っていうのはあれだろ、例のノーベル賞をもらった小柴《こしば》教授がニュートリノの研究をやったところなんだろ？」

「そのようですね。新聞には確か、鉱山の採掘跡の、地下一千メートルの穴を利用してニュートリノの観測が行なわれたとか書いてありましたが、あれが神岡鉱山のことなのですかね」

「ニュートリノって何だい？」

「さあ、僕もよく知りませんが」

「ははは、きみの無知はともかく、頭脳明晰《めいせき》な僕も、化学や物理学方面の知識となると、からきし駄目だな。ところで、神岡は岐阜県だよね。どんなところなのかな」

「行ったこともないし、調べたこともありませんが、岐阜県の飛騨地方、町村合併で飛騨市になったといっても鉱山があるくらいだから、山奥の鉱山の町といっていいようなところじゃないですかね。神岡鉄道っていうのは、鉱山から出る鉱石や労働者を運ぶためのものだったのでしょう」

じつは神岡鉄道は、かつて国鉄神岡線だったもので、鉱山と高山本線の猪谷を結ぶ支線だった。国鉄再建法によりバスへの転換が適当とされ、廃線の危機にあったのを、地元と鉱山の要望で第三セクターとして存続させることになった。しかし、平成十八年には廃線になることが決定している。

「神通川の支流で高原川というのが深い谷を刻んでいましてね。その谷沿いにトンネルまたトンネルで繋がっているから、かなりの難工事じゃなかったのですかね」

「あっ、そうか、神岡鉱山は神通川の上流域じゃないか」

内田が突然、思い出した。

「はあ……それが何か？」

「浅見ちゃんは知らないだろうな、イタイイタイ病というのがあった。神通川がカドミウムに汚染されて、下流域の住民に大きな被害が出た。水俣《みなまた》病などと並んで、日本四大公害裁判の一つとして騒がれたものだ。あれは昭和四十年頃だったかな。その汚染の元凶が神岡鉱山だったというわけだ」

「そういえば以前、足尾《あしお》銅山の取材に行ったことがありますが、鉱毒による環境汚染問題や、外国人の強制労働問題など、悲劇的な歴史がありました。神岡でも同じような話があったのですね。しかし、それと事件と何か関係がありますかね」

「まさか、関係はないと思うが、鉱山につきものの哀話はあるかもしれないな。落盤事故で亡くなったり、鉱山の採算が取れなくなって、リストラで離職し、町を出なければならなくなったり、つらい記憶があるものだ……山田篤子の気持ちが揺れたのは、そういうことだったのかな」

「亡くなったご亭主が神岡の出身だとか……」

「そうかもしれない。早世したのは鉱毒が原因だったとかね……待てよ、それより、夏美若女将の出身地ということはないか。山田篤子は『高山辺りの人』という言い方をして、高山とは言っていなかった。神岡は高山辺りの範疇《はんちゆう》に入らないか」

「そうですねえ……ちょっと離れているような気もしないではありませんが。飛騨地方というマクロで捉えれば、あるいはそうかもしれません。ただ、さっき夏美さんに直接聞いたところによると、高山のほうからお嫁入りしたことは事実みたいです。恋人もいたらしいですね。『ロスト』でのデートは否定していましたが、若い頃はあの辺りに出没していたようです」

「なんだ、若女将とそんなことまで話していたのか。怪しからんなあ」

「怪しからんことなどしてませんよ」

「当たり前だ」

「もっとも、かりに高山付近から嫁に来たとしても、それ以前に神岡にいた可能性はありますね」

「なるほど、それをはっきりさせてみろよ。山田篤子の旦那のことも含めてさ」

内田は人使いが荒い。自分はドテーッと坐っているが、人を動かすアイデアは次から次へと思いつくらしい。

「それは調べてみますが」

浅見は言った。

「僕としては夏美さんが弥寿多家に嫁に来た経緯に興味があるのです。晴人氏に美濃屋の増子さんという恋人がいるにもかかわらず、あっさり夏美さんとの結婚を決めたのはなぜなのか。なぜ増子さんで初志貫徹しなかったのか。ロミオとジュリエットの悲劇に事件の根っこがありそうな気もするのです」

「それはどうかな、案外、晴人のほうは増子さんと切れたかったのかもしれないぞ。夏美さんとの結婚話は、むしろ渡りに舟だったということもある」

「なるほど、それはありえますね。増子さんが自殺未遂をしたにもかかわらず、晴人氏は予定どおり結婚に踏み切ったと言ってましたから」

「えっ、それは誰から聞いたのさ？」

「コケットのママです」

「うーん、ますます怪しからんなあ。僕の知らないうちにＣＩＡみたいに嗅ぎ回っているじゃないか」

「だって、先生は仕事に没頭していたでしょう。邪魔しちゃ悪いと思っただけですよ。原稿の遅れを僕のせいにされて、菊地さんに恨まれてはかないませんからね」

「まあいいさ。ここで内輪揉《も》めしていても始まらない。そうすると、そこまで晴人に冷たくされたという恨みが増子にはあるね。犯人は彼女かな。いい女なんだけどねえ」

「そういう、個人的な趣味の問題で、真実を見極める目が曇ってしまっては困りますねえ。第一、増子さんは結婚しているのですよ。あの元気よく立ち働く様子から推測しても、二十年近い昔の失恋の後遺症があるとは考えられません」

「それもそうだね。となると、われわれが知っている八尾の女性たちは、すべてシロということになる。やっぱり晴人は自殺だったのかなあ」

「やれやれ……」

浅見は年寄りじみた声を出した。実際、コロコロ変わる内田の気まぐれに、真っ正直に付き合っていると、いっぺんで十歳は老けそうな気がする。

「いまさら、そんな弱気なことを言っちゃ駄目ですよ。自殺じゃないとするところから、僕たちの作業はスタートしたんじゃないのですか」

「ああ、もちろんそうだ。そうなのだが、あらゆる可能性を常に幅広く視野に入れて、融通無碍《ゆうずうむげ》、フレキシブルに真相を追求するのも、名探偵の条件ではある。一つところに囚《とら》われてはいけないよ」

ああ言えばこう言う、まったくめげない男ではある。

食事を終えて、客は全員がそそくさと、おわら流しの見物に出かけた。内田はそれに背を向けてワープロに向かう。浅見はおわらの取材もしたいし、事件の真相究明も急ぎたいし、心は千々に乱れた。

客が外出するのを見送った女将が、フロントの前に佇んでいるのをつかまえた。

「夏美さんは高山の生まれですか?」

世間話のように訊いてみた。

「いえ、うちにお嫁に来た時は高山に住んでましたけど、生まれは違います」

「出生地はどこですか？」

「えーと、どこやったっけ……」

知らないはずはないと思うのだが、どういうわけか、女将は答えを渋っているように見える。

「もしかして、神岡ではありませんか」

「は？　ああ、そうでしたわね。神岡、神岡……私としたことが、最近はすっかりぼけてしまいまして」

浅見は内心、ドキッとするほど驚いた。カマをかけるように言いだしてはみたものの、よもや的中するとは思っていなかった。となると、内田が指摘した山田篤子の動揺は、そのことが原因だったのだろうか。もっとも、本当に篤子が動揺したかどうか、分かったものではないのだが。もし分かったとしたら、内田の洞察力も相当なものだ。

「つかぬことを伺いますが」

この場を去りたいのが見え見えの女将を、強引に呼び止めて言った。

「晴人さんが夏美さんと結婚する前、付き合っていた美濃増子さんのことですが……」

浅見がそう言うと、女将はうろたえた様子で周囲を見まわした。

「あの、ここで立ち話はなんですんで、あちらへお越しになりませんか」

お客との応対に使う、玄関脇の小部屋に案内した。何となく、名探偵の前では隠しごとは通じない——と腹を括《くく》ったような意気込みに思えた。

「おっしゃいますとおり、美濃屋さんの増子さんと結婚したいいうのが晴人の希望でした。けど、うちの主人が絶対あかん言うて、反対いたしましたんよ。なんでかいいますと、うちと美濃屋さんは、何代も前から犬猿の仲いうのでしょうか、道で会うても挨拶もせんような間柄やったそうです。わたしはこの家に来て、初めて知ったがですけど、それはもう、びっくりするほどきついですわ」

「原因はおわら問題だそうですね」

「はい。わたしにはよお分かりませんがですけど、おわらに関係することとなると、誰が何を言っても聞きません。美濃屋さんとこは無玄寺さんと近しいですし。主人は伝承会の幹部みたいなもんですんで」

「なるほど、無玄寺と伝承会の対立というのは、個人的な対立感情を煽るところまで徹底しているのですか」

「仲の悪い理由はそればかしと違うかもしれませんけど、いちばんの大本《おおもと》はそれやと思います」

「それ以外の理由は何なのですか?」

「まあ、いろいろとですね。わたしにはよお分かりませんけど」

「とにかくこちらと美濃屋さんは水と油みたいな敵対関係があって、とどのつまりは、晴人さんと増子さんの仲は裂かれ、そして、夏美さんに白羽の矢が立ったのですね。夏美さんに決まったのは、どういういきさつだったのですか？」

「それは晴人の大学の時のお友だちが紹介してくださったという話で、わたしは詳しいことは知りません。けど、夏美はええ嫁でしたよ。晴人がしっかりしていて何も問題がなければ、今頃はわたしも引退して、孫のお守りをしていられたかしれませんのになあ」

またその愚痴になった。

「夏美さんのご両親は健在なのですか？」

「いいえ、とっくに亡くなりました」

「いつ頃ですか？」

「父親は夏美が嫁に来る、だいぶ前に亡くなってました」

「じゃあ、母子家庭だったのですか」

「まあ、そうやね」

「それで、お母さんは？」

「夏美が嫁に来て、何年か後でしたわね」

「だとすると、いまはお身内はこちらの方々だけ」

「そうやね。親戚があるのかどうかも、はっきりしませんのよ。結婚式に吉田家――夏美の実家です――から参加した人はお母さん一人。ほかは夏美の友人や勤め先の上司なんかばかりでした」

「勤め先はどこ……お仕事は何をしておられたのですか？」

「高山の郊外にあるKいう病院でした。お母さんも以前はそこで働いておられたようです」

それで、ひとまず「事情聴取」は終えた。聞けば聞くほど、夏美が安田家に嫁入りした経緯が謎めいている。弥寿多家は地味ながら、八尾では一、二を争う名門の旅館である。一方、夏美の吉田家は母子家庭で、母娘二代にわたっての病院勤め。もちろん職業でどうのというわけではないが、単純に考えても本来なら釣り合わない同士と思えそうだ。しかも、晴人の増子への想いが清算できたとは考えられない時期でもある。

浅見はこの事件に関わって、初めてゾクゾクするような興味に襲われ、「やる気」をそそられた。

## 2

部屋に戻ると、内田が待ちかねたように、

「おい、出かけるぞ」と言った。

「仕事、終わったんですか？」

「いや、遠くから流れてくるおわらを聴いていたら、こんなことをしてるのがあほらしくなってきた。とにかく本番のおわらなるものも見たいしね」

どうやら内田抜きの取材は難しそうだ。浅見は諦めて、カメラとテープレコーダーをぶら下げ、内田に従うように宿を出た。

昨夜の風情は吹っ飛んで、通りは人波がひしめいている。評判どおり――というより、予想を上回る混雑ぶりだ。日はとっくに暮れているのだが、街中の雪洞が天に映えて、白夜のように仄かに明るい。

踊りの列や集団が、一定の間隔を置いて、次々にやって来る。

男衆も女たちも、編笠を目深に被り、ゆるゆると近づいて来る。

その後ろから、三味線と胡弓と小太鼓の囃子方が、一つの群に七人から十人ほどのグループを作って、のんびり従っている。

夢のような不思議な情景である。

お座敷のステージ上の踊りも悪くないが、やはり町並みを背景にした群舞のほうが、迫力も情緒もある。

宙にかざした手を三度打ち、右裾に引きながら足をトンと軽く地に打つ。

手を左前にスッと差し出し、膝まで下げ、右へ差し出す。

左手を開いて翼のような形になる。

その手を返して左右に振る……。

ここまでで踊りの所作の三分の一程度。盆踊りの振付としては、かなり複雑といっていいだろう。

美しく、緊迫感のある踊りの群に、素人が炭坑節のように、飛び入りで手軽に踊るのは難しい。かりに見よう見まねで踊ったとしても、とてもサマになりそうにない。練習で熟達することはもちろんだが、そもそも素質が問われるのではないか——と思える。日本人特有の柳腰がよく合いそうだ。

それに加えて群舞の迫力である。

手の甲から指先まで美しく反らせて、柳が風に揺れるようなしなやかさで、一糸乱れず、ゆったりと進んで来る。

どこにも力感のない優しさでありながら、行く手を遮る群衆は、波が引くようにサーッと散って、踊りの輪の邪魔にならない程度のスペースができる。

フィルム三本分ほど、「旅と歴史」用の写真を撮って、町の中をインタビュー兼「聞き込み」に歩くことにした。内田はまだ踊り子たちの差す手引く手や編笠の中に未練が残る様子だが、浅見に引きずられるようにしてついてくる。

美濃屋の前もコケットの前も、踊り見物の群衆で埋め尽くされ、賑やかを通り越して、これでは商売にならないのではないか——と心配なほどだ。

人波を掻き分け掻き分け、ようやく無玄寺に辿り着いた。ここはまた、通りとは異なる賑わいに包まれている。賑わいの主役は五十メートルほどの参道の両脇に、所狭しと立ち並ぶ屋台である。焼きそば、たこ焼き、トウモロコシ、綿菓子、金魚掬い、玩具《おもちゃ》等々、祭礼や縁日ではお馴染みの風景だ。

本堂の手前の広場には、地面にビニールシートを敷いた即席の観覧席があって、本堂をステージにしたおわらの演舞を鑑賞する。広場をロープが仕切っているのは、入場料を払うのだろうか。もっとも、境内に佇んで眺める分にはお構いなしらしい。町が主催するグラウンドの特設ステージで行われる「競演会」は有料で、確か五百円くらいだった。

「宗教法人であるお寺の入場料は、お布施《ふせ》かお賽銭《さいせん》扱いになって、税金がかからないのだろうね。それと屋台のショバ代で、どのくらいの収入になるのかな」

内田は余計な心配をしている。

広場はほぼ「満席」で、本堂の回廊ではおわらの演舞が始まっていた。遠目だが、囃子方も踊り手もやや年配者が多い。

つまりこれが「富山県民謡おわら伝承会」と対立する一派の人々で、ほとんどが「おわら学校」の関係者か、余所から参加したグループだと聞いた。

素人の浅見には分からないが、踊りは熟達したものに思える。腰が据わって、〇〇流家元が踊る日本舞踊のような安定感があった。ただし、若い女性の艶やかさには欠ける。鳥追い笠の中にも、内田が覗き込みたくなるような蠱惑《こわく》的な瞳の輝きはなさそうだ。

「どっちがいいんですかね？」

浅見は訊いてみた。

「そりゃ、決まってるさ。おらはどれほど美しく洗練されようと、芸術じゃない。あくまでも民俗だよ。演じる人々や土地の匂いを全身から発散させて、空間に、人々をそして自らをもてなす雰囲気を創出する。だから土着性が必要だし、要求されるのだ。それとだね、踊りを楽しんでいるのは人間だけではないことを思わなければならない。本来、盆踊りは死者を慰める意味合いで行われたのだ。彼らと一緒に、霊魂も彷徨って踊っているのが見えるような気がするだろう」

内田はときどき、こういう本当くさいことを口にする。そう言われると、踊り手たちの手のしなやかな動きは、幽霊のそれと似ていないこともない。幽霊に弱い浅見は、思わず肩をすくめた。

いつの間にか、無玄寺の裏手に来てしまった。庫裏にはあかあかと灯が入り、出入りする人の姿も多い。

「あれっ、おい浅見ちゃん、あそこにいるのは美濃屋のおねえさんじゃないかな」

内田が指さすほうを見て、浅見も「あっ」と思った。確かに増子がやって来て、いままさに庫裏に入って行くところだった。鳥追い笠を小脇にたばさんで、華やかなピンクの踊り衣装である。黒繻子《くろじゅす》の帯に真紅の帯締めが艶かしい。「おねえさん」と呼ぶほど若くはないと思うのだが、内田の感覚からすると、そういう年代なのかもしれない。

「店があんなにごった返しているのに、こんなところで油を売っていて、いいのかな」

「油を売ってるわけじゃないでしょう。これから舞台で踊るんですよ、きっと」

「そうだな、見に行こう」

踵を返して、本堂前の広場に戻った。満員の「観覧席」の後ろに佇んで、タダ見を決め込むことにする。

増子の出番がくるまで二十分ほど待たされた。蠱惑的ではないが、ともかく練達《れんたつ》の中年女性たちの踊りが二組あって、次が増子の番だった。

もっとも鳥追い笠に顔を包んでいるから、予備知識なしに見たのでは、おそらく識別はできなかっただろう。ピンクの衣装と黒繻子の帯、真紅の帯締めが目印になった。

それまでの二組は女性五人男衆が三人の群舞だったが、意外にも、この回は男女一人ずつの「デュエット」だった。男は紺色の法被に股引き、小粋な模様の入った帯をキリッと締めて、男女の衣装の対照の妙も、おわら踊りの見どころだ。

あいや可愛《かわい》や　いつ来てみても
たすき投げやる　オワラ　暇《ひま》がない
たすき投げやる　暇《いとま》はあれど
あなた忘れる　オワラ　暇《ひま》がない

古いおわらの歌詞である。胡弓の音色に誘われるように、地方の老人がいい声で歌う。ゆったりと小節を回して、一音節がむやみに長いのだが、よく続くと感心するほど、細く鋭く、音が曲線をなして流れてゆく。

増子の踊りが圧巻だった。これまでの踊り手も、容姿のことはともかく、技量の点では申し分なかったが、増子は姿形が美しい。おそらく四十歳前後のはずだが、年齢を感じさせない、細身の美しい姿態だ。踊りそのものが独創的で町流しの踊りとはまったく異質に見える。差す手、引く手、腰から上体にかけての、しなるような曲線。仰向いた一瞬に、笠の内が見えるような見えないような、哀感さえ漂う全身の表情。

さっきの内田の論評など、クソ食らえ、土着性もへったくれもないと思いたくなる。対する男踊りも悪くない。しなやかな女踊りと対照的に、要所要所でピッピッと型を決める男らしさにメリハリがある。二人が絡み合い、離れ、離れがたいポーズを決めると、そこには浄瑠璃《じょうるり》芝居の一場面のような、哀しげな雰囲気が生まれた。

コケットの山田篤子が言っていたとおり、増子は「名手」だったのだ。若い頃、安田晴人と組んだ踊りも、これと同じように、あるいはこれ以上に美しいものだったのかもしれない。

そう思ってみると、相手役の男が、現実には会ったこともない安田晴人のようにさえ思えてくるのだ。

「あれは、晴人の幽霊かな……」

内田が妙なことを呟いた。

「あの男とダブッて、影のような男の姿が一緒に踊っている……」

「ほんとですか？」

浅見はあらためて、瞳を凝らしてステージを見つめたが、そんなものが見えるはずもない。

「先生、そろそろ視力が弱っているんじゃないのですか？」

「そうかな、そうだよね」

内田は珍しく逆らわない。

「しかし、晴人氏とよく似た相手を選んだということはありえますね」

あまり素直だから、浅見は慰めるつもりで言った。しかしそう言った時、浅見の目にも男の姿が二重に霞《かす》んで見えた。まるで乱視のような——という見え方だ。

（人のことはいえない、僕も視力が低下したのか——）

踊り納めて、盛大な拍手の中、増子は一礼して舞台の袖に去った。

「おい、行こう」

言うなり、内田はまた本堂の背後へ向かった。増子を迎えるつもりだ。アイドルを楽屋口で待ち受けるような熱心さである。

しかし、急いだのは正解だった。思いがけないほどの速さで、増子は庫裏を出て来た。鳥追い笠を脱いだだけで、舞台化粧などは落としていないのか、もともとしていなかったと思える速さだ。

相手役の男はいない。

庫裏の玄関の明かりを抜け出たところで、内田が増子に近づいた。少し不躾じゃないかな——と気がさしたが、仕方なく浅見もそれに追随した。

案の定、二人の男の接近を受けて、増子は一瞬、怯《ひる》んだように後ずさりした。近くで見ても、舞台化粧した増子は若々しく、瑞々《みずみず》しい美人だ。

「今晩は、美濃屋の増子さんですね」

内田は親しみを込めた、精一杯の笑顔を見せながら声をかけた。

「今日、お宅でお土産を買わせてもらった者ですが、すばらしい踊りを見せていただきました。さすがですねえ」

「ありがとうございます」

曲がりなりにも客とあっては、無下な扱いもできないのだろう。増子は鳥追い笠を抱くようにして、頭を下げた。

「一緒に踊っていたのは、弥寿多家の晴人さんですか？」

「えっ……」

増子だけでなく、浅見も驚くようなことを言った。

（センセ、頭、おかしいんじゃないの？）

幽霊を見たと言ったのは、あれは本気だったということか。

増子は凍ったように体を硬くしている。息を止め、このままだと心臓まで停まってしまうのでは——と不安になった。

「僕たちは、東京から来て、弥寿多家さんに泊まっている者です」

浅見は急いで、優しい口調で言った。

「ある人から増子さんのことをお聞きして、たまたまステージを拝見して、声をおかけしたくなったのです。びっくりさせて申し訳ありませんでした」

「いえ……」

増子は若い浅見の善良そうな容貌に安心したのか、肩の力がスーッと抜けた。そうはいっても、「晴人と踊った」という恐ろしい指摘からは逃れられないはずだ。まったく内田も罪なことをするものである。

「あの……」

増子は何か言いたげに、浅見と内田に交互に視線を送ったが、結局、そのまま沈黙を守って、小さな会釈を残し逃げるように去って行った。

いくら内田でも、さすがに、それを追いかける不作法はできない。

「いま、何か言いかけたよね」

内田も気づいていたようだ。

「そんな感じでしたね」

「何を言うつもりだったのかな」

「先生が変なことを言うから、文句をつけたかったのかもしれませんよ」

「ばか言っちゃいけない。あれはきみ、そんなんじゃないよ。尊敬と称賛と、それに愛情のこもった目をしていた」

「まさか……」

浅見は呆れた。尊敬のかけらぐらいはあったかもしれないが、愛情に至ってはお笑い種《ぐさ》である。

「まあいい、きみにはまだ、女の気持ちを推《お》し量《はか》る知恵がないからな」

そう言われると反論できないほど、浅見には「実績」がない。もっとも、そういう内田にだって、大して威張れるほどの「実績」などないに決まっている。

浅見は庫裏から出て来る、踊り衣装の女性を玄関先で摑まえて取材をすることにした。増子よりもかなり年配の、少しふっくらしたプロポーションの女性の二人連れが現れた。ステージの興奮を引きずっているのか、暑さのせいばかりでなく、上気した顔に汗が滲んでいる。

浅見は「旅と歴史」の名刺を出した。雑誌の名前を知っていて、こっちの身分を信用してもらえたらしい。応対は悪くなかった。

「すばらしい踊りを見せていただきました。振付が町の流しと少し違うようですが、オリジナルなものなのでしょうか？」

浅見は早速、インタビューを始めた。

「そうですわね、オリジナルというより、むしろスタンダードといったほうが当たっていると思いますよ。町で流しているのは、踊りの未熟な部分を、お若い方々の勢いで見せるようなところがあるのとちがいますか。私どものは、正調おわらというべき、昔からの伝統を守り、その上に磨きをかけるという研究の成果だと思っています」

言葉に訛《なま》りがないところをみると、やはり関東かどこか、同好のグループの一員というったところだろう。日本舞踊のお師匠さんでもしているのか、ただの踊り好きというのではなく、一家言を持っているらしい。喋ることがアカデミックだ。

さらに水を向けると、きっぱりと、素人と専門家の相違を語り、無玄寺派おわらの正統性を主張して、よく喋った。内田が言っていたような、本来のおわらは芸術ではないとか、土着性が必要であるとかいうことを持ち出したりすれば、蹴飛ばされかねない。

それが分かっているのか、それとも女性との争いを好まないのか、内田は黙って浅見の背後に控えていた。

しかし、浅見のインタビューが終わり、二人の女性と「ありがとうございました」と会釈を交わした時、「さっきの増子さんの踊りですが」と声を発した。

「あれも皆さんの、いわゆる無玄寺派と同じ系統の踊りとは思えないのですが、その点はどうなんでしょう？」

女性二人は顔を見合わせた。内田の無遠慮な口ぶりが気に入らなかった様子だ。

「増子さんの踊りは、むしろ私たちが望んでいるおわらの本道を行っていると思いますよ。あの方の踊りを初めて拝見したのは二十年近い昔で、本当にすばらしい素質の方だと舌を巻きましたけど、その当時と基本的には少しも変わっていません。お相手の方がまた素敵な男性で、名コンビでしたわね。何かのご事情でコンビは解消なさって、増子さんもお嫁に行かれて、長いことおわらから離れてらしたみたいですけど、今年からこちらの無玄寺さんのステージに立っていただけるようになりましたの」

「無玄寺に出演して、町の競演会のほうに出ない理由は何なのでしょう？」

「それはもちろん、こちらのほうが本道だということをご承知だからでしょう。それと、あちらには年齢制限みたいなばかげた決まりがございますしね。踊りの神髄は年齢などに左右されるようなものではございませんのにね」

スッと頭を反らし顎を突き出すような仕種をして、「では失礼」と行ってしまった。

その後ろ姿を見送っていると、ひと足遅れて男が現れた。踊り衣装を脱いでいるので、ちょっと見には気づかないが、脇に抱えた法被と編笠を見て、内田が声をかけた。

「最前、増子さんと踊られた方ですね？」

「はい」

男はびっくりして立ち止まった。

「そいがですが？……」

「いやあ、息の合ったコンビで、堪能させていただきました。みごとでしたねえ」

「それは褒めていただいて、恐縮です」

「いま、お聞きしたのですが、増子さんは今年になってから踊りを再開されたのだそうですね。その増子さんとコンビを組むようになったのは、どういうきっかけですか？」

「どういうと言われても……」

男は当惑げに、隣にいる浅見に視線を移した。浅見は男に名刺を渡した。

「あ、『旅と歴史』の取材ですか」

男は安心して、自分の名刺を出した。『おわら学校理事　加藤範之《かとうのりゆき》』とある。

内田も名乗ったが、こっちは名刺を忘れている。作家としては少しは知られているが、平凡な苗字だけ聞けば、どこの馬の骨とも知れない。山田篤子がそうだったが、加藤もまったく反応しなかった。

「もしよければ、何か飲みながら話さんけ。あそこに接待所があんがです」

加藤が指さした境内の一角に、テントを張った接待所がある。そこへ行って、長テーブルを前に、ベンチに腰を下ろした。飲み物以外に焼き鳥や焼きそばといった、軽い食事の用意もしてある。無玄寺の出演者のための施設らしい。加藤はビールを取り、浅見と内田はサイダーを注文した。

加藤は、接待の女性に、食べ物をどんどん運んでくれるように頼んでいる。踊り手の中でも実力者なのか、テーブルには焼き鳥、おでん、たこ焼きといった、屋台で売っているような食べ物が並んだ。

「名刺にあるがやけど、私はおわら学校いうのの、理事をやっとりましてね」

加藤は焼き鳥の串を弄《もてあそ》びながら言った。

おわら学校というのは、越中八尾駅の近くに事務所がある。おわら伝承会が、旧八尾十一カ町に限定していたことに反発し、出身地、性別、年齢を問わず、誰でもおわらを歌い、踊れるように指導するグループなのだそうだ。無玄寺派の傘下にあって、当然、伝承会とは一線を画す存在だ。

「無玄寺さんのイベントにはずっと前から参加させてもろとるのですが、今年から美濃屋さんの増子さんも出られるいうので、無玄寺さんの紹介で、正月過ぎ頃から猛特訓してきとります。長いブランクがあったいうがやけど、増子さんは天才やね。すぐに往年の勘を摑みはって、指導するどころか、彼女と踊っておると、こっちが自然に踊らされるいうような状態になるがですよ。もう何十年もコンビを組んどるような気分です。それは気持ちよう踊れますな」

加藤はその時の気分を思い出すのか、夜空を見上げて、遠い目をした。四十代なかばといったところか。色の浅黒い、まあ整った顔だちだが、そういう、少女が夢見るようなポーズをするのはあまり似つかわしくない。本人はそのことに気づいていないらしいが、求道者《ぐどうしゃ》のようにひたむきな性格の持ち主であることを思わせた。おわら学校の理事をしていることといい、この人物のおわらへの異常なほどののめり込み方に、浅見は何となく得心がいった。

## 3

接待所は無玄寺の境内の外れに近い。大谷石を組み立てた手すりの向こうは石垣がストンと落ちて、その下は駅の方角から上ってくる坂道である。坂を上りきったところに、無玄寺の境内に入る脇の門がある。

突然、坂道の麓《ふもと》から、騒然としたものが沸き起こった。ワッセワッセという威勢のいい掛け声と、民謡ともポップスともつかぬ歌がミックスした、全体としては節をつけたわめき声のようにも聴こえる大合唱の塊が、ザッザッという足音と一緒に坂を上ってくる。

浅見も内田も何事か——と手すりのところまで行って、坂道を覗き込んだ。

ざっと見た感じでは、男女それぞれ十五、六人ほどの若者の集団である。男も女も浴衣を尻はしょりに着て、赤、黄色、白、ピンクといった派手な色の帯を腰に巻き付け、たすきに掛け、頭に巻き付け、風に靡かせながら、口々に歌い、わめき、走る。

「あれは何ですか？」

内田が呆れ顔に加藤に訊いた。

「困ったもんですちゃ」

加藤は苦い顔をした。すでに慣れっこなのか、立ち上がろうともせずに、ビールをあおっている。

「いつの時代もそやが、若い連中は伝統だとか形式だとかいうもんには飽き足らんのやね。いつまでもおわらじゃないやろいう主張をして、ああやっておわらの雰囲気をぶち壊そうというがです。一種のテロみたいなもんやちゃ」

テロとは穏やかでないが、デモ程度の激しさはある。

「あの勢いで、町を流しているおわらの群舞に突っ込んで行ったら、ただでは済みそうにないですね」

「いや、そこまではやらんよ。お客さんたちを巻き込めば非常に危険やから、そのくらいは彼らも承知しとります」

「あれも風の盆祭りの、一つの形態なのでしょうか」

浅見が訊いた。

「連中としては、そのつもりやちゃ。徳島の阿波踊りやリオのカーニバル、札幌のよさこいソーラン祭りのような、景気のいい賑やかさを求めとるんじゃないがけ。おわらの幽玄美というようなものは、理解できんがかもしれんですね。辛気《しんき》臭《くさ》いなどと言う者もおります」

「なるほどねえ……」

内田が憂慮に堪えないように首を振った。

「おわらほど定着した文化でも、ぶち壊そうとする勢力があるのですか。こうなると、無玄寺と町の伝承会の対立なんていう、生ぬるいものじゃありませんね」

「いや、ある意味では、無玄寺対伝承会の対立のほうが根が深いかもしれんです。若い連中のあれは、単なる既成のものに対する反逆のようなもので、いくら威勢がよくても、ほんの一過性、夏の夜の夢かあぶくみたいなもんで、一方の勢力にはなりえんでしょう。それに対して、われわれの場合は、もともと根っこは同じやから、何ていうか、骨肉の争いいうか、肉親の相剋《そうこく》みたいなところがあって、そう簡単に旗を下ろすわけにはいかんがです」

「それに、利害関係もあるしね。おわらという遺産を継承するのはこっちだ——と主張するような。そうでしょう?」

内田は遠慮がないから、相手にとってあまり愉快でない、金銭がらみの生臭い話をズバリぶつける。

「まあ、それは確かに、ないといえば嘘になるがです。無玄寺さんにしてみれば、今日《こんにち》、これだけのお客さんが全国から集まってくれるほど認知されるようになったんは、無玄寺さんや聞名寺さんを中心として、おわらいう伝統文化を、大切に時間をかけて培ってきたことによるといいたいがやし、それに対して、町や伝承会のほうでは、風の盆の隆盛を招き維持するための、いわばインフラの整備はすべて町で手掛けていて、無玄寺さんをはじめ街の商店、ひいては住民たちは、その恩恵に浴しているがやないか——ということを主張するがです」

さすが、おわら学校の理事をやっているだけあって、加藤の理論武装は相当なもののようだ。

「じつはですね、増子さんがこっちに出演してくれるようになったんは、さっき言うたような年齢制限の問題もあるがですが、それだけではないがです。増子さんほどの踊り手なんやから、競演会に出なくても、演舞のチャンスは設けていいがじゃないがけ。それをシャットアウトしている理由は、それ以前に伏線みたいなものがあったがです。彼女の親父さん、つまり美濃屋のご主人と伝承会、とくに幹部とのあいだに確執があるがです」

「弥寿多家の安田さんですか」

「ほうっ、ご存じですか。さすがですなあ。それなら話が早い。おっしゃるとおり、安田順蔵さんが美濃さんを毛嫌いしとる。それというのは、美濃さんが遠征公演を一手に仕切っていることが不満ながです。しかし、遠征公演いうのは、美濃屋さんの先代時代から苦労して創ってきたシステムやから。イニシアチブを取るのは当然といってもいいがです。それもあり、美濃さんが無玄寺さんと親しくしているのも気に入らんがではないでしょうか」

「無玄寺の境内で屋台の店が開かれることについては、町の人々や行政関係の連中は何て言っているのですか？」

「べつに何も言いません。むしろ喜んでいるんじゃないがですかね。風の盆全体の集客力にも寄与しとるはずやから。しかも屋台につきものの混乱を無玄寺が一手に引き受けた恰好になっとるじゃないがですか。第一、屋台の出ない祭りなんて、クリープを入れないコーヒーみたいなもんやからね」

古いコマーシャルのキャッチフレーズを言った。

「なるほどねえ、それにしても、外部の人間から見ると、平和で静謐にしか思えない風の盆のおわらに、そんなややこしいドロドロしたものが潜んでいるとは驚きですね」

「ははは、それほど深刻なものではないがですけど」

加藤は少し喋りすぎたことを後悔したらしい。苦笑を浮かべて「さて」と腰を上げた。

「そろそろ、戻ります」

「演舞はまだあるのですか？」

「十一時までは続ける予定やちゃ」

「美濃屋の増子さんとも、もう一度くらいは踊りますか」

「踊ります。トリの一つ前のはずやちゃ」

時計を見ながら言って、「じゃあ、これで失礼しますよ」と去って行った。この接待所の飲み食いはタダでいいらしい。

「だったら、あのおでんを食っておくんだったな」

内田はせこいことを言っている。

時刻は十時を回った。おわらの町流しはいよいよ佳境に入ったようだが、人出はむしろ減っている。たぶんそれは、観光バスで来た団体の多くが、ホテルへ引き揚げる時刻を過ぎつつあるからだろう。

無玄寺を出て町の通りを歩くと、幾組もの町流しに出会う。終盤を迎えて、踊り手も観客も、少し疲れぎみのようだ。浅見はともかく、内田は相当ばてている。

コケットに入って、欲も得もなく、カウンターにへばりついた。お客が半分程度なのがよかった。山田篤子は「いらっしゃい」と、ごく事務的に声をかけて、「冷たいコーヒーですね」と冷蔵庫の扉を開けている。アイスコーヒーは、あらかじめ量産しておけるから、いちばん手間がかからない。

「ママはいつ見ても元気そうだねえ」

内田が感心したように言った。

「そうでもないちゃ。もう歳やし」

「いやいや、若い若い。美濃屋の増子さんも若いけどね」

「あら、増子さんに会ったが？」

「ああ、無玄寺のステージを見て来た」

「えっ、無玄寺で踊ったが？」

「なんだ、知らないの？　この町のことなら何でも知っていそうなママが」

これは意外だった。

「知らんちゃよ……でも、そう、増子さん、踊ったの……で、誰と？　まさかその他大勢と踊ったわけじゃないがでしょう？」

「二人で踊ってたね。えーと、相手の名前は何ていったっけな」

内田はもう度忘れしている。

「加藤っていう人でしたよ」

代わりに浅見が答えた。

「おわら学校の理事とか言ってました」

「ふーん、加藤さんね……だけど増子さん、もうかれこれ二十年ぶりくらいじゃないのかな。ちゃんと踊れたがかね？」

「立派なものでしたよ。ねえ先生」

「ああ、よかった。感動ものだった」

内田は重々しく頷いた。

「それに幽霊も出たしな」

「ははは……」

浅見は笑ったが、当の内田は真面目くさった顔だし、それに輪をかけて山田篤子は驚いた。

「幽霊って、何け、それ？」

「踊りの相手の加藤っていう人に、まとわりつくように、安田晴人の幽霊が踊っていた。つまり増子さんは晴人と踊っているのではないかとさえ思えた。な、浅見ちゃん」

「ほんとに？」

「嘘ですよ、目の錯覚。第一、僕たちは晴人氏の踊りなんか見たことがないじゃないですか」

浅見はあくまでも笑い飛ばそうとしたが、篤子は真剣そのものだ。

「そう、ほんとながね……」

顔から血の気が引いている。あまりの落ち込み方に、浅見も言うべき言葉を失った。それに、浅見自身、そう言われると何となく、加藤とダブッて、怪しげな影のようなものを見たような気がしないでもないのだ。

「何だったら、あとワンステージあるそうだから、見に行ったらどう？　また幽霊が見えるかもしれない」

よせばいいのに、内田が勧めている。

「トリの一つ前って言ってたから、十時四十分頃かな」

「そうやね……」

篤子は時計と、店内に屯《たむろ》しているお客の様子を見比べた。

「ユリちゃん、三十分ばかり任せていいけ？　十一時前には戻るけど」

「ええ、いいですよ」

ユリちゃんはいい娘だ。笑うと、少し反っ歯ぎみの白い歯が可愛い。

山田篤子はエプロンをはずして、「さ、行きましょう」とカウンターを出た。内田はまだ飲みさしのアイスコーヒーに未練がありそうだったが、「後でまた出しますよ」とママに見透かされ、「へへ」と照れ笑いした。

町が少しずつ静かになるのに対して、境内の人波はほとんど減っていなかった。本堂の前の観客の数は、むしろ増えているようにも見える。無玄寺のステージのトリを見たい好事家《こうずか》が少なくないらしい。

内田が予想したとおり、十時四十分きっかりに増子と加藤の出番がきた。こういう判断力のよさが、ちゃらんぽらんの内田のどこに備わっているのか、不思議だ。

囃子方の演奏が始まり、老人の唄が始まると、左右の袖から踊り手が現れた。

「ほんと、増子さんやわ」

山田篤子が低い声を洩らした。

今回の踊りは、前のステージとは演出が変わっていた。基本的にはおわらの所作を踏まえた上でのバリエーションなのだろうけれど、二人の演舞は規則に囚われない、融通無碍な自由さを加味しているように見える。

男と女が出会い、それぞれ相手に求愛するように弧《こ》を描き、確かめ合い、そして絡み合う。それらの所作をおわらの「素踊り」「宙返り」「稲刈り」といった基本動作に従いながら、まったく異質のものに演出し、鮮やかに昇華《しょうか》させている。

観客の中から「いいねえ」「すてき」といった嘆声が聞こえてくる。フラッシュがいくつも焚《た》かれ、ビデオを回している者もいる。

その時、またしても浅見の目は、焦点がぼけたように、加藤の姿にもう一つの影が絡まっているのを見た。

「あっ……」

篤子が小さく叫んだ。

「晴人……」

確かにそう聞こえた。浅見と内田は顔を見合わせた。

「どうだい、晴人の幽霊がいただろう？」

内田が言った。

篤子はそれには答えず、黙って舞台に視線を向けていたが、不意に肩を震わせ、クルッと後ろを向くと、さっさと歩きだした。まだ踊りは半ばを過ぎた辺りだが、内田と浅見は慌ててその後に追随した。

店に戻ってからも篤子の沈黙は続いた。黙ってアイスコーヒーをいれ替え、「ユリちゃん、帰っていいわよ」と言った以外は、ずっとだんまりだ。

営業は十二時までだそうだが、十一時を少し過ぎた頃に、表の看板を引っ込め、入口の明かりも消した。三組いた客も、何となく追い立てられた気分なのか、不満そうな顔をしながら帰って行った。十一時半には、薄暗い店内に残っているのは、山田篤子と内田と浅見の三人だけになった。

「いつの間に……」

篤子が独り言を呟いた。

「今年の正月過ぎ頃から、あの加藤って人と特訓を始めたのだそうです」

浅見が解説した。

「増子さんは天才で、すぐに昔の勘を取り戻し、かえってリードされるくらいだったと、加藤氏は褒めてましたよ」

「そういうことやなくて……」

篤子は焦れたように首を振ったが、そういうことでないのなら、どういうことなのか、それ以上の説明をしない。

「安田晴人さんが殺された夜も、増子さんはおわらを踊ったのでしょうか」

「えっ？　何を言いたいがけ？」

「いや、素朴な疑問です。踊りへの情熱と、かつての恋人の死と、どちらの比重が大きいかという」

「やめてよ、そういう見方をするがは」

篤子は物凄い目つきで浅見を睨んだ。

「第一、その日はまだ前夜祭でしょう。無玄寺の舞台はないがやから」

「あ、そうでしたか。それにしても、かつての恋人が殺されたというのに、ああやって、ちゃんと舞台を務めているのはどういう心境なのか、興味を惹かれませんか」

「そんなこと……恋人いうても、大昔のことやないいけ。いつまでも縛りつけておくのは可哀相やちゃ」

「そんなものですかねえ」

「そんなもんだよ」と、内田が脇からママに救いの手を差し伸べるように言った。

「所詮は人間の気持ちなんて、うつろいやすいもんだからな。過去よりも現在のほうが大切なのさ。それに、かりに晴人氏の死がショックだったとしても、踊りたい思いってやつは、それ以上に抑えがたいものがあるんじゃないのかね。ひょっとすると、相手の加藤とかいう男を晴人氏になぞらえて、陶酔状態になっているのかもしれないしね」

「なぞらえる……ですか」

浅見はラフカディオ・ハーンを連想して、背筋が寒くなった。

「そう、われわれの目に幽霊と見えたのはそれかもしれない」

内田は臆病なくせに、怪談話をして、人を脅すのが好きだ。

「やめなさいって」

篤子は叱って、「いやだいやだ……」と体を震わせた。

「話は違いますが」と、浅見も幽霊話からの脱出を図った。

「弥寿多家の女将に聞いたのだけど、夏美さんは神岡の出身だそうですね」

「あ、ええ、そうみたいやね」

よく知っているはずなのに、何となくとぼけたような口ぶりだった。明らかに、あまり好ましい話題ではないらしい。

(なぜだろう?——)

浅見は思い切ってカマをかけてみた。

「ママのご主人も神岡ですか」

「えっ?……そう、神岡の出身。だけど、よう分かったわねえ。さすがは名探偵やわ」

褒められてしまうと、当てずっぽうだとは言えない。

「やはり、神岡鉱山の関係ですか」

「主人は違うけど、主人の父親は鉱山に勤めとったみたい。でも父親が亡くなって間もなく、八尾に引っ越してきたがね」

「お父さんの死因はご病気ですか？」

「もちろんそうやちゃ。仕事中にちょっとした事故に遭って、その後遺症みたいなもんやったそうよ。だけど、また変なこと考えとんがじゃないでしょうね」

「とんでもない。ただ、神岡鉱山には公害被害の問題がありましたから、そういう関係かと思ったのです」

「あれは神通川の下流域のほうでしょう。神岡自体は大丈夫みたいですよ」

「そうだったんですか……それで、八尾に引っ越して来て、その後は？」

「母親がこのお店を始めたが。お店はそこそこうまくいっとったんがやけど、でも、その母親も亡くなって、主人は大学を中退して店のほうを継ぐことになったってわけ」

「ママがご主人と知り合ったのは、それからですか？」

「そうやちゃ」

「そして、愛が芽生えたというわけですか」

「ははは、まあ、そんなところやね。でも、その主人も、一緒になって十年も経たないうちにあっけなく亡くなって……」

男勝りの篤子も、さすがに語尾が細く湿っぽくなった。

「ご主人が亡くなったのは、やはりご病気ですか？」

「えっ？　ええ、そうやけど……」

チラッと浅見に視線を送ってから、篤子は「ははは……」とのけ反って笑った。

「なんだか、まるで刑事さんの尋問みたいやね」

「いや、そんなことはない」

内田が横から口を出した。

「この事件では、刑事は尋問なんかしていないからね。浅見ちゃんの独壇場だ」

「それはいいけど、私なんかに尋問したって意味ないじゃない。私は事件に関係ない無責任な野次馬みたいなもんやから」

「しかし、われわれにとってママは、この町のことを知る最高の消息通だ。だから浅見ちゃんも大いに頼りにしているってわけだ。そもそも、浅見ちゃんを事件現場に案内してくれたのはママだっていうじゃないか」

「そうやけど、それは浅見さんのためになるならと思ってそうしただけ。こんなふうに面倒なことになるなら、やめとけばよかった。とんだとばっちり。一文にもならないんやしね。浅見さんは弥寿多家さんの依頼で動いとるんでしょう？」

「いや、違いますよ」

「えっ、違うの？」

「この男も一文にもならないのさ」

内田が言った。

「しかし、好奇心と正義感が彼を突き動かしている。いまの世の中、金にならないのに、ここまで頑張るやつは珍しいね」

「ははは、正義感はくすぐったいなあ」

浅見は笑ったが、山田篤子は、世にも不思議なものを見るような目で「探偵」を見つめている。

「尋問ついでに訊きますが」

浅見は少し軽い口調で言った。

「もしかすると、美濃屋の増子さんの嫁ぎ先も神岡じゃないですか？」

「ええ、嫁いだ先は違うけど、旦那さんは神岡の出身みたいやね」

そう答えたものの、篤子は自分の饒舌を悔いるように頭を振って、「さあ、もうこれくらいでいいでしょう」と言って、バタバタと片付けにかかった。それでもまだ居つづけるほど図々しくはない。内田と浅見は追い立てられるようにドアに向かった。

外に出てから内田が振り向いて、「そうそう、さっきの踊り、やっぱり晴人氏の幽霊がいたでしょう？」と言うと、山田篤子は聞こえなかったようにそっぽを向いて、店内の明かりを消した。

弥寿多家に戻ったのはちょうど零時頃だった。街の明かりはかなり暗くなっているが、そぞろ歩きの人の姿がある。どこからともなく、すすり泣くような胡弓の音が聴こえてくる。これぞ風の盆の醍醐味——という雰囲気であった。

深夜にもかかわらず、女将が出迎えてくれた。二人がスリッパを履く後ろで、玄関ドアをロックしていたから、他の客はとっくにご帰館していたらしい。

ひと風呂浴び、床に入っても、すぐに眠るわけにいかなかった。部屋の片隅に下げたテーブルで、内田がワープロを叩いている。その音が耳障りだ。

宿に帰った時、内田宛のファックスが待っていた。編集の菊地嬢からだが、下半分に兼上《けんじょう》編集長の殴り書きの文字が「私を殺す気ですか！」と怒り狂っていた。とたんに内田は震え上がってワープロに向かった。

（妙なことになってきた——）

浅見は天井のしみを数えながら考えた。

若女将の夏美が神岡の出身であることをはじめとして、コケットの山田篤子の夫も、美濃屋の増子の夫までもが神岡の人間だった。この符合はいったい何を意味するのか？ただの偶然に過ぎないのかもしれないが、偶然もこう重なると、ただごととは思えなくなってくる。

それに、山田篤子があまり神岡に触れたくない気配を見せたのも気になった。

ワープロの音がやんだと思ったら、内田が突然「神岡中学校へ行ってみるか」と言った。以心伝心というものか。

「どうも気になる。神岡がどういうところなのかぐらいは見ておきたいね」

「そうですね、僕もそう思っていました」

「よし、じゃあ、明日は神岡だ。何か旨いものがあるといいけどね」

そんな話をしているから、原稿のほうは終わったのかと思ったら、それからえんえんとワープロを叩きつづけた。「眠い、眠い」と悲鳴を上げ、ときどき顔を洗いに行き、むやみにお茶を飲む。ふだんの内田からは想像もできない、凄絶《せいぜつ》な奮闘ぶりだ。

作家業も楽ではないな――と、浅見は同情はしたが、こっちまで眠らせてもらえないのには参った。

4

浅見はいつの間にか眠ったが、内田はそれから何時間か仕事を続けたようだ。仲居が食事の支度ができたと声をかけに来て、浅見はすぐに起きたが、内田は泥のように眠ったまま目覚める気配がない。

列車の時刻表を見ると、そんなにのんびりしている余裕はなかった。テレビのボリュームを精一杯上げて、三十分近くかけてたたき起こした。

越中八尾駅まで順藏の運転する車で送ってもらって、九時四三分発の列車に乗った。これだとぴったり、猪谷発一〇時〇八分の神岡鉄道に接続する。それを逃すと、次は一四時四一分まで列車がない。セルシオで行くといいのだが、やはり帰りの混雑を思うと、やめたほうがよさそうだ。

神岡鉄道はトンネルの中を走る距離のほうが長い、まるで地下鉄のような路線だ。こんなところによく鉄道を通したと感心する。猪谷から終点の奥飛騨温泉口まで、たった二十キロ、約三十分の行程である。その短い時間でも、内田は窓に凭《もた》れて仮眠を取っていた。

飛騨神岡駅はトンネルとトンネルのあいだにある高架橋の上がプラットホームだった。その下を道路が斜めに潜《くぐ》っていて、道路の両側に軒を接するように建ち並ぶ、古色蒼然とした家々が見下ろせる。

駅の裏はすぐ、切り立った崖のような山地が始まる。町並みの向こうには小さな森があり、その向こうを川が流れているらしい。神通川の支流、高原川である。その川の流れを挟んだ小さな盆地の町なのだ。対岸もかなり急な斜面だが、台地の上にはこの町並みよりは新しそうな建物が望めた。

ホームの石段を下りると、そこが本来は駅舎なのだが、現在は「サロンドK」という、あまり似つかわしくないしゃれた名の美容院になっている。そこからもうワンステップ石段があって、道路に降り立った。

八尾の町も相当に古いが、どことなく宿場町の風情と活気がある。この町はただひたすらに古く、寂れてゆくように見えた。それでも、通りに面したほんのわずかな空間に草花を植え、町に風情を与えているのは、住む人の奥ゆかしさというものだろう。

道路は狭いながらも、センターラインのある片側一車線。車はあまり通らない。打ち水をしているおばさんに中学校はどこか訊いてみた。この道を真っ直ぐ行って、信号のところを斜めに右折すると、橋があって、橋の向こうの丘の上にお城が見えてくる。そのお城を目指して行けば、その隣だ――と教えてくれた。

「遠いですか？」

内田が訊いた。

「いや、すぐそこやよ。十分くらいやよ」

十分というのは微妙な距離だ。それに、田舎の「すぐそこ」はあてにならない。かといって、タクシーは見当たらない。おばさんの話によると、奥飛騨温泉口駅前のタクシーを呼ぶことになるのだそうだ。ここから二つ先の終点である。そんなことなら、そこまで列車に乗ったほうがましだった。どうしたものか――と思案する内田を尻目に、浅見はさっさと歩きだした。

「おい、歩くのかよ？」

「当たり前です。中性脂肪を減らすためには、いい運動じゃないですか」

「そうかな……」

不承不承ついてきた。

山の中だけに、八尾よりはいくらか涼しいが、盆地のせいか風がない。暑がりの内田ばかりか、浅見も汗が吹き出してきた。橋までもけっこう遠いが、橋を渡ると上り坂にかかる。確かに右手の丘の上に城が見えてはいるのだが、道は大きく左手に迂回して、城はいっこうに近くならない。「何がすぐそこだ」と内田は機嫌が悪い。

長い坂を上り詰めたところで右に曲がると、ようやく城の姿が目の前に迫ってきた。小振りだが天守閣の恰好をしている。巨大看板に「神岡城」とある。その向かい側に「飛驒市立神岡中学校」があった。

「涼みがてら、城でも見物しようか」

内田は汗だくで提案した。浅見も異論はなかった。

もちろん城は観光用に建てたもので、お世辞にも立派とはいえないが、建物の中はひんやりと涼しく、天守閣まで上がると、ここからの眺望がすばらしかった。眼下の川が日差しを受けてキラキラ光る。箱庭のような家並みの向こうには、濃厚な緑の山並みが幾重にもうちつづく。

城を中心に配した公園もよく整備されている。城を出ると、公園の管理人らしい老人が、竹箒《たけぼうき》で丹念に庭を掃いている。

「のどかだなあ……」

内田は天を仰いで深呼吸をした。しかし、大きく胸を張って吸った息を、慌てて吐き出した。

「おい、何か匂わないか？」

「確かに」

浅見も同感だった。高く透き通った空気の中に異臭が漂っている。明らかに化学物質の匂いだ。いや、「臭《にお》い」と書くべき性質のものだろう。鼻をツンと刺激するし、肺の奥まで吸い込むのに抵抗を感じるような悪臭にちがいなかった。

詳しいことは分からないが、鉱石を精錬する処理過程で使われる、化学物質や化学反応によって発散する気体かと考えられた。

目の前にいる竹箒を持った老人に「この臭いは何でしょうか？」と訊いてみた。

老人も鼻を天に向けて、しばらく臭いを嗅いでいたが、怪訝《けげん》そうな顔をして「何も臭わんけど」と言った。

「えっ、ほんとですか？」

浅見も内田もあらためて深呼吸してみた。やはり臭う。強烈ではないが、錯覚や一過性のものでないことは断言できる。

飛騨神岡駅の一つ手前には神岡鉱山前駅というのがあるから、そこは当然、鉱石の精錬所があったところだ。いまも稼働しているかどうかはともかく、煙突から一日中、盛んに煙を吐きつづけていた日々があったにちがいない。鉱毒は川を下って神通川に注ぎ、公害をもたらした。発生した気体はどうだったのだろう。たとえば浅見が以前、取材した栃木県の足尾銅山では、空気中に散乱した亜硫酸ガスによって、周辺の山林が枯れ、全山丸坊主になった山肌がいくつもあった。環境の改善に努めた結果、清流に魚が戻ってはきたが、それまで、長い歳月を要していたのである。

神岡周辺の山々は、緑豊かな風景を見せている。足尾ほどの被害に繋がるような鉱物ではなかったのか、それとも精錬の方法が異なり、有毒ガスの発生はなかったのだろうか。それでも、かすかに嗅覚を刺激する程度の異臭があるということは、もしかすると土地に染みついて「風土化」しているのかもしれない。

老人の嗅覚がおかしいのか、それとも自分たちのほうが間違っているのか、もちろん内田も浅見も前者だと思った。たとえ異臭であっても、長いあいだ嗅ぎ慣れていると、その臭いに反応しなくなることはある。

老人の傍を離れてから、内田は「嗅ぎ慣れると、自分の屁《へ》が快感だったりするからね」と、あまり美しくない比喩《ひゆ》を言った。

そう思ったためか、しばらくいるうちに臭いを感じなくなってきた。城を背に公園を出る頃にはすっかり爽快な気分になっていた。

目の前に神岡中学校がある。城山にあるくらいだから、城と同じくらい眺望に恵まれたすばらしい立地条件である。夏休みが終わり、すでに二学期の授業が始まっているのだろう。ちょうど休み時間なのか、校舎の前を走り過ぎる生徒や、窓から顔を覗かせ、下にいる仲間に声をかけている生徒もいる。いずれも白いシャツに黒ズボンの夏の制服で、東京辺りの学校でよく見かける、茶髪やダブダブのズボンを腰穿きにしている、いかにも悪そうな生徒は見当たらない。

二人が校門を入った時、授業開始を知らせるベルが鳴った。

生徒たちが教室に収まり、職員室も閑散とした状態だった。それでも何人かの教師がデスクにいて、闖入者《ちんにゅうしゃ》に視線を向けた。このところ、学校をターゲットにした凶悪事件が頻発している。大阪の名門小学校では凶器を持った男が押し入り、意味不明の目的で児童、二十人あまりを殺傷している。

それだけに警戒も厳重なのだろうけれど、この二人の客に限っていえば、どう見ても人畜無害だ。年配の教頭らしい男が「何やな？」と声をかけ、近づいて来た。

内田はそれなりに年長者らしくきちんと挨拶をして、「こちらの卒業生のことで、少しお話をお聞かせいただければ……」といった言い方をしている。

「はあ、いつ頃の生徒やな？」

「そうですね……二十四、五年前の卒業だと思うのですが、その前後の年次の、卒業生名簿か卒業記念アルバムを拝見できるとありがたいのです」

「はあ……」

教頭は渋って、「目的は何やな？」と警戒心を露《あらわ》に、訊いた。

「こういう者ですが」

浅見は名刺を渡した。例によって「旅と歴史」の入ったものだ。相手も名刺を出した。案の定、教頭で『鶴田《つるた》健一郎《けんいちろう》』とある。このくらいの年配者なら、大抵は知っている雑誌名だと思っているのだが、教頭はあいにく知識はなかった。聞いたこともない出版社名にむしろ胡散臭さを感じてしまったようだ。マスコミアレルギーなのか、浅見の若さも気になったのかもしれない。内田のほうに向いて、「そちらは？」と、いくぶん儀礼的に訊いた。

内田は名乗ったものの、毎度のことながら名刺を忘れている。そういう事務的なことに関しては、まったくだらしがない。そんなことで、よく複雑な推理小説が書けるものだと呆れてしまう。

「こちらは内田康夫さんといって、推理小説を書いている人です」

仕方がないので浅見がフォローした。

とたんに教頭の態度が豹変《ひょうへん》した。

「えっ、あの内田先生ですか。『死者の木霊《こだま》』の『天河伝説殺人事件』の『中央構造帯』の『イタリア幻想曲』の……みんな読んどりますよ。百冊は読破しましたかな。どれもこれも面白いが、とくに『華の下にて』はよかった。『箸墓《はしはか》幻想』もねえ……」

矢継ぎ早に著書名を並べたてた。知らない人が聞いたら、内田にサクラを頼まれ、著書名を羅列しているように受け取られかねないほど、かなり宣伝臭い。

「そうですか、あの内田先生ですか。ということは、あっ、こちらの浅見さんは名探偵の浅見さんご本人ですか……」

ようやく気がついて、一瞬、あっけに取られたような顔になった。

「いやあ、これは驚きましたなあ。感激やなあ。小説の中では架空のこととして読んどりますが、本物のお二人に会えるなんて、夢のような話やなあ。ことに浅見探偵さんが実在するとはなあ……。ちょっと待っとってくださいよ」

数人いる教員に向かって、「皆さん、こちらにおられる方は、有名な推理作家の内田康夫さんと名探偵の浅見光彦さん……」と紹介した。もっとも、鶴田教頭ほどにはミステリー好きな人間はいないと見えて、それに対して好意的な反応を見せたのは、たった一人だけというのは、いささか寂しかった。

「そやったら、今回はこっちのほうで取材されて、新作をお書きになるんですかな。いやあ、楽しみやなあ」

教頭は一人舞い上がって、まあとにかくどうぞ——と、応接室に案内して、自らお茶をいれてくれた。

「あいにく校長は出張中でして、教頭の私がお相手させてもらいます。さっきの件やけど、こうしてお二人がわざわざお見えになるんやったら、卒業生に何か事件でもあったんですかな？」

さすがに気にかかるらしい。

「いえ、事件とかそういうことではなく、単純にこちらの卒業生の中にいたと思われる人物の消息——といいますか、つまりそのルーツを訪ねているのです」

「二十四、五年前と言われましたか」

「そんな古いのは、もう残っていないものでしょうか」

「いやあ、卒業生の記録は学校としては最重要のデータですので、きちんと保存しとりますよ。卒業年度さえ分かれば……その卒業生は現在、いくつですかな？」

「たぶん四十歳前後ではないかと思うのですが」

「そやったら、確かに二十四、五年前やなあ」

「ただし、女性に歳を訊くのは失礼なので、ご本人に確かめてはいません。ことによるともう少し上かもしれません」

「あ、女性なんかな。名前は？」

「吉田夏美さんといいます」

それからしばらく、鶴田教頭は思案していたが、ついに意を決して「分かりました」と言って立ち上がった。そのまま応接室を出て行ったが、どうやら名簿の閲覧を認めてもらえたようだ。

「浅見ちゃん、コケットのママに電話して、彼女の旦那の下の名前と、できれば増子さんのご亭主の氏名を訊いてくれないか」

「了解、では職員室の電話を借ります」

「だめだめ、そんなところで電話したら、怪しまれるじゃないか」

「それじゃ、外の公衆電話を探します」

「いまどき公衆電話なんか、おいそれとは見つからないよ。ＮＴＴは採算が取れない電話機はどんどん撤去しちゃったからね。それより、これを使えないか」

内田はポケットから携帯電話を出した。

「えっ、なんだ、先生は携帯を持っているんですか」

「ああ、使ったことはないけどね」

「どうして使わないんですか」

「ん？　ああ、どうしてかな。趣味が合わないからかな」

「そんな、結婚相手の品定めをしているわけじゃないのだから……あ、そうか、使い方を知らないんですね」

「ばか言っちゃいけない。まあいいけど、それより浅見ちゃんだって携帯がないじゃないか。いまをときめくルポライターが不携帯じゃ困るんじゃないの？」

「不携帯って、免許証の不携帯みたいなことを言わないでくださいよ。僕の場合はおふくろさんの厳命で、携帯電話は禁止されているのです。自動車電話はいいというのが、ちょっと矛盾してますけどね」

「まあ、とにかく確認してみろよ」

浅見は内田の携帯電話を借りると、窓際まで行って、コケットに電話した。店はそろそろ忙しくなる時間帯だ。案の定「はい、コケット」という口ぶりは不機嫌そうだったが、「浅見です」と名乗ると、がぜんハイトーンになった。

「あら、浅見さん、おはよう。今日も涼みに来んがでしょう。今度は一人でいらっしゃい。ブルーマウンテンをおいれしちゃう。あの人はもう置いてきてね」

「はい、そうします」

浅見は尻目に内田のほうを見て、笑顔でＯＫマークを作って見せた。内田は知らぬが仏で、満足そうに頷いている。

「ところで、ママのご主人の下の名前は何ていうんでしたっけ？」

「えっ、うちの旦那の名前？　どうして？　何かあんがけ？」

「いや、ちょっと運勢に凝ってる人がいましてね、もしかすると、ママの将来を占えるかもしれない」

「いまさら私の将来を占ったって意味ないわよ。亭主はとっくに死んじゃったし。浅見さんでも付き合ってくれるならともかくさ。ははは……」

「それを含めて、占ってみませんか？」

「えーっ、本気で言ってくれとんが？　ほんとかなあ……じゃあお願いすっちゃ。主人の名前は篤志《あつし》、山田篤志。私の篤子と同じ篤」

「えっ、それは珍しいですね」

「そうなが、偶然そうながよ。それがきっかけで付き合いだしたみたいなところもあるんやけど。ばかばかしいちゃね。占い師に聞いたら、きっと篤篤同士だから、強い篤のほうが弱い篤をやっつけた——みたいなことを言うんじゃないがけ」

「ははは、そんなことはないでしょう。あ、それと、美濃屋の増子さんのご主人の名前は何ていうのですか？」

「増子さんの嫁ぎ先は津島《つしま》さん。津島、何ていったっけな、きれいな名前やと思ったがやけど、増子さんに訊いておこうか」

「そうですね、できたらお願いします」

「その代わり、後でいらっしゃいよ」

「はい、そうします」

含み笑いを抑えて、浅見は携帯電話を内田に返した。

「どうだった、分かった？」

「ええ、分かりましたよ。ママの旦那は山田篤志、増子さんのご亭主は津島さんです。下の名前は今、調べてもらっています」

「なるほど、篤篤は珍しいな。生前はアツアツだったたってことか。それにしてもなんだか楽しそうだったじゃないか。ママは何て言ってたんだい？」

「後で先生に店に顔を出すよう、伝えてくださいって言ってましたよ」

「ほう、そうか、いいね」

内田が機嫌をよくしたところへ、鶴田教頭が資料を持ってやって来た。

「二十四、五年前といわれたけど、前後三年ずつまで、範囲を広げときました」

アルバムと名簿と、両方揃えてある。

「やあ、これはありがとうございます」

内田は大いに感謝して、頭を深々と下げている。

教頭は気を利かせて、「もし何かありましたら職員室におります」と言い置いて、部屋を出て行った。

さっき見た印象では、校舎の大きさのわりに生徒が少なく、閑散としているようだったが、かつて鉱山の華やかなりし頃は生徒数も多かったのか、アルバムも名簿もかなり分厚い。二人はゆっくりと名簿を繙いていった。

吉田夏美の名前は間もなく、昭和五十×年度の卒業生名簿の中に発見できた。そして驚くべきこと——というか、ある意味では予想どおり、その前の年度の卒業生名簿の中には、山田篤志の名も津島英之《ひでゆき》の名もあった。津島の下の名前はまだ山田篤子から聞いていないが、津島姓は一人しかいないから、おそらくこの人物に間違いないだろう。

この三人が三人とも、形こそ異なれ、八尾の人間と結婚している。

「これは浅見ちゃん、運命だよ、運命」

もともと運命論者のケがある内田は、いくぶん興奮ぎみに、名簿を叩いて言った。

「こうなると、この津島という人物が最も臭いね。増子が風の盆祭りで八尾に入り浸り状態でいるのは、弥寿多家の晴人のせいではないか——と怪しんだにちがいない。その挙げ句、嫉妬に狂って殺意が生じた……なんだかいきなり城の本丸に飛び込んだような気がしてきたよ。どうかね浅見ちゃん、きみもそう思うだろう」

「まあまあ、そう即断しないで、一つ一つ鍵を開けていきましょう。でないと、本丸どころかおマルに飛び込みかねません」

「汚い比喩だな」

浅見が職員室へ行って、鶴田教頭に目的の名前が見つかったことを伝え、応接室に連れて来た。鶴田にはある程度、本当の目的を打ち明ける必要がありそうだ。

「じつは、この吉田夏美さんは八尾の弥寿多家という旅館に嫁いでいるのですが、ご主人の晴人さんという方が、先月の二十三日に亡くなりました。それも警察の発表では自殺ということになっています」

「ほうっ……」

鶴田は驚いている。それには二人の客もむしろ驚かされた。山一つ越えたような距離だが、他県の出来事となると、自殺程度のニュースはほとんど届かないらしい。

「いま内田さんは『警察の発表では』と言われましたけど、そやったら、じつは自殺ではないと言いたいんですかな？」

鶴田はさすが、ミステリー好きというだけあって、先読みをして言った。

「まさか、この吉田……いや、夏美さんが犯人やというんやないでしょうなあ」

「いえいえ、そういうことではありません。その辺りのことは警察がきちんと調べて結論を出しています。ただ、調べているうちに、吉田夏美さん、いまは安田夏美さんですが、この人の周辺にいる人たちには、不思議なくらい関連のあることが分かりましてね。たとえば……」

内田は、神岡中学で夏美より一級上の山田篤志の結婚相手の篤子、それに津島英之の結婚相手の増子が、ともに八尾の人間であるという相関関係について、メモ用紙に名前を書いて説明した。

「しかもですね、亡くなった安田晴人さんはかつて、増子さんと恋人同士であり、いったんは結婚を約束した間柄なのです」

「となるとやな、津島英之君に犯行動機があるということになるんかな？　つまり、奥さんの増子さんが安田晴人さんとのよりを戻したんやとか、そういったことがあったんですね」

鶴田は教頭職を忘れて、探偵業にのめり込みそうな興味を示している。

「いやあ、恐れ入りました」

内田はそつなく感心の体《てい》を装った。

「おっしゃるとおり、それも一つの可能性ですね。それ以外にもいろいろなことが考えられると思います。それでいま、この浅見君と一緒に、真相を究明しようと動き回っているところなのです」

「うーん、さすがやなあ……しかし、お聞きした感じやと、この津島君が最も怪しいんじゃありませんか？　この神岡中学の卒業生から、そんな事件の犯人が出てもらっては困るんやけどなあ」

いま頃になって、鶴田は教頭の立場を認識して、慌てた様子だ。余計な協力をして、墓穴を掘る心配が生じたのだろう。

「まさか、津島さんが犯人だなどと、そのようなことにはならないと思います。ね、浅見君、そうだろ?」

さっきの勢いはどこへやら、いよいよとなると、内田はたちまち腰が砕ける。

「分かりません」

浅見はあっさり答えた。

「教頭先生がご心配なさったとおりかもしれません」

「そんな冷たいことを言うなよ」

「いずれにしても、予見は持たないで、ご本人に会って事情をお訊きすることになりますが、その前に教頭先生、津島さんや山田さんの同級生で、この近くに住んでいる人はいませんでしょうか?」

「そやなあ、私が赴任したのはつい三年前のことやで、当時のことはまったく分からんです。それに、けっこう外部に出たきりの人も多いでなあ……」

鶴田教頭は名簿を眺めていたが、「あっ、この人はおるよ」と指先を止めた。

「牟田《むた》広実《ひろみ》さん、この方はお医者さんにならはってね。現在、お子さんが当校の二年に在学しとる関係で、ＰＴＡの役員をお願いしとるんやさあ。そやったんか、牟田先生が同期なら好都合やな。確か三代か四代続く病院で、町のことやったら隅から隅まで知っとられると思いますのでら」

鶴田は「とにかく、連絡を取ってみましょう」と電話をかけに行った。

「浅見ちゃんよ、ほんとの話、津島ってやつが本命じゃないのかね」

内田は教頭がいなくなると、またぞろ、その考えを強調した。

「分かりませんよ、そんなこと」

浅見はニベもなく答えた。内田のご託にまともに応じる気はなくなっていた。

# 第五章　風祭りの夜は更けて

## 1

鶴田教頭が電話でアポイントを取ったところ、先方はちょうど昼休みの時間で、いまのうちなら都合がいいというので、鶴田教頭が親切にマイカーで送ってくれた。

「お二人のことは牟田先生もよく知っとられて、ぜひお目にかかりたいと言っとられました」

牟田病院は高原川の畔に建つ白亜の三階建てのビルで、古い町の中ではひときわ目立つ。診療科目は内科・小児科、産婦人科。個人病院としてはかなりの規模といえそうだ。

病院と隣接して牟田家がある。こちらは病院とは対照的に、塀を巡らせ、立木を繁《しげ》らせた純和風の二階家で、町とともに歴史を刻んだ旧家の重厚さを感じさせる。その住居のほうに案内され、玄関に出迎えた牟田に、教頭がバトンタッチした。教頭が言っていたように、牟田医師は作家と名探偵の思わぬ来訪を大いに歓迎してくれた。

牟田広実は副院長の肩書だった。院長は父親が健在で、「私はまだ青二才です」と笑った。代々、医師として、この町では押しも押されもせぬ名家だろうに、まったく飾り気のない、気さくな人柄のようだ。

浅見の口から説明するまでもなく、鶴田教頭が大まかな事情を説明してあった。

「もちろん、彼らのことはよく知っていますよ。神岡中学時代、同期の山田篤志、津島英之とともに物理化学研究部を創ったのですが、こういう真面目なクラブは、先生は喜ぶが生徒に人気がなく、部員の集まりは悪かった。そういう中、一級下の部員に吉田夏美さんが入って来ましてね。彼女の人気でがぜん部員が増えたものです。とくに津島君なんかが仲が良かった。将来、二人は結婚するんじゃないか、などと冷やかしたりしましてね。中学を卒業した後、私はすぐ東京に出て、K大付属高校から医学部へ進み、臨床研修を終えてからも、しばらくK大病院で勤務して、三十一歳の時に戻って来ました。したがって、その間の彼らの消息は、ごくたまに帰省した際など、耳にする程度でした」

「山田篤志さんが亡くなったことは、ご存じでしたか？」

「ええ、山田君が亡くなったのは、私が帰郷した直後でして、かつてのクラスメートが教えてくれました。その友人の口から聞いたところによると、山田君はずいぶん苦労したのですね。中学を出て間もなく、鉱山関係に勤めていた父親が事故が因《もと》で亡くなったのを機に、母親と二人、八尾へ引っ越したのだそうです。退職金や労災で下りた金と保険金を元手に、八尾で母親が喫茶店を始めて、それがわりと順調だったのですね。彼も店を手伝いながら高校を出て、大学へ進んだ矢先に、母親が亡くなった。そして山田君自身も……まったく気の毒な話です」

その話は山田篤子から聞いているが、内田も浅見も、初めて聞くような顔をして、牟田医師の話に耳を傾けていた。それにしても、何も知らなければ、あの山田篤子のあっけらかんとしたキャラクターからは、山田家にそういう不幸な過去があったことなど、想像もつかないだろう。

「私も誘われて、山田君のお通夜に行きました。神岡から一緒に行ったのは四、五人でしたかね。津島君は夫人同伴で来てました。彼は高山市役所に勤めてましてね、八尾出身の女性を奥さんにしていた。増子さんといいましてね、奥さんの実家は八尾で土産店をしている美濃屋さんというのですが、そこから山田君の店までは、ほんの目と鼻の先のようなところで、里帰りした時など、山田君の店と多少の付き合いはあったようです。

そして、そのお通夜の席で、吉田夏美さんにも会いました。八尾の旅館に嫁いでいて、ご亭主も一緒でした。安田さんといって、地元の方の話によると、かつて、そのご亭主と増子さんがペアを組んでおわらを踊り、八尾で一番とうたわれたのだそうです。

そんなこんなで盛り上がって、お通夜の席であまりはしゃいではいけなかったのだが、懐かしさのあまり、みんなでどこかで飲もうと私が言いだしましてね……」

そこまで話してきて、牟田は口を噤《つぐ》んだ。記憶が途切れたのではなく、その先は何も話すことがないような、奇妙な中断だった。

「飲む会は、流れたのでしょうね」

浅見が言った。

「えっ、そう、そうなのですが……よく分かりますね」

牟田は驚いている。

「浅見さんが言われたように、せっかく盛り上がったのに、何となく気まずい雰囲気になってきて、結局、てんでんばらばらに別れて帰りました。しかし、どうして？……」

不思議そうに浅見を見つめた。

「じつは、津島さんの奥さんの増子さんと夏美さんのご主人・安田晴人さんは、かつて結婚寸前までいった恋人同士だったのです。いまのお話のとおり、お二人ともおわらの踊りの名手でした。踊りの息もぴったりだったように、町でも評判のすばらしいカップルで、当然、結婚するはずだったのですが、安田家の親御さんの反対で、生木を引き裂かれるように別れたのです。いま、牟田先生のお話をお聞きして、津島さんと夏美さんも恋人同士だったと知りました。その四人が、それぞれのカップル同士で再会したのでは、さぞかし気まずかったのではないでしょうか」

「なるほど、そういうことでしたか。そう説明されると納得できますね。当時は私も帰って間もない頃でもあり、事情がさっぱり呑み込めませんでしたが」

浅見も内田も、通夜の席でのただならぬ雰囲気が、まざまざと目に浮かぶような気がした。安田晴人・夏美夫妻と津島英之・増子夫妻が向かい合いに坐った情景は、事情を知っている者にはもちろん、知らない者の目にも、さぞかし異様に映ったことだろう。

これで、神岡中学の同窓生と、八尾の女性たちとの相関関係は把握できた。牟田は残念がったが、午後の診療時刻が迫っている。浅見と内田は牟田に礼を言って辞去した。

駅に戻ったのはいいが、猪谷行きの列車は一六時四二分までない。あと四時間だ。仕方がないので、とりあえず食事にすることにして、町を歩いた。営業している飲食店の少ないのに驚いた。橋近くまで戻って、ようやく寿司屋を見つけた。店のおやじに、列車の時刻まで少しのんびり時間を潰したいのだがと言うと、二階の座敷に案内してくれた。窓の向こうに神岡城が望める特等席だ。寿司のほうも、山の中みたいなところだが、けっこういいネタを使っていて、まずまずの味だった。調子に乗って二人ともそれぞれ一人前を追加注文してたいらげた。

「高山が出たね」

内田はまるで幽霊が出たような口ぶりで言った。

「出ましたね」

津島英之が高山市役所勤務というのは、予想外の収穫だった。美濃屋の増子は高山に嫁ぎ、住んでいたのだ。

八月十九日に高山の「ロスト」で安田晴人が待ち合わせたのは、津島増子だと思って、まず間違いなさそうだ。

「津島英之は妻の不倫をうすうす察知していたのだろうな。そしてその日、外出しようとする増子を引き止め、問い詰めた」

内田は例によって断定的に喋る。

「ちょっと待ってください、八月十九日はウィークデーですが、津島氏は市役所を休んだというわけですか?」

「そういうことだろう。妻の危機を考えれば、役所なんかクソ食らえってとこだ」

内田がこんなふうに断定的に言うと、アルキメデスの原理でさえ、信じがたいものに思えてくるにちがいない。

「その日、晴人氏は待ち合わせの相手が八尾から来ると言っていますが」

「それはまあ、そういう答え方をしたってことだろう。同じ高山の人間にすっぽかされたんじゃ、台風も嵐も関係がなくて、恰好がつかない。それに、増子はもともと八尾の人間だからね。広い意味で八尾から来たことになるじゃないの」

「はあ、そういうことですか」

「実際、増子は八尾から帰って来るところだったのかもしれない。増子はおわら学校の加藤氏との稽古のためと称して、今年の初め頃からしばしば八尾に行っているのじゃなかったか。これがじつは、晴人とのデートを兼ねていたのだろうな」

「なるほど、こっちのほうが可能性としてはありえますね」

「津島って男がどういう人物か知らないが、ふつうの亭主なら、女房が足繁く出かけて行くのを怪しまないわけがない。ある日、増子を尾行して、ついに現場を目撃することになる。そこで嫉妬に狂った津島は、八月二十三日の夜、密かに晴人を呼び出し、毒殺して城ケ山公園に遺体を遺棄したのだ。これで決まり、間違いないね」

「これで警察は逮捕令状を取れますかね」

「ん？　ああ、あとは裏付けと物的証拠が揃えば、逮捕令状だろうと伯爵令嬢《はくしやく》だろうと、何でも取れるさ」

「どうですかねえ？……」

下らない駄洒落には見向きもせずに、浅見は内田に毒されない思考の道筋を探ろうとしていた。

「とにかく津島本人に会って、事情聴取をするしかないな。僕はひと眠りするから、時間になったら起こしてくれ」

内田は横になって、すぐに寝息を立て始めた。寝顔を見るかぎり、善良そうなおじさんでしかない。悪ぶったり、憎まれ口を叩いたりするが、根は気のいい人間なのかもしれない。老い先の短いことを思うと、これからはせいぜい優しく接してやろうという気になってきた。

内田を真似て、浅見も腕枕で横になった。しかし、内田よりは多少なりとも睡眠が足りているだけに、すぐ眠りに落ちることはなかった。天井を眺めながら一人静かに考えていると、これまで見たり聞いたりしてきたさまざまな出来事が、走馬灯のように頭の中を流れてゆく。

そもそもは、三鷹の勝田宗匠から内田のところに話が持ち込まれたことに始まる。内田は捜査を依頼されたわけでもないのに、自分の野次馬根性を満足させるためと、それに、うまくすれば次回の小説のネタになるかも――という邪《よこしま》な願望から、強引にことを進めたふしがある。

内田は何でも自分に都合のいいように解釈してしまう。それだけならいいが、ややこしい話には必ず浅見を巻き込む。人の都合や迷惑を顧みるような哲学は、「不可能」の文字とともに彼の辞書のどこにもないらしい。

それはともかく、風の盆をめぐる今回の事件は、単純なように見えて、じつはかなり複雑怪奇だ。安田晴人の死にしても、警察が自殺と判断したのが、もしかすると正しかったのではないか――とさえ思えるような、ごくさり気ない死に方である。

しかし、浅見は晴人の死を「殺人事件」と断定するところから捜査をスタートさせることにしたのだ。その強引さがなければ、警察同様、自殺で片付けていたかもしれない。ともあれ、他殺を念頭に置けば、いろいろな事物が新鮮なものとして見えてくる。いまとなっては詮《せん》ないことだが、この事件は、もし安田順藏が晴人と美濃増子との結婚を認めてさえいれば、起きなかった可能性がある。

さらにその前を遡ると、そもそも八尾の人々に、おわらに対する考え方を原因とする軋轢がなければ——というところに帰着しそうだ。余所の人間の目には、ただ賑やかで美しい祭りにしか思えないおわらが、渦中に入り込むと、意外にもドロドロしたものがあることに、驚くばかりだ。

安田晴人の死について、他殺説、自殺説のそれぞれに支持者（?）がいる。順藏夫婦はともかく、「コケット」の山田篤子などは、テンから殺されたものと決めつけている。だからといって、その彼女自身が完全にシロであるという証拠すらもまだない。推理小説では、あんなふうにあれこれ立ち回る人物こそが犯人であることが多いものだ。

動機の面からいえば、晴人の妻・夏美にも殺意があっておかしくない。自分が悲劇的な目に遭っているというのに、亭主は元の恋人と逢瀬《おうせ》を重ねていると知れば、許し難かっただろう。勝田宗匠が目撃したという、深夜の夏美の不可解な行動のこともある。

また、内田の言うとおり、妻の不倫を目撃した（かもしれない）津島英之も有力な容疑者どころか、これが本命の可能性が強い。

さらにいえば、結婚の約束を反故《ほご》にされた増子にだって、積年の恨みがあったのかもしれない。かりに晴人が不倫相手で、昔の愛を確かめ合ったとしても、かえっていまの晴人の不実が見えてきて、許せない思いがつのった——ということだって考えられる。

もちろん、暴力団関係者の存在も忘れるわけにはいかない。動機としては整合性に欠けるが、連中のやることには整合性よりも突発性のほうがふさわしい。

それ以外にも、まだ浅見たちが接触していない人物が存在する可能性だってある。もっとも、本格推理小説だと、そういうのはアンフェアなのだそうだ。だからといって、現実がそうであるなら、アンフェアもへったくれもないだろうに。ゴールは見えそうで、まだ遠い先なのかもしれない。

眠りに落ちそうになった時、浅見は昨夜、無玄寺の回廊で増子と踊っている加藤に、晴人の幽霊がダブッているように見えたことを思い出した。なぜそんなふうに錯覚したのか不思議だが、内田も、それに山田篤子までが見えていたらしい。内田は面白がって「なぞらえる」というハーンの言葉を引用したが、実際、そんな気もしてくる。迷信好きな連中なら、疑いもなく幽霊だと信じるだろう。

風の盆といえども盆祭りなのだから、亡者の魂魄《こんぱく》が彷徨い出ても不思議はないのだろうか。映画の「ゴースト」のように、晴人の妄執が幽霊となって彷徨っているのかもしれない。浅見はそういう超常現象的なことは信じない主義のつもりだが、しかし、科学的に説明できないものに出会ったことは、これまでにも何度かあるにはある。

一度は青森県の恐山《おそれざん》で、深夜、ホテルに六十歳ほどの女性が訪れた。昼間会った年老いたイタコの家の嫁である。彼女は姑の死を伝えに来たというのだ。ところがふと気がつくと、女性は消えていた。考えてみると、その宿に浅見が泊まっていることなど、彼女が知っているはずがないのである。そして翌日、浅見はイタコの老婆が殺されたことを知って震え上がった（『恐山殺人事件』参照）。

これなど、いまだに説明のつかない不思議な出来事であった。

さらに、より現実味のある超常現象に「轢殺《れきさつ》未遂事件（？）」があった。

ある年の晩秋、午後八時過ぎ頃、浅見は通い慣れた道に車を走らせていた。制限時速四十キロのところを、大抵は少しオーバーぎみに走る。交通量はまったくなく、前にも後ろにも車のライトが見えていない。

およそ二百メートルほど先の道路脇に男の姿があった。浅見はその男を見た瞬間、（飛び込む――）と思った。なぜそう思ったのかはいまでも分からないが、街灯の下に朦朧《もうろう》と佇む姿を見て、そう感じた。

ふつう、道路脇に人がいる場合には、突然飛び出して横断してくる可能性のあることを予測しながら走る。運転歴が長ければ、そういう予測運転は日常茶飯のことだ。

しかし、その時の予測は「飛び出す」ではなく、「飛び込む」だった。飛び込み自殺を図る——という直観が働いた。

浅見は無意識に「飛び込まれた場合」を想定して、いつでもブレーキを踏める状態で車を進めた。いくぶんスピードも落とした。

そうして……まさに男の二十メートルほど手前まで接近した時、男は浅見の車の前に身を投げたのである。転んだのではなく、水泳の飛び込みのように、両手を伸ばし、頭から道路に突っ込んだのである。

もしその時、浅見に予測と準備がなければ、間違いなく男を轢《ひ》くか撥《は》ねるかしていただろう。目撃者がないその状況では、浅見側に全面的な非があって、前方不注意による業務上過失致死罪で現行犯逮捕されることになったにちがいない。

しかし実際には、浅見の車は男の五メートル手前で停止した。急ブレーキの音を聞いて道路脇の理髪店から人が現れた。「何があったんです?」と訊かれて、「いま、その人が飛び込んだ」と答えたが、にわかには信じられなかった様子だ。おそらく、撥ね飛ばしたのではないかと思ったはずだ。

ただし、男までの距離はタップリある。しかも、しばらくすると、男はモゾモゾと動きだし、のっそり立ち上がって、面目なさそうに背を向け、そのまま立ち去った。浅見はドアから足だけ出した状態で、硬直していた。男が飛び込んだそのこと自体も恐ろしかったが、それを明らかに予測した自分の感覚が信じられないほど恐ろしかった。

(これは何だ?——)と思った。

この二つの例以外にも、説明不可能な体験はいくつかある。しかし、そのどれを話しても、素直に信じてもらえたためしがなかった。だから浅見は、そのたぐいの話は自分の胸に仕舞ったまま、開陳することはない。

少し眠ったようだ。寿司屋のおやじさんに「お客さん、そろそろ列車の時刻ですよ」と声をかけられ、内田も浅見も飛び起きた。

浅見は大きく伸びをしながら、窓の向こうの神岡城を見上げた。丘の上にある城は、近くで見るより美しい。

「神岡城も、なかなか美しいですね」

浅見がそう言うと、内田は面白くもなさそうに「神岡城より菊地嬢のほうが数段美しいよ。だいたい、城を見て喜んでいるようじゃ、浅見ちゃんもガキだね」と貶《けな》した。

寝起きが悪いせいなのか、まったく愛想がない。内田に対して芽生えかけていた同情はいっぺんで吹き飛んだ。

2

神岡とあまり標高差はないと思うのだが、越中八尾駅に降り立つと、人いきれと熱気が押し寄せてきた。それでも風の盆二日目は、初日よりいくぶん人出が減っているように見える。この種のイベントは初日と最終日に人気が集まるものなのかもしれない。駅前タクシーに乗ったが、交通規制で井田川を渡る八尾大橋の袂で降ろされる。そこから弥寿多家まで三百メートルは歩くほかない。

弥寿多家に帰り着くと、さすがにドッと疲れが出た。寿司屋の二階で寝足りなかった二人は、欲も得もなく、ひっくり返り、座布団を枕に畳の上でごろ寝しているうちに、夕食のお呼びが来るまで前後不覚に眠ってしまった。

今夜の食事も豪勢だが、浅見はもちろん、日頃は若者のような健啖《けんたん》家の内田でさえ、さっぱり食が進まない。女将が心配して覗きに来た。食欲のない理由はとにかく眠いのと、寿司をバカ食いしたからだが、女将は料理に不都合があったのでは——と気にしていた。

食事を終えて、とりあえず他のお客の後を追うようにして町へ出たが、この体調ではせっかくのおわらも、ただの雑踏にしか思えなかった。二人の疲れた男は仕方なく、コケットのドアを押した。

「あら、いらっしゃい」

山田篤子は嬉しそうな声を発した。心待ちにしていた——というニュアンスが込められている。お客はけっこう入っていたから、ただのお愛想というわけではないらしい。カウンターの席を勧めて、すぐにコーヒーをいれにかかった。

「神岡へ行って来たよ」

内田がいきなり言いだしたので、浅見はギクリとした。まったく、後先のことを考えない人だ——と呆れる。

案の定、篤子の顔色が変わった。しかし口では「あら、そう」と応じて、さり気なくコーヒーをカップに注いでいる。

「古くて、食い物屋の少ない町だが、城はなかなかよかった。それから、神岡中学でおたくのご亭主と同級だった、牟田っていう人に会った。病院の副院長をやってるんだけど、ママも知ってるよね」

「ああ、牟田先生ねえ……はっきり憶えとらんけど、主人が亡くなったときにいらしたかもしれん」

憶えていないはずがない。その当時のことには、あまり触れられたくないということなのだろう。浅見はそう思うのだが、内田は無神経ぶりを発揮して、「面白いものだね」

と、その話題に固執する。

「弥寿多家の若女将が牟田氏の一級下でさ、おたくのご亭主や、美濃屋の娘の旦那なんかと、物理化学か何かのクラブ活動で一緒だったたっていうんだからなあ」

「ふーん……」

篤子はがぜん、素っ気なくなって、「ユリちゃん、ちょっとここ代わって」と、カウンターを出て、そのまま奥へ引っ込んだ。トイレへ行ったのかと思ったが、なかなか戻らない。ユリちゃんが忙しげに働いて、何とかお客をこなしているが、ときどき奥のほうに視線を送って、ママの戻りの遅いのを気にしているのが分かる。

「帰って、風呂に入って、寝ませんか」

浅見が提案して、内田も従った。二人ともとにかく眠く、だんだん不機嫌の虫が動きだしそうな予感がしてきた。

「あのママはまったく愛想のない女だな」

店を出るやいなや、内田はぼやいた。

「それは、先生があんなことを言うからですよ」

「僕が何を言ったっていうんだい？」

「神岡にはもともと、ご亭主にとってもいい思い出はなかったのでしょう。そのこともあるけれど、しかし、それとは別にママにとっては、ご亭主のお通夜に神岡中学校の人たちが集まった話には、あまり触れられたくなかったんじゃないですかね」

「どうしてさ?」

「そこにいた人たちの関係を考えれば、分かりそうなものじゃないですか。津島さんと夏美さん、それに晴人さんと増子さんが、それぞれかつて恋人だったのでしょう。そのカップル同士が同じ席に向き合ったのだから、牟田先生が言っていたように、気まずい雰囲気にもなりますよ。コケットのママにだって、それは分かったでしょう。そこへもってきて晴人さんが殺されたんだから、警察にも言えないような、何かを感じているんじゃないですかねえ」

「なるほど……ということは、ママは晴人殺害の背景にはそういう過去の怨恨が絡んでいると思っているのかな?」

「そこまでは分からないでしょうけど、少なくとも触れたくない気持ちはあるのでしょうね」

「そんなもんかね……」

内田も山田篤子の気持ちを思いやるのか、黙り込んでしまった。

町は相変わらず、町流しの踊りを囲む群衆がひしめきながらついて歩く。誰もが憧れる風の盆の風景だが、疲れている時は、それさえも鬱陶《うっとう》しく思えるから人間なんてやつは勝手なものだ。

宿に着くと、仲居が「おや、もうお帰りですか?」と不思議そうに出迎えた。まだ九時前で、ふつうのお客はこれからが本番——といったところだろう。言い訳する気分にもならず、二人はムッツリと黙って部屋に戻り、すぐ風呂に入って、寝床に潜り込んだ。

まるで時差ボケのように体内時計の感覚が狂ったらしい。浅見がふと目覚めると、町を流すおわらのメロディが聴こえていた。枕元の腕時計を見ると、まだ零時を回っていない。いま頃は人けの少なくなった町を、三味線ひと棹《さお》と胡弓だけのおわらが、のんびり流してゆくのだろう。

ぼんやりした頭で、昼間の神岡行きを反芻《はんすう》した。内田がコケットのママに不用意に話したことが思い浮かぶ。山田篤子の夫、美濃屋の増子の夫・津島、それに弥寿多家の夏美若女将が、神岡生まれで繋がっていることに、何か運命的な不思議さを感じた。

そんな偶然はありふれたことなのかもしれないが、安田晴人の不審死や、山田篤子のいわくありげな言動を関連づけて考えると、まったく別の風景が見えてきそうな予感がするのである。

(何があったのだろう?——)

ようやく睡魔の去った頭で思案する。しかし、じっと瞳を凝らしても、暗い天井のスクリーンにも、灰色の脳細胞のスクリーンにも何も映ってこない。八尾に来て以来、これまで通ってきた道筋をもう一度辿り直してみるのだが、解決の端緒はどこにも落ちていそうになかった。

（そんなはずはない——）

そう思い返し、何かが見えそうな希望を抱いては、そのつど挫折《ざせつ》する。何度も何度も、羊を数えるほど繰り返し、そのうちにいつか眠りに落ちた。

朝八時、女将が「朝食のお支度が」と呼びに来た。日本旅館では決まりのようなものだし、これでも八時は遅いほうだが、内田も浅見もこれが苦手だ。ホテルなら最悪、チェックアウトの時刻まで放っておいてくれる。

それでも何とか九時過ぎまでに朝食を済ませた。一服すると、内田は早速、ワープロに向かう。仕事熱心なのはいいことだ。浅見も負けじと、隣にテーブルを並べて、ワープロのキーを叩くことにした。そうこうしていると、また昼食の時刻である。連泊のお客はこの部屋の二人だけだから、女将自ら食事を運んで来てくれた。「粗末なものですが」と言うが、どうしてどうして、鰻重《うなじゅう》に肝吸い、芋の煮っころがしと浅漬けのナス。なかなか結構なものだが、運動もしないで毎日これでは、ブロイラーか肝臓がフォアグラになりかねない。

外は相変わらずの好天気。内田は「想像するだけでも暑そうだね」と言って、食後のひととき、仕事の手を休め、クーラーの効いた部屋でテレビを眺めている。夫人の説によると、見始めるとやむことのないテレビっ子なのだそうだ。

浅見は呑気なことを言っているわけにいかない。「旅と歴史」用の写真も、夜の部は済ませたが、日中の祭り風景は撮影していなかった。覚悟を決めて外を歩くことにした。出てみるとそれなりに楽しいものである。いかにも夏祭りの雰囲気があるし、被写体の浴衣の女性たちは絵になった。

八尾は小さな町だから、一時間あまりで大方回れる。上新町の通りを宿へ戻る途中、横丁を出るとすぐ前がコケットだった。昨夜の内田の無遠慮な発言を思い出した。篤子ママは気を悪くしたが、その後どうしただろう――などと思った。

その瞬間、浅見は夏の日差しよりも強烈な光を見たような気がした。

（そうか、ただの不倫ではない！――）

いまの着想が消えないうちにと、浅見は大急ぎで弥寿多家に戻り、シャワーで汗を流すと、アポイントを取って夏美を訪ねた。

一昨日と同じ応接間で向かい合う。相変わらずお高祖頭巾の姿が痛々しい。彼女が二十四、五年前、神岡中学のマドンナであったことを思うと、涙が出そうだ。

「昨日、神岡中学へ行き、卒業生の牟田さんに会ってきました。牟田病院の副院長さんをしていますが」

「ああ、そうですか。存じてます。お元気でしたか？」

「お元気でした。山田篤志さんのお通夜の席で、奥さんに再会した時のことなど、懐かしそうに話してくれましたよ」

「そう、でしたか」

言葉は少し揺れたようだが、表情が見えないから、彼女の感情までが揺れたかどうかは分からない。

「お通夜の後、二次会に移って、飲み直すことを発案したところ、みんなが引いてしまったという話も聞きました」

「ああ、そうでした。いろいろややこしい問題がありましたから」

「美濃屋の増子さんが、津島英之さんの奥さんになって、高山にいることは、知ってましたか？」

「いいえ、あの時、初めてでした。うちの主人も知らなかったみたいでしたよ。その頃はまだ、私は主人と増子さんの関係や、どんなことがあったのかといった経緯についてはよく知らないので、それほど感じませんでしたけど、主人と増子さんは、さぞかし気まずかったでしょうね」

夏美はむしろ、楽しそうな口ぶりだ。

「ところで、増子さんはこの正月過ぎ頃から、ちょくちょく八尾に里帰りして、おわらの踊りを稽古していたのですが、そのこと、奥さんはご存じでしたか？」

「ええ、まあ、何となく」

「ほうっ、ご存じだったのですか。どうして知ったのですか？」

「さあ、どうしてでしたか……」

「誰かに聞いたのですか？」

「…………」

「ご主人、晴人さんからですか？」

「まさか……」

「まさか、増子さんが稽古をしている現場を目撃したはずはありませんよね」

「…………」

夏美は曖昧に頷いたが急に口を閉ざしてしまった。増子がおわらを再開したことを知っている理由を話すわけにいかない何らかの事情があるのだろうか。

「となると、誰かに聞いたということになりますか……誰ですかねえ……」

夏美の思惑を無視して、浅見はあれこれ思考を巡らせるポーズを見せた。

「なるほど、そうか、分かりました」

浅見はにっこり笑った。お高祖頭巾の奥から、不安そうな目がチラッとこっちを見て、夏美はスッと立ち上がった。

「ちょっと、仕事がございますので」

会釈をして、慌ただしく部屋を出た。まるで浅見が誰かの名前を口にするのを恐れるような唐突さだった。

しかし、すぐに夏美は戻って来た。思い詰めた気配は、絨毯《じゅうたん》に膝をついた姿の、こわばった全身から発散されている。

「あの、浅見さんは、本当にそれ、お分かりになったのですか？」

息を弾ませ、途切れ途切れに言った。

「ええ、分かったつもりです」

「本当ですか？」

「たぶん」

どうしよう――と躊躇い、まさか――と否定し、夏美は苦しげに身を揉んだ。

「もし本当なら、これに、その名前を書いてください」

背後の廊下を気にしながら、小声で、しかし旅館の若女将が客に対するとは思えない、きつい口調で言い、夏美はメモ用紙とボールペンを突きつけた。

浅見は笑顔のままそれを受け、名前を書いた。

見た瞬間、夏美は驚きで体を震わせた。慌ててメモを着物の帯に挟み込み、「あの」と縋《すが》るように言った。

「このこと、警察に言うのですか？」

「そうですね、必要があれば」

「必要はないと思います」

「それなら、あなたが心配することはないでしょう」

「でも、困るんです」

「なぜですか？」

「なぜでも、困るんです。それに、関係ありませんから」

「関係がないとは、ご主人の事件に関係がないという意味ですか？　それとも、あなたとその人と関係がないという意味ですか？」

「それは……ああ、どうしましょう……困るんです……とても……」

夏美は身悶《みもだ》えして、支離滅裂な言葉を吐き出した。言葉どおり、どうすればいいのか分からなくなって、触角を失った蝶のように、方向を模索している。

浅見は彼女から視線を逸らした。哀れでもあり、そのくせ奇妙な蠱惑を発散しているようで、まともに眺めていると、こっちまでが惑乱しそうだ。

浅見は律儀な武士が不貞の妻に離別の宣言を申し渡すような口調で、言った。

「それは、ただの不倫ではないからですね」

「えっ……」

夏美は吸った息を止めたまま、一分近く動かなくなった。

(この憎たらしい男は、いったいどこまで知っているのか――)

大きく見開いた目が浅見を睨んでいたが、やがて力を失って床に落ちた。

「あの、私がお願いしても駄目でしょうか。秘密にしておいていただけないでしょうか。もし秘密を守ってくださるなら、私の秘密をさらけ出してしまいますけど」

「どういう意味でしょう?」

浅見が視線を戻した時、夏美は思いがけない行動に出た。いきなりお高祖頭巾に手をかけて、巻き付けてあるリボンの端を解き始めたのである。

「あっ、やめてください」

浅見は思わず叫んだ。彼女がひた隠しにしている部分を見る度胸など、彼にはない。しかし夏美は手を止めなかった。あっと思う間もなく、お高祖頭巾をスッと脱いだ。

「あっ……」

声にならない、驚きの声を呑み込んだ。

目の前に美しい顔が現れていた。

およそ四カ月間、日光に晒《さら》されることなく過ごした色白の顔である。磨き上げた大理石のように滑らかな肌である。黒曜石のように黒く円らな瞳である。

火傷の痕と思われるものは、右頬から顎にかけてうっすらと翳《かげ》のように残っているものがそれらしい。しかし、全体としては、隠しておくのが惜しいほどの美貌だ。

「びっくりなさいましたか」

夏美は弱々しく、しかし楽しむような微笑《ほほえ》みを浮かべた。

「ええ、驚きました。お美しい。いったい、どういうことなのですか？」

「ここまで回復したのはお医者さんのお蔭ですけど、なんだか、元どおりになってはいけないみたいなおっしゃり方ですのね」

「いや、そんなことはありませんよ。しかしどうして……つまり、周りの人たちを騙していたわけでしょう。みんなが若女将のことを心配している中で、よくそんなふうに隠し通していられたものですね」

「ええ、そのことは、傷がだいぶよくなった頃、晴人さんとも相談したんです。でも晴人さんは、そのまま続けていていいよって言ってくれました。私も、若旦那に虚仮《こけ》にされ、皆さんに同情されながら、健気な若女将を演じる役どころに疲れきっていましたから、その言葉に甘えることにしたんです」

「それじゃ、小火を出したことも火傷も、そのためのお芝居だったのですか」

「まさか……あれはお芝居なんかではありませんよ。ほんとに油がはねて、火がついて、消す間もなかったんです。その時は、自分が悪いのやし、災難やと思いました。でも、しばらく経つうちに、こんなふうに身を隠す方法があったことを知って、やめられなくなって……そのうちに、女将さんにもなかなか言いだしにくくなってしまったんです」

「このことを知っている人は、お医者さんと僕と、それ以外にはそのメモに名前を書いた人だけですか」

「ええ、そうです。ですから、お願い、秘密を守ってくださいい。もし約束してくださるのなら、何でもします」

浅見はギョッとした。顔を上げてこっちを見た夏美の目に、男を蕩《とろ》けさせる色気が溢《あふ》れていた。気のせいでなく、彼女の膝がにじり寄ってくる。

「い、いや、そんな、べつに代償を求めるつもりはありませんよ。秘密を守れと言われれば、あえて暴露することはしません。そうはいっても、事件を解決するために、どうしてもそうする必要があれば、その時は保証の限りではありませんが」

「事件て、晴人さんは自殺ですって警察も断定しているじゃないですか。なぜそんな、人の傷を暴くようなことをしなければならないのですか」

「それはもちろん、正義のためです」

「正義……あほらしい……」

夏美の圧力が、スッと遠のいた。

「わざわざ東京からいらして、何の報酬もなく、正義のためにだけ働いているなんて、信じられませんわ」

言いながら、ふたたびお高祖頭巾を巻き付けている。

「信じても信じなくても、それが事実なのだから、仕方ないでしょう」

浅見はムッとなって、気持ちごと突き放すように言った。

「僕もお金は嫌いではないけれど、世の中、何でも金次第というわけではない。もちろんすべてが清く正しいとも思わないし、不正を見ても、時には自分の意思に反して目を瞑《つぶ》ることもある。あなたのように美しい人に頼まれれば、無償の奉仕もしたくなります。しかし、人が死に、それも無念のうちに死んだものを知らん顔で通り過ぎることはできない。それは正義というより、人間として当然の義務だと、僕は思っていますよ。あなたのように、何でも金銭に換算する主義の人には、あほらしく見えるでしょうけどね」

浅見の剣幕に、夏美はお高祖頭巾の中で目をみはった。しばらくその姿勢のまま固まっていたが、やおら手をつくと、深々とお辞儀をした。

「ごめんなさい、お見逸《みそ》れしました。浅見さんのおっしゃるとおりです。勝手なことを言った私のほうが、よっぽどあほでした。これから先は、浅見さんのお考えどおりに、好きになさっても何も言いません。ただ、義母《はは》のためにもどうぞできるだけお手柔らかにとだけ、お願いさせていただきます」

そんなふうに謝られると、浅見はどう対処すればいいのか、困ってしまう。

「いや、僕もかっこよく見得を切ったほどには、立派なことはできません。なるべくあなたのご希望に沿うようには努力しますよ」

「ありがとうございます」

夏美はもう一度、頭を下げ、少し笑いながら言った。

「さっき、美しいっておっしゃってくださって、ありがとうございました」

浅見はドキリとした。今度、またにじり寄られたら、抵抗できそうになかった。

「一つお訊きしておきたいのですが」

浅見は態勢を立て直して、言った。

「八月十九日に高山のロストで待ち合わせると書いた晴人さんのメモですが、あれを破り取ったのはあなたですね？」

「まあ……」と、夏美は目をみはった。

「どうして？……ええ、私です。あのメモが警察の手に渡ると、いろいろと……」

それ以上の説明を拒むように会釈して、硬い表情で背を向けた。

3

夏美が去ってから、しばらくそこにいて、部屋に戻った。内田は依然としてワープロを叩きながら、背中を向けたまま「どうだった？」と言った。

「どう……といいますと？」

「若女将に会ったんだろ？　津島のことを白状したかい？」

「よく分かりますね」

「ふん、当たり前さ。僕を出し抜いて、功名《こうみよう》を独り占めしようったって、無駄だよ」

「べつに、そんな気はありません」

浅見は内田の僻《ひが》み根性に苦笑した。

「夏美さんは、増子さんが加藤氏のところにおわらの稽古に通っていたことを知っていましたよ。どうして知ったのかを問い詰めようとしたら困り抜いて……」

「それで津島から聞いたことをバラしたというわけか」

「いや、最後まで若女将のほうからは言いませんでしたが、僕がその名前を指摘すると、否定はしませんでした。ただし、警察には黙っていてくれと頼まれましたがね」

「ほうっ、それで浅見ちゃんは何て言ったんだい？」

「なるべくご希望に沿うようにすると言いました」

「そりゃ、まずいだろう」

「もちろんです。必要があれば、やむをえず警察に通報することもあると言いました」

「うん、それで？」

「もし秘密を守ってくれるならと、脱ぎ始めました」

「えっ、ほんとかよ……」

内田は弾《はじ》かれたように後ろを向いた。そういうこととなると、どうしてそんなに興味を抱くのだろう。

「そいつは危ないなあ。きみはそういうのに対しては免疫がないからね。そんな時には、僕を呼んでくれるといい。それでどうなった？　脱いだのかい？」

「脱ぎましたよ。お高祖頭巾を」

「なんだつまらない……えっ、お高祖頭巾を脱いだのか。そうか、で、どうだった？」

「美しかったですね。火傷の痕はほんのかすかにありましたが」

「そうか……あれは敵を欺《あざむ》く仮の姿ってわけか。まさか火傷そのものが芝居ってことないだろうね？」

「ええ、僕もそのことは思いましたが、小火と火傷は現実にあったようです。あそこまで回復したのは、医者の腕がよかったのか、現代医学の進歩によるものなのでしょう。ただし、その時僕は、ちょっと気になることを思いついたのですが」

「ふーん、何だい？」

「後で確かめてみるつもりですが、小火が起きた時、一一九番通報したのは誰かということです」

「ん？　それは若女将じゃないのかね」

「そう思っていましたが、確かめたわけではありませんからね。もしかすると、若女将は火傷と気持ちが動転したことで、通報ができないほどパニック状態に陥っていたかもしれませんよ」

「なるほど、それはそうだが、だったら、女将か仲居か板場の人間か……どっちにしたって、大した問題じゃないだろう」

「みんながそう思って、誰も疑いもしないのでしょう。男か女かも確かめたりはしていませんね、きっと。しかし、それ以外の人間だったかもしれないではありませんか」

「それ以外というと……そうか、津島か」

内田も気がついて、愕然《がくぜん》としている。

「小火騒ぎの時、弥寿多家から出て来た人物を目撃したという情報がありましたね。あまり正確ではなかったので、誤報扱いにされたみたいですが、その人物が津島氏である可能性もあります」

「あの小火騒ぎは確か、春の曳山祭の時に起きたんだっけね。そうすると、すでに増子がおわらの稽古にやって来ていた時分だ。津島が増子を尾《つ》けて八尾に来て、女房の不倫の代償を夏美に求めたというわけか。怪しからんな」

「牟田副院長の話だと、津島氏と夏美さんは、中学時代から相思相愛だったそうですから、もしかすると同じ高山に住んでいた頃に、恋愛関係にあったのじゃないかと思うのですが」

「だったら津島と夏美はそのまま結婚すればよかったじゃないか。それを諦めて、よりによって、弥寿多家に断られ、見方によっては晴人に捨てられた増子と結婚するなんて、負け犬もいいとこだ。だいたい、そんな人質交換みたいな婚姻関係が、たとえ偶然とはいえ、よくもまあ成立したもんだな」

「偶然ではなかったかもしれませんよ」

浅見はポツリと言った。

「ん？　偶然ではないって、それはまたどういう意味だい？」

「いま先生が言ったじゃないですか。偶然とはいえよく成立したもんだって」

「ああ、そう言った。そのとおりだろう」

「まさにそのとおりで、人質交換みたいな婚姻関係なんて、偶然にしてはできすぎですよ」

「偶然でなければ、必然てわけかい？」

「ええ、晴人氏も増子さんも、津島氏も夏美さんも、すべて納得の上でそういう交換劇を演じたとは考えられませんかね」

「えっ？　えっ？　どういうこと？」

「最初に、晴人氏が順藏さんに押し切られ、増子さんとの結婚を諦めて、夏美さんを妻に迎えたと聞いた時から、僕は違和感を抱いていたのです。いまどき、親に反対されたからといって、すんなり受け入れる子供がいるとは考えられませんよ。しかも、晴人氏は若い頃からかなりグレて、したたかな生きざまをしていたような印象を受けていましたしね。それに、旅館という業種のわりには、家族の居住スペースの取り方にゆとりがありすぎます。二世帯住宅のような間取りをして、ことに晴人・夏美夫婦の居室が別々というのは贅沢というより異常でしょう。これは何かあるな——と思っていました」

「ふーん、そう言われれば、そんな気もしないわけじゃないが、それで、どうしたっていうのさ?」

「その前に、津島氏の経歴……というか、晴人氏との接点があるのかないのか、それを確かめたいですね。そもそも、夏美さんを晴人氏に紹介した友人とは誰なのか」

「あっ、そうか、その友人てのが津島だったのか。うーん……となると、浅見ちゃんとしては何がどうなのか、すでに一応の仮説は樹《た》ててあるってことだな?」

「それはまあ、おおよそは……」

「おおよそでもおおぼけでもいいから、そいつを話してみてくれないか。でないと、おちおち仕事も手につかない」

「おおぼけなんてことはありませんよ。僕の場合」

「分かった分かった。それではあらためて、浅見名探偵の卓説を聞かせていただこう」

内田はわざとらしく居住まいを正して、卓説を拝聴するポーズを作った。

「僕が最初に違和感を抱いたのは、じつはコケットのママに、比喩としてロミオとジュリエットの話をした時なんです」

「ん？　なんだい、浅見ちゃん、山田篤子とそんな話までしていたの？　まったく油断も隙もないな。いつの話なんだい？」

「べつに油断とか、そんな大それたことじゃありませんよ。ママの案内で城ケ山公園の事件現場を見に行った時のことです。晴人氏には、かつて結婚の約束をした女性がいた——つまり美濃増子さんのことですが——その女性は晴人氏が死んだことを、どう思っているだろうという話になったのです。ママははっきり言いませんでしたけどね」

「なんではっきり言わないのさ？」

「そりゃ、僕たちのことを警戒して、様子を窺《うかが》っていたんじゃないですかね」

「どうかな、あの女はタヌキだからな」

「そんなこと言っていいんですか？」

「ん？　いや、冗談だよ冗談。ママには言うなよ。それより、ロミオとジュリエットがどうしたっていうんだい？」

「つまり、たがいの家がいがみあっている場合、板挟みになった恋人同士はどのようにして、窮地を脱出することができるか——を考えてみたのです」

「なんだ、そんなことか」

「まあまあ、そう冷たい顔をしないでくれませんか」

「いいだろう。それで、晴人と増子はどんなふうにロミオとジュリエットだったのさ」

「増子さんとの結婚を順藏さんに猛反対されて、晴人氏は一計を考えついたのですね。それが交換結婚です」

「交換結婚?……交換殺人は聞くけど、そんなことが可能なわけないだろう」

「まあ、とにかく聞いてください。晴人氏は大学時代、京都で一緒だった友人を語らって、そのアイデアを実行します。その友人というのが津島英之氏、つまり増子さんの結婚相手です。当時、津島氏にも恋人がいたけれど、何かの事情で結婚に踏み切れずにいた。たとえば金銭問題かもしれないし、同じように家同士の確執があったのかもしれません。とにかく双方の条件が折り合う事情があったか、それとも晴人氏の側からたとえば金銭的な代償が提供され、津島氏のほうにそれを断れない事情があったことも考えられます」

「うーん、まあ、ありえなくはないね。その津島の恋人っていうのが夏美若女将か」

「そうです。とにかく、晴人氏は順藏さんの反対に折れた形で、夏美さんを両親に紹介して、結婚宣言をします。順藏さんとしては、美濃屋の娘以外なら、反対の理由がないので、あっさり了解したのでしょう。結婚の方法も、その後の安田家内での暮らし方も、晴人氏の言いなりだったにちがいない。たとえば両親と自分たち夫婦の生活する場を隔てたり、晴人氏と夏美さんがそれぞれの部屋を持つようなこともそうです。順藏さんとしてはおそらく、客室の一部を改造してまで、息子のわがままを受け入れたと考えられますね」

「確かに、現実にそうなっているね」

「さて、山田篤子の話によると、晴人氏との結婚話が破綻した時、増子さんは自殺を図った——ということになっています。実際それに近いことがあったのかもしれませんが、いずれにしても、それは演出の一部に過ぎなかったのでしょう。とにかくそうして、増子さんは津島氏と偽装結婚して高山に住むようになります。津島夫婦がどういう暮らしをしていたのかは、これから調べてみないと分かりませんが、家庭内別居か、それともアパートの二室を借りるといった方法だと思います。いずれにしても金のかかる話ですから、晴人氏から相応の援助が与えられたのでしょう」

「そうか、晴人が結婚してから、またぞろヤクザと付き合うようになって、店の金を持ち出すことが多かったというのは、そのためだったのか」

「そうだと思います。表向きはヤクザに搾《しぼ》られているように見せかけて、足繁く増子さんを訪ねていたと考えられます。出かける時は夏美さんを連れ出すこともあったでしょう。晴人氏と夏美さんが、二人連れ立って弥寿多家を出ることはきわめて自然ですからね」

「そうだな、外見は仲のいい夫婦に見えただろうな。それで、出先で津島と増子と落ち合って、ダブルデートを楽しんだっていうわけか。津島と増子がふた部屋に別居しているなら、晴人と増子のデート場所は増子の部屋でもいいしな」

「逆に、津島氏が晴人氏に成り代わって、安田家に出入りすることもあったと思います。実際に見たわけではないけれど、晴人氏と津島氏は背恰好がよく似ているのかもしれません。日中は無理だとしても、夜のうちに入れ代わっていれば、見破られることもなかったでしょうから」

「うーん……」

内田はどこかに矛盾点はないか、目を宙に彷徨わせたが、じきに諦めた。

「こうして奇妙な交換結婚が成立した。これは当事者に確かめなければなりませんが、成立を可能にした要素は、関係する四人の利害がうまい具合に一致したからでしょうね。晴人氏と増子さんの目的は分かっていますが、津島氏と夏美さんの側にも、結婚ができない何らかの理由があったと思います」

「それはさっき浅見ちゃんが言ったとおり、おそらく金銭的な問題だな。津島がサラ金からの借金でにっちもさっちもいかなくなっていたのだろう」

例によって断定的に言うが、浅見もべつに異論はなかった。ただし、借金で苦しかったのは津島ではなく夏美のほうだったかもしれない。父親が早くに亡くなり、母親も病身で治療費がかかったことは想像できる。

「しかしだよ浅見ちゃん、そういう関係を結婚以来、続けていたわけだろう。ばれる心配はなかったのかね？」

「晴人氏としては、この状態を両親、とくに順藏さんが他界するまで続けるつもりだったのでしょうね。そうはいっても、かなり不自然な関係であったことは事実です。戸籍上の夫婦と事実上の夫婦が違うのですからね。順藏さんは気づかなかったみたいですが、女将の恵子さんは女性同士の直感として、夏美さんの様子がふつうでないことにうすうす気づいていたふしがあります。たとえば、なぜ子供を作らないのか、女親なら、誰でも気にかかることでしょう」

「そうだね、最初に会った時から、何か隠しているような気配を感じたな」

「しかし、恵子さんはあえて詮索《せんさく》することはしなかったのですね。それを暴露して、順藏さんの逆鱗《げきりん》に触れることも恐ろしかったでしょうし、それよりも晴人氏の幸せを考えていたのかもしれません。何よりも夏美さんの健気な若女将ぶりを、みすみすぶち壊すのが忍びなかったのじゃないかと思いますよ」

「それにしても、結婚から二十年近く、よくぞ続いたもんだねえ」

「確かに、晴人氏と夏美さんの生活も、一方の、津島氏と増子さんのほうも、それぞれうまくいっていたということなのでしょう。増子さんは年に何回か、とくに春の曳山祭や秋の風の盆の時など、必ず帰省して店の手伝いをしているはずです。狭い町だから、晴人氏と顔を合わせることもあったにちがいない。そんな時は、ごくふつうの挨拶を交わしても、誰も訝《あや》しまない。町の人たちも過去のことは知っていても、昔のロマンスなど、そう珍しくもないし、すでに互いに結婚して落ち着いているのですから、噂にもならなかったのでしょう」

「そうだな、コケットの山田篤子でさえ、気づいていなかったのだからね」

「いや、彼女は分かりませんよ。じつはある程度まで憶測していたかもしれない。恵子女将と同じ、女としての直感がありますからね。だからこそ、僕を事件現場なんかに案内したりして、真相はどうなのか、確かめたかったのじゃないですかね」

「なるほど、あのタヌキならやりかねない。それで、いよいよ事件の真相ってことになるのかい？」

「まあ、もう少し待ってください」

浅見は笑った。

「この正月過ぎ、増子さんはおわら学校の加藤氏に勧められ、風の盆祭りに、無玄寺の舞台でおわらを踊ることになったのでしたね。加藤氏はかつての増子さんのみごとな踊りを知っているから、無玄寺の舞台を彩る華として、増子さんを口説き落としたのでしょう。自分とペアを組んで踊ろう——と。そうして加藤氏による指導が始まる。加藤氏としては、無玄寺派にとって得難いタレントを獲得したわけだし、増子さんとしても、おおっぴらに八尾に来る理由ができて、晴人氏とのデートも楽になります」

「ここでも、双方の利害が一致したというわけか」

「踊りのテクニックに関しては、長いブランクを克服しさえすれば、増子さんの技量は加藤氏の指導など必要としなかったでしょう。無玄寺での増子さんの踊りを見て、素人ながら思ったのですが、彼女にはテクニック以前の天性の資質を感じます。ひょっとすると、長いブランクがあったどころか、その間、増子さんは晴人氏と二人だけで、密かにおわらを楽しみ、技量を磨いていたのかもしれません」

「そうか、それはあるね。文字どおり、一体となって励んだか……」

何を妄想しているのか、またしても内田の視線が宙を彷徨う。それを無視して、浅見は続けた。

「加藤氏は指導するつもりだったけれど、むしろ増子さんにとっては、加藤氏の踊りのほうが、パートナーとして物足りなかったのじゃないでしょうか。いつしか増子さんは稽古の時、しばしば加藤氏にクレームをつけ、逆に指導的な立場を取るようになったとしても不思議はありません。晴人氏の踊りとの違いを指摘し、それでも飽き足らず、密かに晴人氏本人の指導を仰ぐよう、加藤氏に進言したのじゃないでしょうか」

「えっ、晴人を先生にするっていうの？　いくら何でも、そいつは考えすぎじゃないのかな。かりにも加藤はおわら学校の幹部だよ。立場からいっても、矜持《きょうじ》からいっても、加藤は受け付けないだろう」

「確かにそうですが、しかし、われわれが無玄寺の舞台で見た踊りには、まるで晴人氏の幽霊が乗り移ったような一体感があったことも事実ですよね」

「いや、あれは乗り移ったような——ではなく、絶対に幽霊そのものだよ」

内田は真顔で言っている。

「まあ、その真偽のほどは措《お》いておくとしてですね」

浅見はやんわり躱《かわ》した。

「加藤氏があの境地にまで達するには、いつからかはともかく、晴人氏による特訓があったと考えるほうが自然です。ほかの人間では、ああはいかなかったのじゃないですかね。一昨日の夜、無玄寺の舞台を見に行った後、コケットのママが思わず『いつの間に……』と呟いたのは、そのことを指したのだと僕は思いますよ」

「ほんとかなあ……だったら、ママに確かめてみたらどうだい」

内田は携帯電話を突きつけた。

昨日のことがあるので浅見は気が進まなかったが、コケットに電話した。山田篤子は「あら、浅見さん」と意外なほどはしゃいだ声を出す。それに対して、妙な質問をするのは気が引けた。

「つかぬことをお訊きしますが」

浅見は堅苦しい口調になった。電話の向こうで篤子は「いやだ、改まって、なあに？」と艶《なまめ》かしい声で応えた。

「一昨日、増子さんの踊りを見た後で、ママが『いつの間に』って言いましたよね」

「えっ、ええ、まあ……だけど、よく憶えとんがねえ、あんな独り言」

「それで、あれからその言葉の意味を考えていたのですが、もしかすると、あれは、加藤さんがいつの間に晴人さんに踊りの手ほどきを受けたのか……という意味だったのではありませんか？」

「驚いた……よく分かんがねえ」

「やっぱりそうですか。つまり、ああいう踊り方は、晴人さんのオリジナリティというわけですね」

「そうやちゃ、あんな踊り方、ほかの人には思いつかんし、できんでしょう。だから内田さんが晴人の幽霊って言った時、ギョッとしたくらい。それには、加藤さんと増子さんとの息がぴったり合ってたこともあると思うがやけど……だけど、それがどうかしたが？」

「ああ、いずれまた説明します」

浅見は話がややこしくならないうちに、さっさと電話を切った。

「ほんとだ……」と、電話に耳を寄せていた内田が、溜め息まじりに言った。

「浅見ちゃんの言ったとおりだね」

「でしょう。晴人氏の指導がなかったら、ああはいかないと思ったんです。加藤氏もおわら学校の幹部を務めるくらいだから、並の踊り手じゃないはずです。晴人氏と増子さんとの不思議な一体感のみごとさを目のあたりにして、感動し、学ぶことが多かったにちがいありません。しっかりと晴人氏の踊りの神髄を会得《えとく》したのでしょう」

「しかし、あの消息通の山田篤子でさえ、増子が無玄寺の舞台に立つことに気づかなかったくらいだから、よっぽど秘密裡《ひみつり》にことは行なわれていたんだろうな」

「でしょうね。いくら芸のためという大義名分があるにしても、増子さんと元カレの晴人氏が一緒にいるというのは具合が悪い。たちまち町中の噂になるでしょうから、おおっぴらにはできませんよね。どこか人目につかない場所で、しかも口の堅いメンバーだけで稽古を重ねたのでしょう」

「どこかね、その場所っていうのは？」

「いまの段階では推測するだけですが、たぶん、城ケ山公園の中にある管理棟辺りではないかと思います」

「城ケ山というと、安田晴人が死んでいた現場じゃないの」

「そうです。あくまでも推測の域を出ませんけどね」

「うーん……しかし、可能性はあるね」

「ついでにもう一つ、それに関連して、晴人氏と増子さんが踊りに専念している頃、一方の津島氏はどうしていたのか考えました。もちろんこれも推測でしかないのですが、津島氏は弥寿多家に入り込んで、夏美さんとのデートを楽しんでいたのだと思います」

「うん、それもありそうなことだな」

「ところが、そうして何もかもがうまくゆくように思えた矢先、思いがけず、夏美さんが小火を出し、火傷を負うという事件が発生しました。そこに居合わせた津島氏は、とりあえず一一九番通報をしたものの、夏美さんに急かされるまま逃げ出さないわけにいかなかったのではないかと……」

「なるほどねえ」

内田は感に堪えぬように首を振った。

「まったくよく考えついたね、さすが浅見ちゃんだな。小火の時、現場から立ち去る姿が目撃された男というのは、津島のことだったのか。それにしても、夏美が火傷を負ったことで、事態が急変しただろうね」

「そうですね、火傷以来、夏美さんはお高祖頭巾を被って逼塞することになりました。もっとも、その火傷は想像以上に回復が早かったようです。さっき見たところではほとんど見分けがつかないほどで、素顔でも美しかったですからね。ただしお高祖頭巾姿で外出すれば目立つので、初めの頃は津島氏が忍んできていたのでしょう。そのうちに、夏美さんがお高祖頭巾姿で外出して津島氏と逢い、逆に増子さんがお高祖頭巾姿で弥寿多家に帰宅して、ひと晩を晴人氏と過ごす方法が考え出されたのではないかと思います」

「うーん、うまいうまい。窮すれば通じるってやつだな。転んでもただでは起きないどころか、禍《わざわ》い転じて福となす典型みたいなものだ。それにしても、浅見ちゃんは悪知恵が働くなあ」

「僕じゃありませんよ。あくまでも、彼らがそうだったのではないか——と、想像しているだけですからね」

「ははは、考えつくという点では同じようなものじゃないの。まあ、それはいいとして、そろそろ事件の核心に迫ってくれよ」

「じつは、事件の真相に迫る前に、僕は八月十九日の出来事に、何か意味がありそうな気がするのです」

「八月十九日というと、あれじゃないの、嵐の中、晴人が高山へ行った日か」

「ええ」

浅見が頷いた時、廊下に慌ただしい足音が聞こえた。「失礼します」という声ももどかしげに襖が開いて、お高祖頭巾の夏美が、倒れ込むように部屋に入って来た。

「あの、すみません、緊急にご相談したいことが起きたものですから」

「どうしたの？」

内田が呆れ顔に言ったが、夏美はそれを無視して、浅見ににじり寄った。

「浅見さん、お願い、助けてください。いま、増子さんから電話で、津島が警察に連行されたっていうのです」

「えっ……」

浅見と内田は、異口同音に声を発した。

## 4

津島英之が八尾署の刑事に任意同行を求められたのは、彼が高山市役所を退庁した時である。市役所の玄関を出るのを待ち構えたように、見知らぬ男が二人近づいて来て「津島さんですね」と声をかけた。

二人の男は警察バッジを示した。退庁者で混雑している中、真っ直ぐに津島を目指して来たところから察すると、津島が執務している時点で、あらかじめ確認していたにちがいない。

「ちょっとお訊きしたいことがあるので、八尾署までご同行ください」

一応、敬語は使っているが、紋切り型のゴツい口調だ。そして刑事に左右から挟まれるようにして、覆面パトカーに乗せられた。

そういう状況を、津島は携帯電話で増子に連絡してきた。午後五時半を少し回った時刻のことである。

「それっきり、連絡がつかなくなっているのだそうです」

夏美は不安そうに言って、浅見の反応を待っている。

「おかしいな？……」

浅見より先に、内田が首を傾げた。

「津島氏はなぜ増子さんに電話して、夏美さんのほうに連絡しないのかね？」

「えっ、どういう意味ですか？」

夏美は内田を睨んだ。彼女も、自分という者がありながら、なんで増子に——と思ったかもしれない。浅見は苦笑して言った。

「先生、それは当然ですよ。警察は奥さんへの連絡は認めますが、それ以外の第三者への連絡は許さないでしょう。証拠隠滅のおそれがありますからね」

「ああ、そうか」

内田はあっさり納得し、夏美もほっとしたように肩の力を抜いた。

「となると、間もなく津島さんは八尾署に連行されて来ますね」

浅見は時計を見た。五時五十七分。最終日を迎えた風の盆祭りが、そろそろ佳境に入ろうとしている頃だ。

「どうしたらいいのでしょうか？」

夏美はますます不安げに、縋るような目を浅見に向けた。

「いまのところは、とにかく様子を見るしかありませんね。津島さんが連行された理由も分からないのですから」

「そんなものは決まってるだろう。晴人氏殺害容疑さ」

内田は夏美の神経を逆撫でするようなことを、いとも簡単に言う。

「そんな……だって、警察は晴人さんは自殺やって言ってたじゃないですか」

夏美は精一杯の抗議を込めて言った。

「いや、警察の発表なんて、あてにならないんですよ。あなただって、内心では殺人事件だと思っているでしょう？」

ズバリ痛いところを衝かれたのか、夏美はうろたえた。

「ええ、確かにぜんぜん疑わなかったといえば嘘になります。それもあったし、それに、私だけじゃなく、津島も増子さんも、おたがいに疑心暗鬼になったと思うし、私たちのこんなおかしな関係が世間に知れたら恥ずかしいとか、いろんな思惑が入り交じって、三人ともどうしていいか分からなかったんです。警察も自殺なのか他殺なのか発表しないし、三人で相談して、しばらく様子を見ようということになって、私はなるべく自殺だったほうがいいと思って……ええ、それは、もしかすると津島が犯人かもしれないっていう気持ちがあったからなんですけど、だけど、よく考えれば津島が犯人だなんてことは、絶対にありませんよ。だって、殺す動機がありませんもん」

「そう、確かにあなたの言うとおりかもしれません。しかし、まだ状況が摑めない段階では、断定することはできませんね」

「そんな冷たい……浅見さん、何とかしてくださいよ」

「心配しなくても大丈夫ですよ」

浅見は内田と対照的に優しく言った。

「津島さんが八尾署に来てしばらくは、形式的な事情聴取が行なわれますから、面会もできません。それが終わった頃、面会に行きましょう。たぶん八時頃には許可されるはずです。それまではじたばたしてもしようがありません。それに、あなたはあくまでも晴人さんの奥さんであることをお忘れなく。冷静に振る舞わなければなりませんよ。警察のほうも僕たちに任せておいてください」

浅見はまるで、年長者が聞き分けのない少女を諭《さと》すような口調で言った。

「任せてもらう前にさ」と、内田が白けた顔で言った。

「いまさらのようだけど、晴人氏と津島さんの関係を詳しく聞いておきたいね。津島さんが晴人氏の要望を全面的に受け入れて、奥さんのような美人を何十年も……つまりその、交換結婚みたいな状態にしておくなんてことを、どうして了承したのかねえ？」

「それは、津島が安田さんに借りがあったからですわ」

「あ、やっぱりね。それはあれでしょう、京都にいた、学生時代の話じゃないの？」

「えっ、ご存じなんですか？」

夏美は驚いた。何でもお見通し――と思ったにちがいない。

「いや、その程度のことはね。しかし、具体的に何があったのかは知らない。まして、いま言ったような難題をなぜ津島さんや、それに夏美さんのような美人までが受け入れたのかは、不思議でなりませんよ」

内田は夏美に「美人」の枕詞《まくらことば》をつけないと気が済まないらしい。それに気をよくしたのか、夏美も笑顔になった。

「そんなふうにおっしゃるほど、難題だとは思わなかったのです。確かに、学生時代の借りはあったみたいです。詳しいことは知りませんけど、京都で仲良くなった津島の彼女が、ヤクザ屋さんの紐つきだったとか、そういうことでした。でも晴人さんに強要されたとか脅されて受け入れたわけじゃないんです。一応、私も相談はされましたけど、いいんじゃないのって……私もまだ若かったし、津島のこと愛していましたし……いえ、のろけるわけじゃなくて、ほんとなんです。高山までは一時間ちょっとの距離でしょう。

遠距離恋愛と単身赴任をミックスしたようなもんやって……いま思うと呑気な話ですよね。言いだしたのは晴人さんですけど、津島も増子さんも私もみんな、名案だとか言って、すぐに話がまとまりました。それに、そうでもしなければ、増子さんは自殺しかねなかったでしょう。ほんとのこと言うと、その頃は津島も私もお金に困ってもいましたしね。ただ、それがまさか二十年も続くなんて思いませんでした。いつの間にか、四人とも四十歳を越えちゃったんですものねえ。でも、それなりに楽しかったんですよ。会う時はいつも恋人同士のデートみたいやし、平安時代の通い婚みたいに、津島がここに忍び込んで来たりして、少しスリルがあって新鮮な気分でした。もしこんなことにならなければ、面白い人生でしたのに……増子さんが可哀相……」

最後は急に泣き声になった。

「やれやれ……」

内田はいささかウンザリしたような顔で首を振った。夏美が言ったとおり、半分はのろけを聞かされたようなものだ。

夏美が引き揚げるとすぐ、内田は「本当に大丈夫なのかい？」と言った。

「いったん自殺で決着をつけていた警察が、任意にしろ連行したってことは、それなりに確信か証拠があるはずだぞ」

「証拠といっても、いまの段階で物的証拠があるわけではないでしょう。たぶん何かタレコミがあった程度のことだと思いますよ」

「何者かね、タレコミをしたやつは。第一、何をタレコんだのかな？」

「まあ、おそらく目撃証言でしょう。事件現場付近で津島氏の姿を見たとか、ですね。それと、晴人氏と増子さんが親しくしているところを見たとか」

「だとすると、容疑の根拠となる動機は嫉妬だな。しかし、嫉妬が原因で逆上して殺害に及んだのだとすると、毒殺というのはおかしいんじゃないかね」

「そのとおりですね。ただ、調べを進めていけば、晴人氏と津島氏が大学時代の友人であることが突き止められます。友人同士なら、毒物を混入したコーヒーを勧められても、疑わずに飲む可能性はあるでしょう」

「なるほど……それじゃ浅見ちゃん、大丈夫どころか、大心配じゃないの。そんなことを聞いたら、夏美は失神しちゃうぞ」

「ははは、先生まで本気で心配しているんですか？」

「笑いごとじゃないだろう」

その時、女将の声がして、襖が開いた。

「お食事のお支度が整いました」

とたんに内田は元気を回復して、「めしだめしだ」と立ち上がった。

風の盆最終日とあって、宿泊客のほかに、食事だけのお客も入っているのか、大広間はぎっしりの賑わいだった。女将も仲居も、それに臨時のアルバイトらしい若い女性たちもいて、大童で立ち働いている。この場に若女将がいれば、かなりの戦力だろうに――と思わないわけにいかない。

ふだんよりは慌ただしく食事を済ませ、いそいそとおわら見物に出かける客がほとんどだ。最後までのんびりと食事を平らげたのは内田と浅見だけだった。

大広間に居残った二人の客の前に、女将が恐る恐る坐った。

「あの、いましがた、警察からご連絡がありまして、晴人の事件で、新しい進展があったのだそうです。なんでも、重要参考人というのでしょうか、それらしい人が捕まったとかおっしゃってましたけど」

「そうですか、それはすごい」

内田は初めて聞いたという顔である。浅見もそれに倣《なら》うよりしようがない。まさか、その重要参考人が、当家の若女将の本当の亭主であるなどと、言えるはずもない。

「それでですね、間もなく刑事さんがこちらに見えるいうことですが、もしよろしければ、先生方にも会うていただけないものやろか思いまして」

「いいですよ、会いましょう。そういうことなら、いずれ警察へ行かなければならないところですからね」

内田と浅見が部屋に戻って、ものの十分も経たないうちに二人の捜査員がやって来た。

一人は例の山地警部補だ。女将の案内で部屋に入って、浅見を見たとたん、山地は「あれっ？　あんた……」と言った。

「先日はどうも」

浅見は笑いながら挨拶した。山地は女将を振り返って、「この人たちは？」と、いかにも邪魔そうに訊いた。女将もどう紹介すればいいのか、困っている。

「われわれは弥寿多家さんの知り合いでしてね。今回の不幸な事件について、警察は自殺と断定してしまったが、じつはそれは間違いではないかという、こちらのご主人の要請に基づいてお邪魔している者です」

内田がしかつめらしく言った。こういう形式ばったことは年配者が言うに限る。おまけに「警察は自殺と断定した」と、彼らの痛いところを衝いている。

「先ほどお聞きしたのだが、何やら他殺の線が浮上したのだそうですね。となると、やはり警察の見解は間違っていたということになりますかね」

「えーと、おたくは、どなたさんで？」

山地警部補は面白くもなさそうな顔で、顎をしゃくって言った。

「こういう者です」

内田は名刺を渡した。珍しく「日本推理作家協会会員」の肩書の入った名刺である。そんな名刺を持っていることすら、浅見は知らなかったほどだ。

「あっ、推理作家の……」

山地も、もう一人の刑事もすぐに分かったらしい。本は読まなくても、名前ぐらいは知っているのだろう。こんなことなら、コケットのママにもその名刺を使えばよかったのに——と、浅見はおかしかった。

それだけでやめておけばいいのに、内田は続けて「こちらにいる浅見君は、警察庁の浅見陽一郎《よういちろう》刑事局長の弟さんです」と言った。浅見が「待って」と止めるひまもない。

「えっ……」

刑事にとっては、今度のほうが、内田の名前よりは効果があったようだ。

「そうでしたか、それは失礼をしました。自分は八尾署刑事防犯課で捜査係長を務めておる山地です。彼は同じく小川隆《おがわたかし》巡査部長です」

あらためて挨拶して、しゃっちょこばって頭を下げた。

「ところで山地さん」と、浅見が言った。

「重要参考人が浮かび上がったというのは事実ですか」

「そういうことです」

なるべくいまいましさを出さないように、山地が大きく頷いた。

「それはやはり、タレコミによるものですか？」

「そうやちゃ」

「目撃者がいたのですね？」

「そういうことやちゃ。もっとも、タレコミの電話は匿名やったが」

「それでよく参考人を特定できましたね」

「まあ、その辺は蛇《じゃ》の道はヘビやから」

山地はいくぶん得意げに鼻を蠢《うごめ》かした。

「なるほど、つまり、津島増子さんのご亭主ということですか」

「えっ……」

得意の鼻はいっぺんにへし折れた。山地は小川部長刑事と顔を見合わせた。

「なんでそれを？」

「ははは、蛇の道はヘビですよ」

内田が面白そうに言った。そういう皮肉や憎まれ口を叩くから嫌われるのだ。

「いや、冗談を言っとる場合じゃないけ」

さすがに山地警部補は気色《けしき》ばんだ。

「ことと次第によっては、重要参考人の関係者として、あなた方にも署のほうにご同行いただかんとならんがやけど」

「いいですよ、われわれもそちらへ行こうとしていたところです。ちょうどよかった。パトカーでも、歩いて行くよりはよほどましですからね」

「その前にですね」

浅見は急いで言った。黙っていると感情的になって、面倒なことが起きそうだ。

「山地係長さんが見えたのは、こちらの女将さんに用があったからではないのですか？　どうぞ、その話を進めてください」

「いや、そのつもりでしたがね、あなたたちまでが津島さんのことを知っとるんでは、いまさら訊いても仕方がないちゃね」

「そんなことはありませんよ。女将さんはたぶん、津島氏のことをご存じないと思いますから」

「えっ、ほんとに？　それじゃ、あらためて訊くが、女将さんは津島英之という人物を知っとりますか？」

「津島さんですか？　うちのお客さんでしょうか？」

「いや、そうじゃなくてね……うーん、ほんとに知らんのですか……だとすると、あなた方はどうして知っとるんです？」

「だから、それは蛇の……」

また内田が余計なことを言いそうになるのを、浅見は慌てて制止した。

「それをご説明するのは、かなり複雑なことになるのです。それに、きわめて微妙な、オープンにできない事情が背景にあります。そのことを承知していただかないと、お話しするわけにいきません」

「どういう意味ですかね？」

山地は苦虫を嚙みつぶした顔になった。

「正当な理由もなしに隠すんなら、たとえ浅見さんでも、犯人秘匿の容疑で取り調べないわけにいかなくなるがやけど」

「犯人とは、津島氏のことを指しているのでしょうか？」

「まあ、当面は参考人ですが、その可能性は否定しないちゃ」

「それは申し訳ないが、犯人は津島氏ではありませんよ」

「そんなこと、調べてみないことには分からんちゃ」

「それでは伺いますが、動機は何ですか」

「それもこれから特定します」

「それじゃ、単に目撃情報だけで連行し、しかも重要参考人に擬していることになり、明らかに捜査権の濫用ですよ。じつはそうではなく、動機と考えられる事実も摑んでいるのでしょう？」

「それは……いや、そういうことまで話すわけにはいかんが」

「だったら僕のほうから言いましょう。容疑の根拠となる動機は怨恨、それも嫉妬によるものでしょうね。それから、タレコミ……目撃情報は、事件現場近くで津島氏を見たというものでしょう。ちがいますか？」

「………」

山地も小川もあっけに取られて、浅見の顔をまじまじと眺めた。恵子女将もびっくりしている。しばらくは声も出ない様子だったが、山地が辛うじて態勢を整えて言った。

「そ、そこまで知っとるいうのでは、ますます放置しておけませんな。浅見さんの知っとることを洗いざらい話していただかんと困るがやちゃ」

「ですから、お話ししますが、それには守秘義務を遵守《じゅんしゅ》することを約束していただかないとなりません。とくに個人情報については絶対に漏洩《ろうえい》してもらっては困るのです」

「いいでしょう。分かりましたが、ただし、自分らの上司には報告せんといかんがやぜ。もちろん警察内部から外部へ情報を漏洩するようなことは絶対にないちゃ」

（それはどうかな――）と内心思ったが、それまで疑っては話が進まない。

「では、僕たちが現在まで把握している事実関係を話します。いいですね、先生？」

浅見は内田に確かめ、内田も「うん」と頷いた。

「ちょっと待ってください」

山地警部補は恵子女将へ視線を移した。

「そしたら女将さん、いっとき席を外してもらえっけ」

「はあ……」

女将は少し不満の残る顔で腰を上げた。

「あ、いいのですよ」

浅見は言った。

「女将さんにも話を聞いてもらったほうが、かえっていいのです。いずれ話さなければならないことですからね。ただし、とても不思議な驚くべき事実ですから、混乱なさるかもしれない。どうぞ気持ちを鎮めて、聞いてください」

「そしたら、主人も呼んだほうがよろしいのとちがいますやろか」

女将は心もとなさそうに言った。

「いいえ、いまはご主人はいないほうがいいでしょう。あまりにも奇想天外な話なので、あのご主人のことですから、カッとなって、張り倒されるかもしれません」

浅見は冗談ぽく言ったが、本心からその可能性のあることを恐れていた。

浅見は襖の外を確かめてから、三人の聴き手を前に、低い声でゆっくり話し始めた。内田も浅見の脇で、腕組みをして黙って聞いている。話の内容が進むにつれ、三人の表情は目まぐるしく変化し、女将はときどき悲しそうな溜め息を洩らしている。

長い話が終わっても、しばらくは誰も口を開かない。浅見が念のために「以上で僕の話は終わりです」と宣言した。

「ほんとかねえ……」

山地警部補がようやく、溜め息のように言った。

「そんなこと、信じたくありまへんけどな……」

女将は泣きそうな顔である。

「うちの晴人と夏美が結婚して、かれこれ二十年近くなりますのよ。そんな長いこと、騙されとったなんて……」

「女将さんの気持ちはよく分かりますが、これは事実です。なんなら、夏美さんを呼んで確かめてみますか」

「あ、それはやめてください」

「いや、そうしてもらわんとならんのです」

山地が刑事独特のゴツい口調で言った。山地にしてみれば、素人探偵にやられっぱなしで、頭にきているにちがいない。ここら辺りで警察権力の容赦なさを見せつけたい気分なのだろう。

浅見が夏美を呼びに行った。夏美もすでに警察が来ていることは知っていたらしい。浅見の顔を見て「いよいよですか」と言った。悪びれる様子もなく、立ち上がり、浅見の後について来た。部屋に入る時、異様な空気を察知したのか、一瞬たじろいだが、それもすぐに克服して、「失礼します」と言った声は震えてもいなかった。

夏美が坐るのを待ちかねたように、山地は愛想のない口ぶりで「早速やがね」と切り出した。

「あなたは津島という人物を知っとりますね。津島英之というのだが」

「はい、存じてます」

「どういうご関係です？」

「事実上の夫です」

とたんに、恵子女将は一縷《いちる》の望みも断ち切られたように、両手で顔を覆い、テーブルの上に突っ伏した。西欧映画なら気を失う場面だろう。

「お義母《かあ》さん、ごめんなさい」

夏美は畳に両手をついて頭を下げた。それから、きちんと正座の姿勢を作り、ゆっくりとお高祖頭巾を脱ぎ始めた。脱ぎ終えて白い顔が現れた瞬間、浅見を除く三人の男の口から「おお……」という声が漏れた。

空気が凍りついた——というのは、こういう情景をいうのだろう。クーラーのモーター音が聞こえ、そのかなたから、町を流すおわらの歌声がすすり泣くように聴こえてくる。いや、現実のすすり泣きも恵子女将の顔の下から流れ出ていた。

「いいでしょう、了解しました」

山地警部補が言った。

「浅見さんの話が立証されたことは認めますよ。しかし、これで津島さんに対する容疑が消えたわけではないです」

「驚きましたねえ」

浅見は不快感を露にして言った。

「山地さんが言われた動機のないことは、すでに立証されたじゃないですか。いったい津島さんは誰に対して嫉妬心を抱いたと言いたいのですか？」

「もちろん安田晴人さんに対してです。事実上の奥さんである夏美さんが、名実共に晴人さんのものになっているのではないかという疑心暗鬼から、犯行に及んだものと考えられますからね」

「しかし、タレコミはそうは言ってなかったのでしょう？　一つは城ケ山公園で安田晴人さんと津島さんが一緒にいるところを見たということ。そしてもう一つは津島さんの奥さんである増子さんが晴人氏と親密な関係にあったとか、そういうことだったはずです。そのタレコミを元に、嫉妬心から殺意を抱いた――と、そういう容疑が生じたのではありませんか？　すでに津島氏の本当の奥さんは夏美さんであることが分かったいま、その容疑は成立しませんよ」

「…………」

図星だったようだ。タレコミの細かい内容まで、どうして知っているのか――と不思議に思ったにちがいない。二人の捜査員は顔を見合わせてしばらく沈黙したが、山地が

「それは違う」と反発した。

「タレコミは確かに津島さんの不審な行動について話しとったが、嫉妬の原因がどの女性であろうと、安田晴人さんの動静を観察する目的だった疑いがある以上、殺意を抱いたことまで否定するわけにはいかんでしょう」

「驚きましたねえ……」

いつものことといってしまえばそれまでだが、浅見は警察官の硬直した考えに呆れて、思わずお手上げのポーズを作った。

「アリバイに関してはどうなっているんですかね」

内田が脇から言った。

「もちろん確かめましたとも」

山地は今度こそ自信たっぷりだ。

「津島さんはその日、八尾町に来ていたことはゲロ……いや、供述しましたがね、どこにいたのかは言わんがですよ。まあ、城ケ山公園にいたに決まっとんがですけどね」

「それは違います」

夏美が強い口調で否定した。

「津島は私のところにいたのです。そんなことは絶対に秘密ですから、警察でも正直に話すわけにいかないのです」

「いたのは何時頃ですか？」

「午後八時半頃、お客様方がおわら見物にお出かけになった人目のない時間帯に私の部屋に来て、従業員の皆さんが帰宅する午後十時頃までしかおりませんでしたけど……。入れ代わりに十時半頃増子さんがいらして、晴人さんが約束の場所に来ないので、心配して様子を見に来たと言われて、すぐに帰って行かれました」

「その時ですが」と浅見が言った。

「増子さんはお高祖頭巾姿だったのではありませんか？」

「ええ、そうですけど……どうして？」

「その日のお客さんの中に、帰って行く増子さんを、トイレの窓から見ていた人がいたのですよ。山地さん、いかがですか」

「しかしまた、何だってお高祖頭巾みたいなものを被ったんです？」

「何でって……」と、夏美は女将のほうに視線を送って、少し困ったような顔をした。

「増子さんが、弥寿多家に出入りするのに、素顔ではまずいのじゃありませんかしら」

「ああ、なるほどね。つまり、あんたに変装したってわけか」

「どうですか山地さん、これでも津島さんへの容疑は晴れませんか」

浅見が訊いたが、山地は「駄目やちゃ」と頑《かたくな》に言った。

「肉親の証言は裁判でも認められない場合が多いんやから」

「夏美さんだけでなく、増子さんの証言も取れるじゃないですか」

「浅見さん、何を言っとんがですか。増子さんはれっきとした津島夫人、肉親中の肉親じゃないけ」

「やれやれ……」

浅見はどっと疲れが出た。

「これでは、真犯人を特定しないかぎり、警察の容疑を覆せそうにないですね」

「ほほう、まるで真犯人を特定できるみたいな口ぶりやね」

「ええ、ほぼ分かってはいますけどね」

「ほんとかよ、浅見ちゃん」

内田が心配そうに浅見の顔を覗き込んだ。

「本当ですよ。先生だってある程度は分かっているじゃないですか」

「いや、僕はいままで浅見ちゃんが話したところまでは分かったが、真犯人が誰かなんてことはまったく分からないよ」

「えっ、そうだったんですか？　意外ですねえ。僕はまた、てっきり何もかも承知しているものとばかり思っていました」

「じゃあ、浅見ちゃんはほんとのほんと、犯人を知っているのかい？」

「ええ、本当ですよ。先生も疑い深いですねえ」

二人のやり取りを聞いていて、山地警部補は愉快そうに笑った。

「ははは、ほんまやろか。それが事実なら、ぜひご高説を伺いたいもんやね」

「いいですよ。ご希望なら僕の推理をお聞かせしましょう。しかし、その前に増子さんと会わなければなりませんけどね。増子さんはどこから電話してきたのですか？」

夏美に訊いた。

「無玄寺からでした。たぶん、まだ無玄寺にいるのじゃないかと思います」

「えっ、それじゃ、津島さんが警察に捕まったというのに、踊りのほうは休まないつもりですかね……そうか、考えてみれば、晴人さんが亡くなってからも、踊りつづけていたくらいだものな。驚くことはないですか」

浅見はテーブルに手をついて、立ち上がった。足が少し痺《しび》れていた。

「それじゃ、無玄寺へ行きましょう」

残る五人も、ばらばらに立った。

# 第六章　最後の踊り《ラストダンス》は私と

1

町の熱気はこれまでの二日間より、いちだんと凄まじいものがあった。今年の風の盆もこれでお終い——という、別れがたいものがあるのだろうか。町流しの踊りに付き従う人々の顔には、熱気とは別の、哀愁のようなものが漂っている。

浅見を先頭に、山地警部補、小川部長刑事、夏美、そして夏美をサポートする恰好で、殿《しんがり》に内田が続く——という面々が連なって歩いた。群衆を縫うように行くから、前後の間隔が離れたり、時には見失いそうになることもある。おわらには目もくれず、ひたすら無玄寺を目指す異様な五人だが、誰も気にする者はいない。ただ、夏美の白い顔を「あっ」と振り向く男がいて、その視線が隣の内田に突き刺さる。（この果報者めが——）と言いたそうで、内田は気をよくしている。

無玄寺の境内も盛り上がりはピークに達している。屋台の呼び声も少し自棄《やけ》っぱちのように上擦っている。一行は人波を掻き分けて本堂のステージが見えるところまで行った。天空の闇がそのまま繋がったような、黒く重たげな大屋根の下に、スポットライトに照らされたステージが浮かび上がっている。

長さ三十メートルは優にある回廊のステージでは、五、六人の群舞が演じられていた。ステージの袖では胡弓、三味線、太鼓の囃子方が賑やかさの中に流麗な気配の籠もる曲を演奏し、還暦を過ぎた年配の男の歌い手が、甲高く澄明《ちようめい》な声を闇に放つ。踊り手はやはり中年といっていい女性ばかりで、体型的には町流しの踊り手より見劣りがする。しかし踊りそのものには年季が入っていて、差す手引く手、足の運びに間然するところはない。

「いいねえ……」

人垣の後ろから伸び上がるようにして、内田が嘆声を発した。長身の浅見を除く四人は前の人間の肩ごしや隙間から、ようやく舞台が見える状態だ。

「ここではどうもなりませんな」

演舞が終わったところで、山地が言い、動きだした人々の流れにも乗って本堂の左手へ向かいかけた。

ゾロゾロと二十歩ほども歩いただろうか。その時、新しい囃子の演奏とともに男女一人ずつの踊り手が舞台に現れた。人の流れが停まった。スピーカーで出演者の紹介を告げているらしいのだが、よく聞き取れない。

「あっ、増子さん……」

夏美が小さく叫んだ。内田も浅見も見覚えのある美濃屋の増子と、おわら学校の加藤範之に間違いない。

いつの間にか立ち見の条件のいい場所に移動していて、本堂に向かって視界が開けた。有料の観客席越しに五十メートルほどの距離はあるが、舞台全体が見渡せる。

五人とも歩みを停めた。背後のざわめきもやんだような気がする。ここにいるすべての人間の目が、回廊の舞台に集まっているにちがいない。それほどまで魅了するオーラが、舞台の二人から発散していた。

遠い旅路の　流れのほとり
ぽっと開いた　オワラ花のきみ
夢で逢えれば　それでもいいと
伏せた笠の緒　オワラ　濡れている

古いおわら節なのか、それとも新作なのかは知らないが、これまで聞いたどのおわらよりも胸に迫る歌詞のように思える。

最初の唄は男の感懐だろう。長い人生に疲れ、ふと足を停めた川の畔で、優しく迎えるように咲いてくれた花を、おわらの踊り子になぞらえている。

二つ目の唄は女性の心理を詠んでいる。道ならぬ恋なのかもしれない。夢で逢えればいいと健気なことを言いながら、伏せた笠の緒を涙で濡らす可憐さがいい。

素朴で短い歌詞の中に情景ばかりでなく、人の世の哀歓が鮮やかに浮き出ている。増子や夏美、それに安田晴人や津島英之が過ごしてきた歳月を連想すると、なおさらしみじみとした情感が伝わってくるようだ。

その歌詞と踊りの仕種がみごとにマッチして、ただの形式的なおわらのスタイルとはまったく異質な、不可思議な情景が演出されている。二人の踊り手が動くほんの小さな空間が、漆黒の天空にどこまでも繋がっているような幻想を与える。

踊りが終わり、境内を轟《とどろ》かす万雷の拍手に我に返って、五人はふたたび歩きだした。目の前の人の背中を突き飛ばしたくなるようなもどかしさに耐え、小刻みに足を運んで、本堂の裏手の庫裏に到達した。

山地と小川は遠慮なくズカズカと庫裏の広い玄関に入った。待つ間もなく、増子が踊り衣装のまま現れた。急ぎ足で、そのまま沓《くつ》脱《ぬ》ぎの草履《ぞうり》をつっかけようとする。

「津島増子さんですね」

山地が無骨な声を投げた。

増子はギョッとして動きを止め、立ち並ぶ五人を眺め回した。

「あっ、夏美さん……」

救われたように言ってから、山地に対して「そうですけど」と答えた。一瞬のうちに事態を理解した様子だ。

「お忙しいところ申し訳ないが、警察までご同行願えますか」

「ええ、いま行こうとしていたところですので」

夏美が寄り添って、励ますように増子の背に手を当てた。増子は「大丈夫よ」と頷いて「あなたは？」と訊いた。夏美も笑顔を見せて頷いた。

「行きますか」と、山地が敷居を跨《また》いだ。

「もう少し待ってください」

浅見が言った。二人の警察官は（なんで？——）と怪訝そうな目を向けた。

「あと一人、出て来るはずですから、一緒のほうがいいでしょう」

その言葉が終わらないうちに踊り衣装の加藤が姿を現した。加藤は玄関を埋め尽くすような群像を見て一瞬、怯んだ表情になった。しかしすぐに増子や内田、浅見といった知った顔を確かめ、安心したらしい。

「どうも、今晩は。えーと、何かあったけ？」

顔を突き出すようにして訊いた。

「こちら、おわら学校の加藤さんです」

浅見が紹介したが、山地も小川も意味が分からないので、戸惑っている。

「さっきの舞台で、増子さんと踊られたパートナーの方です」

「ああ、あの……すばらしかったねえ。堪能させてもらったがです」

「いや、お褒めにあずかって光栄やちゃ。じつは私など、増子さんの踊りの引き立て役でしかないいちゃ」

加藤は謙遜した。

「つまり、城ケ山公園の管理棟で、増子さんと稽古に励んでおられたのは、こちらの加藤さんなのですよ」

浅見が解説を加え、「あっ、なるほど、そういうこと……」と、ようやく山地は納得できたようだ。

「こちらのお二人は八尾警察署の方で、安田晴人さんの事件を捜査しておられます。じつは、今夜、増子さんのご主人が安田さん殺害の疑いで八尾署に連行されましてね」

「えっ、本当け？」

加藤は驚いて増子の顔を見つめた。

「ちっとも気づかんやったがです。増子さんは何も言わんし、踊りだって少しも乱れんかったし……」

感心するというより、呆れ顔だ。自分の亭主が殺人容疑で捕まったというのに、よく平然としていられる――と、誰でも思うに決まっている。だが、当の増子は俯いたきり何も言わず、表情も変えない。

「そしたら加藤さん、あなたも一緒に八尾署までご足労ねがえますか」

「えっ、そいつは困ります。増子さんとこの後、もうワンステージあるちゃ」

「それは十時四十分ですよね。まだ一時間以上あります。それまでには戻って来られると思いますよ。どうでしょう？」

浅見に言われ、山地は「そうですな」と頷いた。加藤も納得して「そしたら」と、下駄箱から雪駄《せった》を取り出した。

小川がすでに連絡をつけていたらしく、無玄寺の坂の下には、パトカーが二台待機していた。雑踏の末端もこの辺りで途絶え、人の数も疎らだ。二人の刑事と五人の「お客」を乗せたパトカーは、おわら囃子に追われながら、ゆっくりと走った。

警察署内は閑散としたものだ。署員の大半がおわらの警備に駆り出されている。安田晴人の事件の重要参考人を連行したといっても、容疑は希薄で、まだ海のものとも山のものとも知れないから、マスコミも嗅ぎつけてはいないらしい。

山地警部補は真っ直ぐ、大股に脇目もふらずに歩き、応接室に入った。肘掛け椅子とソファーで、七人分の椅子がある。ソファーには加藤、増子、夏美が坐り、向かい合う肘掛け椅子には内田と浅見が坐った。正面の司会席のような椅子には山地が、ドアに近い椅子には小川が腰を下ろした。

「こんなに大勢の人たちを前にして、事情聴取をするのは異例中の異例やけど、まあ、尋問という堅苦しいものではないんがで、ひとつ皆さん、リラックスして、しかし正直に話していただきたい」

山地は前置きをして、すぐに増子から尋問を始めた。

「津島増子さんは八月二十三日の夜、どこで何をしとったけ？」

「私は午後七時頃から、城ケ山公園の管理棟で加藤さんと一緒に、踊りの稽古をしとりました」

増子が小さな声で言った。

「何時まででがけ？」

「十時頃までだったと思います」

「どうです、加藤さん？」

山地に質問を向けられ、加藤は少し戸惑ったが、すぐに「たぶんその頃やったと……」と答えた。

「いつもは、もう少し稽古をするがやけど、増子さんに予定があるというので、この日は早めに切り上げたがです」

「増子さん、その予定いうのは？」

山地が訊いた。

「ちょっと人と待ち合わせがありまして」

「その人とは、誰です？」

「…………」

増子は躊躇っている。その彼女を励ますように、浅見は言った。

「増子さん、警察もすべての事情を把握しているのですよ。あなたが本当は安田晴人さんの妻であることもです。ですから、何も心配しないで、ありのままを話してください」

増子の問い掛ける視線に、夏美も「この人のおっしゃるとおりよ」と力づけた。

「分かりました。晴人さんからのメールで、その晩は、十時十分に晴人さんと若宮八幡様の前で待ち合わせする約束だったがです」

若宮八幡社というのは東新町のはずれにあって、その脇から城ケ山公園への登り道がある。管理棟からそこまで、車なら一分もかからないだろう。

「でも、晴人さんはいなくて、十時半近くまで待っても来ませんでした。そんなことは初めてなので、心配になって、携帯に電話してみましたけど、繋がらなくて、それで晴人さんの……夏美さんのところに行ったんです」

山地が夏美に「どうです？」と訊き、夏美は「そのとおりです」と頷いた。

「夏美さんも何も知らなくて、それから仕方なく、実家に戻ったらすぐ、晴人さんから行けなくなったというメールが送られてきたのです。翌朝は早い列車で高山に戻りました。そしたら、夏美さんから連絡があって、晴人さんがあんなことに……」

後は言葉が途切れ、堪《こら》えていた涙がポロポロと零れ落ちた。悲しみに抑制が利かなくなったのだろう。人の目を気にする余裕も失《う》せたのか、増子はとめどなく泣いた。

「その間、ご主人、津島さんはどうしとったんがけ？」

山地は女の涙にも屈することなく、刑事らしく振る舞った。非情といえば非情だが、こういうのは浅見から見ると尊敬に値する。

増子は涙を拭って、嗚咽《おえつ》を抑えた。

「津島さんのことは……」

チラッと夏美に視線を送った。夏美は「いいのよ」と言うように頷いている。

「津島さんは夏美さんと一緒に弥寿多家さんにいたみたいです。私が十時半頃に夏美さんのところに相談に行った、その少し前に帰られたそうですから」

それと同じことはさっき、夏美の口からも語られていた。増子の供述と一致したことによって、図らずも信憑性が立証された。

「でも、そのことは私たちの秘密に関係しますから、津島さんは、警察にも言えないでいるんじゃないでしょうか」

「なるほど」

交換結婚のことを明るみに出すわけにいかなかっただろうから、津島が黙秘を続けている可能性はある。

「津島さんにも、ここに来ていただいたらどうでしょうか」

浅見が提案した。

「そんなこと、できるはずないやちゃ」

山地は目を剝いた。

「しかし、こういう事情を説明しないと、津島さんは律儀に約束を守って、貝のように口を開かないかもしれませんよ」

「それは自分が説明するちゃ」

「はたして、刑事さんの言うことを信じますかねえ」

それには答えずに、山地は大股で応接室を出て行った。足音が遠ざかると、急に静かになった。その静寂を破って、加藤が「驚いたねえ……」と言った。

「増子さんが安田晴人さんの本当の奥さんだなんて……ということは、弥寿多家の若女将である夏美さんが、増子さんのご主人の本当の奥さんけ。ややこしいなあ」

加藤は夏美の顔を見ながら、笑いを含んだ皮肉っぽい言い方をした。

「加藤さんは、そのことにぜんぜん気づかなかったのですか」

浅見が訊いた。

「もちろん、気づくはずがないがけ」

「城ケ山公園で、晴人さんと増子さんが踊る姿を、目の当たりにしてもですか？」

「えっ？……そのことをどうして？　囃子方の四人以外、誰も知らないはずやが……あんた、喋ったんがけ？」

加藤は増子に非難の目を向けた。

「いや、増子さんはその件に関しては何もおっしゃっていませんよ。第一、一昨日の晩、無玄寺の玄関先でお会いするまで、僕たちは増子さんに直接会ったこともないし、それ以後も会っていないのですから」

「それじゃ、どうして安田さんと増子さんが踊っていたことを知っとったがですか？」

「分かりますよ、そのくらい」

浅見は笑って、「ねえ、先生」と、隣の内田に振った。

「ん？　ああ分かったね。なんたって、増子さんは晴人氏の幽霊と踊っていたからな」

内田は真面目くさって言っている。いや、実際、本人としては真面目なのだろう。しかし聞いたほうはギョッとする。浅見以外の四人は、四人それぞれの反応を示した。小川部長刑事は（何をあほなことを――）という顔だし、夏美は単純に怯えている。

増子は「ああ……」と声を洩らして目を閉じ、天を仰いだ。

最も複雑な変化を見せたのは加藤だった。笑おうとした顔の筋肉が引きつったように固まって、最初、浅見を見ていた視線が、落ち着きなく上下左右にブレた。

「増子さん、無玄寺の舞台で、晴人さんと踊っていたでしょう」

浅見は優しい口調で念を押した。増子は目を閉じたまま、何度も頷いた。目を閉じていれば、いまも晴人の幻影が目の前にあるのだろうか、陶然《とうぜん》とした表情が見とれるばかりに美しい。これで鳥追い笠を被れば、そのままおわらの踊りにのめり込みそうだ。

「何をあほなことを……おかしなことを言わんでくれませんか」

加藤は顔色を変え、腰を上げて浅見に食ってかかった。

「まあまあ、そんなふうに真剣にならなくてもいいじゃないですか。加藤さんは幽霊なんていないと思っているのでしょう？　幽霊を見たなんて思うほうがおかしいのです。それはともかくとして、加藤さんと増子さんがペアを組んで稽古を始めたのは、確か今年の初め頃でしたね」

「そう、ですよ」

加藤は短く答えた。言質を取られないように用心深くなっている。

「晴人さんの指導を受ける……というか、晴人さんが増子さんとの踊りを演じて見せてくれるようになったのはいつ頃ですか？」

「それは、えーと、そうですね、あれは春頃からだったですか」

「曳山祭の前でしょう」

「えっ、ああ、そう、そうやった」

加藤は言葉が乱れ、(どうして？——)という、驚きの表情を浮かべた。この浅見という男が、なぜこんなにもいろいろなことを知っているのか、驚きと不安が押し寄せてきているにちがいない。

「晴人さんの踊りを見て、加藤さんはどう思いましたか」

「それはまあ、うまい思いましたよ。すばらしいいうか……」

加藤は増子の存在を気にしながら言っている。彼女が聞いているかぎり、嘘は言えないだろう。そうでなくても、晴人の技量にけちなどつけようがないはずだ。

「晴人さんと増子さんが、まるで一体となって絡み合うように踊る姿は、じつに美しかったでしょうねえ」

「そう、美しかった……です」

「その動きを自分のものにしたいと思いませんでしたか」

「それは、まあ、思いましたよ。だから一所懸命、稽古に打ち込んだがです」

「しかし、晴人さんのような、高い芸域に達することは難しかったでしょうね」

「ああ、確かに、難しかった……がです」

「到底、そこまで到達することはできなかったのではありませんか？」

「いや、そんなことはない。私なりに会得したちゃ。だからいまは、自信を持って踊れるちゃ」

「ほうっ、それはすごい。で、会得したのはいつのことですか？」

「いつ……といっても、稽古の積み重ねの結果やからね」

「しかし、何かのきっかけで開眼したのではありませんか？」

「どうやったか……」

「八月十九日ではありませんか？」

「えっ？……」

加藤はもちろんだが、夏美も小川も、それに内田までもが「何のこと？」という目を浅見に向けた。ただ一人、増子だけが視線を逸らし、「そう……」と呟いた。

「八月十九日、嵐の中、増子さんは約束どおり城ケ山公園の管理棟に行ったのでしょう。そして、いつもどおり稽古を始めた。そうですよね」

「ああ、それは、そうやが……じつはこの日、囃子方が台風で一人も来られんかったもんで、仕方なくテープで稽古をすることになったがです」

「何時頃からですか？」

「午後七時過ぎちゃ」

「晴人さんが城ケ山公園に来たのは？」

「えっ、どうして……」

加藤は何度目かの驚きの声を発したが、すぐに諦めたように「三十分ばかり後がじゃないがけ」と言った。その時、増子が目を大きく開いて浅見を見て、かすかに頷いた。

「風雨が吹きすさぶ中、晴人さんは城ケ山公園に駆けつけた。昼間、高山で待ち合わせた増子さんが、約束の時間に来ないので、心配だったのでしょう」

それとなく語りかけられて、頷く増子の目尻から涙が滲んだ。浅見の目は「何があったのですか？」と言っている。

2

増子はしばらく考えてから、囁くようなか細い声でポツリポツリと語った。おわらを踊っている時や、日頃、店を手伝っている時の元気そうな姿からは、想像もできない落ち込み方である。

「あの日、晴人さんと高山で落ち合って、私の家に行く約束をして、高山本線に乗りました。夕方までには八尾に戻って、加藤さんとのお稽古には間に合うはずでした。でも、昼頃からすごい嵐になって、滝のような雨が降ってきて、高山へ向かう列車が打保《うつぼ》という駅を過ぎて間もなく、トンネルの中で立ち往生をしました。晴人さんとの約束の時刻はどんどん過ぎるのに、電車は動かず、電話は通じず、どうすることもできませんでした。やがて、この先で土砂崩れが発生したというアナウンスがあって、それからずいぶん経って、列車は後戻りを始めました。猪谷からまた電話したがですけど、なかなか通じんで、そのうちに電池が切れてしまいました。仕方なく、八尾に戻って城ケ山のお稽古場に駆けつけたがです。七時半頃になって、晴人さんが来ました。途中の道路が閉鎖されて、大幅に遅れたって言ってました」

幼児のようなたどたどしさで話し終えて、増子はホウッと溜め息を洩らした。

「晴人さんが現れた時、お二人の稽古は佳境に入っていましたか？」

浅見は加藤に聞いた。

「いや、それは……まあ、真剣に踊っているつもりでしたがね、なかなか息が合うところまではいかんもんです。お囃子がテープだったせいもありますがね」

「本物のお囃子なら息が合うものですか」

「そういうわけじゃないが、気分的に違うと思いますよ」

「晴人さんはお二人の踊りを見て、何か言いましたか？」

「ああ、駄目だって言ってましたね」

「そして自分で踊り始めた」

「そうです」

「豪雨の中を駐車場から走って来たのですから、ずぶ濡れだったのではありませんか？」

「そうでしたね」

「増子さんは、ずぶ濡れの晴人さんと踊るのは、いやではなかったですか？」

「いいえ、嬉しかったです」

増子が初めてはっきりと口をきいた。

「晴人さんもテープで踊ったのでしょう。お二人の踊りを見て、加藤さんの感想はどうでしたか？」

「それは、もちろん、すばらしかった」

「そしてその瞬間、加藤さんは開眼したのではありませんか」

「…………」

加藤は黙った。嵐の夜の、城ケ山公園の出来事を思い浮かべているのだろうか。増子も遠いところを見る目になっている。静まり返った室内に、かすかなおわらの歌声が聴こえてくる。目を閉じると、浅見の脳裏にも、見たはずもないその夜の情景が蘇《よみがえ》った。

おわらの踊りは、男女が手を触れ合うことも、まして抱き合うこともない。むろん晴人と増子の踊りもそうだ。だが、離れていても結ばれているような一体感を表現する。そういうものだったのだと浅見は思う。濡れそぼった晴人の全身を、いとおしむ想いの丈で包み込みながら踊る増子。テープといえども、嫋々と流れる胡弓の音色は男女の愛を演出する、またとないバックグラウンドだ。男の熱情と女の優しさが絡み合う空間が、そこにはあったにちがいない。

「晴人さんと増子さんの踊りの神髄は、つきつめれば愛なのでしょうね。肉体的な意味も含めた愛、です」

浅見はほとんど照れずに「愛」を言えた。それほど、この場合の「愛」は厳粛なものだと思った。

「だから、いくら他の人間が真似ようとしても、その域には到達できない。増子さんに晴人さんという愛の対象があるかぎり、誰にもその領域を侵すことはできない。そう思ったのではありませんか？」

「ああ、確かに……ん、それは、どういう意味け？」

加藤は浅見の真意がどこにあるのか、途中で気がついたらしい。

「加藤さんは晴人さんが羨ましかった。増子さんの愛を吸い寄せるような男踊りが妬《ねた》ましかった。そうではありませんか？」

「あ、あんた、何を言いたいがですか」

「もし晴人さんがいなかったら、加藤さんが増子さんを独り占めして、二人だけの空間に浸りきることができる……そうは思いませんでしたか？」

「そんなこと……思ったところで、どうなるいうもんでもないでしょう」

「思っただけではどうにもならないから、実行したのですか」

「どういう意味け……」

ついに加藤はキレたらしい。スックと立ち上がって、浅見を睨みつけた。周囲の面々は二人のやり取りに茫然《ぼうぜん》としている。内田でさえこの急展開には度肝を抜かれた様子だ。

「かなり以前から、加藤さんが晴人さんに妬みや憎しみを抱いていたとしても、それはむしろ当然のことです。妬みが憎しみに変わり、憎しみが殺意に昇華しても不思議はない。晴人さんと増子さんの踊りを見ながら、加藤さんの胸には憎悪と殺意のほむらが燃え上がっていたことでしょう。晴人さんもそれを感じたのでしょうね。ある親しい人物に『おれは殺されるかもしれない』と洩らしていたくらいですからね」

「いいかげんなことを……この野郎、貴様こそぶっ殺されたいんか！」

「今日、警察にタレコミがありましてね」

浅見は加藤の剣幕にも平然として、世間話でもするような口調で言った。

「その電話は、事件当夜、津島英之さんと安田晴人さんが一緒にいるところを見たという目撃情報と、晴人さんと増子さんが親密な関係にあるということです。つまり、晴人さん殺害は、晴人さんと増子さんの不倫に逆上した、津島さんの犯行だと言いたかったのでしょう」

加藤は辛うじて激情を抑え、椅子に腰を下ろし、荒い息遣いで周囲を睥睨《へいげい》している。あたかも自分はその話には関係がないことを誇示するようだ。

「ところで、その情報をもたらすことのできるような条件を備えた人間はごくわずかです。というよりも、たった一人と考えていいのでしょう。その理由は三つ、第一にその人物は晴人さんと増子さんがおわら踊りの名コンビで、いまもおわらの稽古に励んでいることを知っていました。第二に、増子さんのご主人が津島さんであることを知っています。そして三番目は、増子さんの本当の夫が晴人さんであると知らなかったことです」

三番目の理由を告げた時に、大きく表情を変えたのは加藤一人だった。

「津島さんが晴人さんと増子さんの関係に嫉妬していた——というタレコミ電話をかけた人物の失敗は、根本的な部分、つまり、晴人さんと増子さんの愛が不倫ではないことを知らなかったことにあります。さて、これらの条件を満たす人物は誰かといえば、加藤さん、あなた以外にはいないのですよ」

「何をばかな……」

加藤のテーブルについた両腕が、怒りと不安で震えている。浅見は構わず続けた。

「晴人さんが亡くなって、もはや増子さんとの踊りに関しては誰にも容喙《ようかい》されることがなくなった。二人だけの空間が生まれたはずでした。増子さんも晴人さんの死にめげず、というより、晴人さんの幻影を求めながら、踊りに没入しようとしたのでしょう。加藤さんに晴人さんの姿をなぞらえ、いわば晴人さんの幻影と踊っていたのです」

増子はまた目を閉じて、何度も何度も頷いて見せた。

「しかし、それが加藤さんには物足りなかった。踊っていても、増子さんの心はまったく別の幻想の世界に向いて、幻想の中で晴人さんと踊っている。晴人さんと加藤さん、同じように増子さんとコンビを組んでいながら、決定的な違いは、通い合う愛が欠けていることです。それは踊りの技量だけでは乗り越えることのできない領域です。心の愛はもちろん、肉体的な愛も奪い取らなければ、自分たちの踊りは完成しない。加藤さんはそう考えたのでしょうね」

浅見は言葉を止めて加藤の反応を見た。しかし加藤は口をへの字にして、天井を睨んでいる。

「こうなると、増子さんの愛が向いている対象のすべてが、加藤さんにとっては憎悪の対象です。風の盆祭りが終わり、おわら踊りが終われば増子さんは帰って行く。帰る場所にいる津島さんが憎かった。津島さんを抹殺すれば、増子さんは行くあてを失い、自分のところに残ってくれるのでは……そう思って警察にタレコミ電話をかけたのです」

「ばかばかしい、証拠もなしに、よくそんなでたらめが言えるな」

「証拠はありますよ。といっても、もちろん僕のところにはありません。警察には電話の記録が残されていますからね」

「ははは、そんなものがあるはずないねか。ちゃんと非通知でダイアルしとったやから……」

言いかけて、加藤は「うっ……」と喉が詰まったような声を発した。その瞬間、小川部長刑事がギョロリと加藤の顔を睨んだ。

ドアが開いて、男が入って来た。すぐ後ろから山地警部補ともう一人、警備要員らしい制服の巡査が続いた。

浅見も内田も初対面だが、先頭の男が津島英之であることは、増子と夏美の反応から推察できた。

「津島さん、こちらにどうぞ」

浅見が席を立って勧めた。言われるまま、津島は坐ったが、浅見を立たせておくわけにいかないと思ったのだろう。山地が巡査に命じて、補助椅子を取りにやらせた。

「浅見さんが言うたとおり、津島さんはすべてを話してくれたがです」

山地は半分、いまいましそうに、しかし笑みを浮かべて言った。しかし、間もなく室内の気配が最前とは変わっていることに気づいたらしい。

(何かあったのか?――)

山地は目配せで小川に問いかけた。小川が立って行って、警部補をドアの外に誘い出した。そのまま二人はしばらく戻らなかった。先に巡査が補助椅子を運んで来て、それから少し遅れて山地と小川が入って来た。

「浅見さん、だいぶんご活躍やったみたいですな」

山地は皮肉っぽく言ったが、同時に、ジロリと冷たい視線を加藤に送った。

「そんなことより係長さん、津島さんはどうおっしゃったのですか?」

「事件当日はウィークデーでした。津島さんは初めは役所から真っ直ぐ自宅に帰る予定やったそうです。ところが、自宅近くで安田晴人さんからのメールが入った。時刻は六時三十八分。夜十時頃に禅寺《ぜんでら》橋の北詰めに来てくれいうもんです。禅寺橋いうのは八尾大橋より少し下流の、駐車場に近いところです。津島さんは約束どおりその場所へ行ったが、安田さんは現れず、間もなく待ち合わせ時刻と場所の変更を伝えるメールが入った。午後十時五十分に、城ケ山公園の駐車場――というものやった。その着信記録は自分も確認したから間違いない。そうやね、津島さん」

山地に言われ、津島は「そのとおりです」と、バッグから携帯電話を出して見せた。

「しかし結局、晴人は現れず、それっきり、メールも電話も繋がらんかった」

「そのメールは、晴人さんの携帯から発信されていたことは間違いないのですね?」

浅見が訊いた。

「そうです」

「あの……」と増子がおずおずと言いだした。

「私のところにきたメールもちょうどその頃、時刻はやはり午後六時三十九分でした」

自分の携帯を開いて、着信記録を確かめながら言った。

「そうでしたか……」

浅見は暗澹《あんたん》とした思いだった。

「それまでは晴人さんは元気だったということですか?」

夏美が訊いた。

「いや、必ずしもそうとはいえません。メールが発信された時点で、晴人さんはすでに意識のない状態だったかもしれません。たとえば睡眠薬で眠らされていたとかですね」

「じゃあ、メールを送ったのは犯人?」

「そういうことになりますね」

「ひどいことを……」

夏美が吐き捨てるように言い、全員の視線が加藤に集中した。

加藤は居たたまれないように立ち上がり、わざとらしく時計を見た。

「さて、そろそろ帰っていいけ」

「いや、そういうわけにはいきませんよ、加藤さん」

山地が意地悪な口調で言った。

「いろいろお訊きしたいことがあるので、あんたには残っていただきます」

「しかし、私は無玄寺の舞台に立たんとならんのです。そうでないと、増子さんも困るんやちゃ、ね、増子さん」

全員の視線が、増子に移った。それに応えるように、増子は「いいえ」と言った。

「私は困りませんよ。おわらは晴人さんと踊りますから」

たおやかな着物姿の彼女からは、想像もできないような凛《りん》とした声であった。

3

十時半を過ぎて、無玄寺の境内は一回目のステージの時よりは、いくらか混雑が緩和されているように思える。観光バスツアーのお客はほぼ全員が引き揚げ、それぞれの宿に落ち着いた頃だ。

しかし本当のおわらの楽しさは、最終日の最後の舞台がはねた深更から始まる。そのことを知っている「おわらの達人」たちは、町流しにも、ここ無玄寺にもまだ足を停めて、その時の訪れを待っているのだ。近づくフィナーレに敬意を表するのか、屋台の呼び声がやみ、無駄な明かりが消えた。

十時四十分、定刻どおりラストから一つ前の増子の踊りが始まった。

内田も浅見も、それに津島夫妻も、境内の一隅に佇んで舞台に視線を注いだ。

トトンという太鼓を合図に、賑やかでありながらどこか哀愁を帯びた三味線の合奏が始まる。それを背景に流麗な胡弓の音色が忍び出る。〔唄われよ　わしゃ囃す〕という、縁の下の力持ちであるべき囃子方だが、じつはそれ自体もまた主役といえる。

ひと呼吸置いて、天から降ってくるような甲高い調子の歌声がひびきわたる。おわらを歌いつづけて半世紀といえそうな年配の、痩せた小柄な男の、どこにそんな才能が眠っていたのか――と思わせる迫力だ。

やがて舞台の袖から鳥追い笠を傾けて、増子が登場した。ピンク地に淡い朱色で、袂や裾模様を染め上げた踊り衣装である。

急ぐことなく停滞することもなく、差す手引く手、ゆく足返す足、弓なりに反る腰と、増子の動きは風に靡く柳を思わせる。

「おい、浅見ちゃん、いるよな」

「ええ、いると思います」

幽霊の話である。増子の独り踊りに、何か得体の知れぬ影のような気配が絡み合い、増子を誘っているように見える。増子が「晴人さんと踊ります」と言ったせいなのか、それとも無玄寺の舞台という特殊効果がそう思わせるのか。

「加藤は自供したかね」

内田は踊りとは関係のないことを言った。何をやっていても、好奇心が一つところにとどまらない、子供のような男だ。

「したと思いますよ」

「そうかね、したかね」

「ええ」

「あの二人、どうなるのかな」

少し離れて、体を寄せ合うように佇む津島英之と夏美を指さした。彼女が弥寿多家の若女将であることに、まだ誰も気づいていないらしい。

「どうなるのですかねえ」

「それに、彼女もさ」

舞台の増子は、たぶん無我の境地にあるのだろう。本当に身近に晴人の姿を見ているように、切なげに、楽しげに舞っている。

夢で逢えれば　それでもいいと
伏せた笠の緒　オワラ　濡れている

夏美がふいに、津島の肩に顔を埋めた。晴人や増子のために涙を流すのか、それとも、この先に二人を待っているであろう、複雑な道筋を思って泣くのか、津島の手が夏美の背中をそっと抱いた。

「おい、行こうか」

内田が照れたように回れ右をして、ギョッと動きを停めた。二人の目の前、顔がぶつかりそうな距離に山田篤子が立っていた。

「やっぱり増子さん、晴人さんと踊っとるね」

視線を舞台に向けたまま、篤子は呟いた。

「そう、ママにも見えるだろう」

内田も浅見も、仕方なくもう一度、体の向きを変えて増子の踊りを見た。それから浅見はふと気がついた。篤子は加藤のことを訊かなかったのである。

「山田さんは知っていたのですか?」

「知っとって、何を?」

篤子は初めて浅見に視線を向けた。

「加藤さんのことです」

「加藤さんが、どうかしたんがけ?」

「いえ、べつに……」

聞いていなかったのか――と、内田と浅見は顔を見合わせた。篤子はつまらなそうに、視線を舞台に戻した。

「あら、増子さん、独りじゃないの……」

怪訝そうに言った。どうやら、いま気がついたらしい。彼女が視線を移しているあいだに、晴人の幽霊は消えたのだろうか。やがて増子も踊り終え、拍手と称賛の声を送る観衆に一礼して、静かに舞台を去った。篤子はその後ろ姿を、身じろぎひとつせずに見送った。

舞台上では囃子方がフィナーレの準備にかかり、男女それぞれ二十人近い踊り手が勢ぞろいを始めた。

「さあ、帰ろうか」

興をなくした内田が言って、ようやく呪縛《じゆばく》から解かれたように、篤子の体が揺らいだ。浅見が反射的に手を差し伸べなければ、地べたに坐り込みそうな危うさだった。

賑やかなおわらに送られて、三人は無玄寺の境内を後にした。篤子は浅見の腕に縋りつくようにして歩く。口の悪い内田も、見て見ぬふりを装っている。

町はあの喧騒が嘘のように静かに更けてゆく。雪洞も少しずつ明かりを落として、霧のような薄闇が漂う中、どこからともなく、三味線の爪弾きと胡弓のすすり泣きが流れてくる。その音源を求めて、残り少なくなった人々が疲れた足を運ぶ。

「いいねえ、この雰囲気、何ともいえないねえ」

「いいですねえ、僕の拙《つたな》い筆力では、表現しようがないなあ」

「そうだな、きみの拙い筆力ではね」

「先生まで拙いはひどいな。じゃあ、書いてくれますか『旅と歴史』に」

「いやなこった。あんな安い稿料の雑誌に、誰が書くもんかね」

「誰がって、ほかならぬ僕が書いているんですがねえ」

男二人のジョークも、篤子を力づけることはなかったようだ。まるでカラクリ人形のように物憂げに首を振りながら、「ほんとに、幽霊だったがね」と言った。

「加藤さんの踊りが、晴人さんみたいに見えているのかと思ったがに」

「そうですよ、昨日まではね。しかしいまは加藤さん、いなかった」

「どうしたがけ？」

「さあ……」

どう説明しましょうか——と、浅見が向けた視線に、内田は「僕は知らないよ」とばかりにそっぽを向いた。

「加藤さんは警察ですよ」

「えっ、そうがけ？」

篤子は弾かれたように立ち直って、浅見から離れ、二人の男を等分に睨んだ。

「やっぱりそうだったがね……あの晩、十時過ぎ頃、加藤さんがうちの店に来たちゃ。『どうしてこんな時間に？』って訊いたら、『あんたに会いたかった』やて。あれはアリバイ作りってわけやね。ははは、まったく男なんて……」

クルッと背を向けると、「じゃあね」と手を振って、目の前の店のドアに走り込んだ。「コケット」の電飾看板の明かりが消えていた。

内田と浅見は、おたがいの間抜けな顔を見交わしてから、おもむろに歩きだした。

「あのタヌキ女、感づいていたんだな。『やっぱり』って言ってたぜ」

「そうですね、どこまで知っていたのかはともかく、ある程度、加藤氏のことを疑っていた可能性はあります。僕を事件現場に案内したり、それとなくいろいろなヒントをくれてましたからね」

「しかし、それはひょっとすると、ミスリードのつもりだったかもしれないぞ。加藤が店に来ていたなんて、肝心なことを黙っていたじゃないの」

「そうかなあ……それはちょっと勘繰りが過ぎるんじゃないですかね。確かに暴力団や愛人のことを強調したり、神岡のこととなると思わせぶりになったり、事件の真相に触れそうになるのを恐れたりする矛盾や、曖昧《あいまい》な面はありましたけど、そこまで疑ってはママに悪いですよ。第一、ミスリードする理由はないでしょう」

「そんなことはないさ。その曖昧さには理由があると見たね。といっても、所詮きみには女の微妙な心理など、分かりようがないだろうけどね」

「それは否定しませんが、どういう理由があるのですか？」

「愛だよ愛、愛に決まってるだろう」

「はあ……なるほど、愛ですか。つまり加藤氏を密かに愛していたとか？」

「加藤か、それとも晴人か、それは本人に訊いてみないと分からないけどね」

「えっ？　晴人氏をですか？　まさか、それはないでしょう」

「だから、訊いてみなければ分からないと言っている。しかしね、晴人が『死にたい』と言っていたのは、あれはきみ、じつは山田篤子に言ったものだよ。本当の妻でもない夏美には、そんな弱音を吐くわけがない。夏美にそのことを伝えたのは篤子だったのさ」

「あっ……」

浅見は愕然とした。ふだんはとぼけたおじさんにしか見えない内田に、一瞬の閃《ひらめ》きのような洞察力のあることを認めないわけにいかなかった。

「篤子のような女は、疲れた男の本音を聞くと、母性本能をかき立てられるのだろう。同情はしばしば愛情に変わるものだ」

浅見は自信を喪失した。すべてを見通したつもりの事象が、目の前の夜更けの風景のように曖昧模糊《もこ》として、何もかもが幻想に思えてきた。

弥寿多家に着くと、主の安田順藏が出迎えた。それも、式台の上に坐り、しょんぼりと肩を落としている。「お帰りなさいませ」という言葉も元気がない。

「女将から聞きました」

順藏は二人を部屋に先導しながら、前を向いたまま呟くように言った。ほかの部屋のお客はまだ帰らないのか、それとも眠りについてはいないのか、どの部屋も明かりが灯《とも》り、ときどき話し声が漏れてくる。

「女将さんはどうしてますか？」

部屋に入ってから、浅見は訊いた。

「さっきまで気張っとりましたが、いまはもう臥《ふ》せっております」

「そうですか……警察からは、まだ何も言ってきませんか？」

「係長さんから電話があって、あらましのことはお聞きしました。なんでも、おわら学校の加藤……さんを取り調べ中だとか。いずれ浅見さんのほうから話があるかもしれんけど、その時はくれぐれも内密にするよう、そう伝えて欲しい言われました」

「心得ております」

浅見はしっかりとした口調で明言した。

「言われるまでもないことだ」

内田は浅見の気持ちを代弁するように、少し不快感を込めて言った。順藏は怯えた表情で「申し訳ありません」と頭を下げた。

「いや、ご亭主に言ったわけではない。われわれがペラペラ喋ると思っている、警察の頭の悪さに腹が立つのです」

そんな大見得を切っていいのかな——と、浅見は内田のことがいささか心配になる。喋りはしないにちがいないが、これまでの前科からいっても、小説に書かないという保証はできない、札つきの人物だ。

「ところで」と、浅見は訊きにくいことを質問することにした。

「夏美さんのことは今後、どうするおつもりですか?」

「夏美は……夏美にはこれまでどおりいいますか、この弥寿多家の女将を継いでもらうつもりやちゃ」

「しかし、津島さんというご主人のいることが分かった以上……」

「はい、そのことも十分に承知した上で、家内と相談し、決めました。津島さんにはご無理なことではありましょうが、ぜひともお願いせねばならん、思うております」

それはまた、強引な——と、浅見と内田は顔を見合わせ、眉を顰《ひそ》めた。過去に晴人と増子を、生木を裂くように別れさせた苦い経験がありながら、またぞろその轍《てつ》を踏もうというのか。いくら商売専一だからといって、それではあまり身勝手が過ぎる。

だが順蔵は決然と断言した。

「津島さんのご都合もあることですんで、いつからいうわけにもまいりませんが、いずれは役所をお辞めいただいて、正式に弥寿多家の婿としてお迎えいたします」

「なるほど、妙案ですね！」

内田は大げさに膝を叩いた。

「それと、美濃屋さんには明日にでもお邪魔して、これまでの非礼をお詫びし、増子さんの行く末については、応分のことをさせていただくつもりでおります」

「なるほど、なるほど……」

内田も浅見も頷くばかりだ。さすがに順蔵は大人である。ほんの短い時間に、よくぞそこまで腹を決め、善後策を講じられるものだと感心する。

襖の外で「お邪魔します」と、遠慮がちな声がした。浅見が「どうぞ」と応えると、襖が細く開けられ、夏美の白い貌《かお》が覗いた。

「あ、お義父《とう》さん……」

二人の客に最前の礼と挨拶をするつもりで顔を見せたのだろう。一瞬、順蔵のいることに戸惑ったが、すぐに「あの、お義父さんに会っていただきたい人がいてるのですが」と言った。

「うん、分かっとる。すぐに行くよって、応接間で待ってもろてくれ」

誰――とは訊かず、順藏は言った。それから、襖の向こうの夏美の気配が消えるのを待って、深々とお辞儀をした。心なしか、この四日間で頭の白いものがめっきり増えたように思えた。

「このたびは、ほんまにご面倒をおかけいたしました。いずれことが落ち着きましたならば、あらためまして御礼《おんれい》させていただきます」

「いやいや、礼などは無用です」

内田は浅見の意向など構わずに、かっこいいことを言った。

「それよりご主人、来年の風の盆、お宿のほうを予約願えますかね」

「はいそれはもう、もちろん……」

順藏は泣きそうな顔で、もう一度頭を下げた。感極まったのか、それともいやな客の予約を入れさせられ、悲しかったのか、どちらなのかは分からない。

# エピローグ

風の盆祭りを終えた九月四日の未明から、八尾町の交通規制は解除される。昨夜までの喧騒は嘘のように、町は閑散として、残暑の太陽のもとで静まり返り、ぽつりぽつりと引き揚げるわずかばかりの観光客と、ゴミ処理の車と人が動いているだけ。まさに祭りのあとの侘しい風景だ。

内田と浅見が乗った車が弥寿多家を後にして軽井沢へ向かったのは、四日の午後一時頃のことである。

警察は昨夜のうちに加藤範之に対する容疑を固め、裁判所に同人に対する逮捕状を請求する手続きに入った。これで本事件はひとまず解決したものの、八尾署がなかなか解放してくれなかった。

警察はどうでもいいが、弥寿多家の亭主と女将、それに若女将の夏美までが「もうひと晩、お泊まりください」と言って引き止めたのには、浅見はともかく、内田はかなり気持ちが揺れたようだ。これに「コケット」の篤子ママが加われば、残留することを決定したにちがいない。

しかし山田篤子はついに最後まで顔を見せなかった。わざわざコケットの前を通過したのだが、それがあたかも訣別の合図といわんばかりに、店は看板を引っ込め、疲れ果てた娼婦のような乾いた表情を見せていた。

内田の憶測が当たっていたとすると、安田晴人が死に、加藤が逮捕されたこの事件で、弥寿多家の人々や増子など、遺族たちを別にすれば、最も思い悩んだのは篤子だったのかもしれない。いかにも男勝りであっけらかんとしているように見えるが、女心はそう単純なものではないのだろう。

加藤の犯罪はそれほど手の込んだものではなかったといえる。安田夫婦と津島夫婦による「交換結婚」に較べれば、ごく単純な手口といっていいだろう。完全犯罪を目論んだと思われるのは、晴人の携帯電話を使ってメールを送ったこと以外は、わずかに「死体遺棄」の箇所だけだった。

桜の木の根元まで晴人を背負って行く時、加藤は晴人の靴を履いたのだそうだ。二人分の重さによって、足跡は草地にはっきり刻まれた。発見者の老人の足跡と較べてやや不自然だったことから、浅見が警察にその点を指摘し、加藤もその事実を認めた。元に戻る時には、あらかじめ用意してあった板の上を渡ったそうだ。

それにしても、メールを手軽に利用できることが、この犯行を成立させていることは事実だ。奈良県で起きた誘拐殺人事件や、自殺願望者を殺した事件など、メールを悪用したといえる凶悪犯罪が続出している。文明の発達が人類社会を充実させることは確かだが、その一方では、これまで思いもよらなかったような新たな犯罪を助長している。

「だから僕は携帯電話を使わないのだ」

内田は負け惜しみのように言うが、それも一つの見識かもしれない。浅見の母親が携帯電話禁止令を出しているのも、家族の絆を確かめるためのように思えてきた。

その内田が、携帯電話で勝田宗匠に事件の顚末を報告した。もっとも、この複雑怪奇な出来事すべてを伝えるには、電池がもたないにちがいない。ほんのさわりの「交換結婚」のことを話しただけだが、それでも宗匠はびっくりしていたらしい。ある意味、内田と違って純粋無垢なところがあるのだ。宗匠がトイレの窓から目撃したお高祖頭巾が、事件の謎を解く鍵の一つになったと言うと、大いに喜んでいたそうだ。

無玄寺脇の坂を下ると、八尾の町内から抜け出たような気分になる。そこから先は新開地と田園が広がるばかり。振り返り、しみじみ眺めると、八尾の町の佇まいは、それ自体が一つのテーマパークのように特異な雰囲気を醸し出している。風の盆祭りの日々、迷い込んだ人を楽しませ、あるいは驚かせる不思議の国だ。

そこに住む人々にとっても、同じ想いがあるのではないだろうか。ふだんの八尾は平凡で穏やかな町に見えるけれど、しかし、そういう日々の暮らしの中にさえ、風の盆に向けてひたすら傾斜してゆく坂道に立つような、心さやぐものがあるにちがいない。

八尾の人々と「おわら」との付き合いは、魚と水の関係に似ている。そこに棲むからには、人々はたえず「おわら」の中を泳ぎつづけなければならない宿命を負っているようなものだ。わずか三日限りの風の盆のために、ほとんど一年中「おわら」の稽古に励むのも、その表れといえよう。踊り手や地方衆ばかりでなく、祭りを支える、ありとあらゆる住民の意識のどこかに、たえず「おわら」への想いが漂っているにちがいない。

そのことを悟らなければ、安田晴人や増子の恋のひたむきさや、まして加藤の犯罪など理解できなかっただろう。

浅見はバックミラーの中で遠ざかる風景を惜しみながら、八尾での体験が、不思議の国で起きた不思議な出来事として、この先ずっと、記憶の壁に刻み込まれるような気がしてならなかった。

# あとがき

本書『風の盆幻想』は、平成十三年秋の第一回取材を皮切りに、のべ四次にわたる現地取材を経て、脱稿までに丸四年を要しました。「おわら」の変革など、対象とする風の盆それ自体の難しさもありましたが、社会環境の変転きわまりない事情も筆を鈍らせた原因の一つです。その最たるものは町村合併でありました。

平成の大合併ともいうべき自治体の合併統合は、まさに作家業者を混乱させました。八尾町は富山市に併合され、岐阜県神岡町は周辺と統合されて飛騨市となる。しかもそれぞれにタイムラグがあって、八尾は平成十七年の、神岡は平成十六年の合併でした。執筆中に町役場が忽然《こつぜん》と消えてしまっては、そこに登場していた町長や町議会議員はどうすればいいのか、大いに困ったものです。

したがって、この作品では八尾町の場合、旧八尾町の状態で物語を成立させることにしました。行政域の呼び名が変わっても、おわらや風の盆の祭り自体は、さほどの変容はない——と割り切るほかはありませんでした。そうはいっても路上からの屋台撤去や、おわら演舞の運営のあり方など、たえず変革の危機（？）を内包している物事と、どう向き合うか、頭の痛い作業ではありました。

もとよりこの作品は創作でありますが、以上のような諸般の事情もあって、リアリスティックなドキュメンタリー的要素は、ますます希薄なものにせざるをえませんでした。さらに付け加えますと、町の風景、佇まい、登場人物など、そのほとんどはフィクションであることはいうまでもありません。

とはいえ、屋台の撤去、越中おわら伝承の正統論争といった出来事は、事実にのっとって脚色を加えたものです。ただし、関係機関や関係者諸氏、それぞれの立場にまつわる微妙な問題を孕《はら》んでいることに配慮したため、現状に即さない描写も少なくないことはご了解いただかなければなりません。

越中おわら節の歴史と変遷に関する、時代考証的な記述は正確なものではありません。とくに「おわら」の発生は、民衆の中で自然発生的に生まれた民俗文化なので、曳山祭のようにはっきりした年代を特定するのは難しいように思いました。近代になってからも、たとえば胡弓の導入前と以降とでは、おわらの性格そのものが変質しているわけで、現在の越中おわら節――とくにその殷賑《いんしん》は、そこからスタートしたものと考えるべきではないでしょうか。そのことはともかく、「前夜祭」の導入や屋台撤去がいつから実施されたかなど、正しい年代と食い違う記述が随所に現れる点については、あらかじめお断りをしておかなければなりません。

じつはこの作品と並行する形で、雑誌「家の光」に『悪魔の種子』という作品を連載していたのですが、そこには秋田県雄勝郡《おがちぐん》羽後《うご》町《まち》西馬音内《にしもない》の「西馬音内盆踊り」が登場します。これの成立と形態が八尾の「風の盆」とよく似ているのに驚きました。おそらくどちらも日本を代表する盆踊りでしょうが、作品のテーマとしてまともに取り組んで面白かったことから、『風の盆幻想』が誕生しました。

執筆にあたって、「富山県民謡おわら保存会」の方々をはじめ、富山市八尾町在住の城岸美好さん、石﨑康弘さん、婦中町の酒井百合子さん、高山市の平腰裕美さん、吉田朝美さん他、多くの皆さんに取材、あるいは方言指導などご協力をいただきました。紙面をかりて、心より感謝いたします。

なお、この「あとがき」は〝風の盆〟祭りの期間中に書いています。偶然とはいえ、不思議な巡り合わせです。

平成十七年九月二日

内田康夫

参考文献
『越中おわら社会学』（北日本新聞社）
『おわら風の盆写真集』（北日本新聞社）
『越中八尾風情』　文・桐谷　正
　　　　　　　　写真・玉生康博（桐谷工房）
『伊藤妙子写真集　風の盆』　伊藤妙子
『風の盆恋歌』　髙橋　治（新潮社）
『角川日本地名大辞典　富山県』（角川書店）

この作品はフィクションであり、作中に登場する人物、団体名は、実在するものとはまったく関係ありません。
なお、市町村名、風景や建造物などは、著者執筆時のものであり、現在の状況とは多少異なっている場合があることをご了承ください。

単行本　二〇〇五年九月　幻冬舎刊
ノベルス版　二〇〇七年三月　幻冬舎ノベルス刊
一次文庫　二〇〇九年八月　幻冬舎文庫刊
二次文庫　二〇一三年六月　実業之日本社文庫刊

地図作成　木村弥世
DTP制作　ジェイ エスキューブ

文春文庫

風《かぜ》の盆《ぼん》幻《げん》想《そう》

定価はカバーに
表示してあります

2017年8月10日　第1刷

著　者　内《うち》田《だ》康《やす》夫《お》

発行者　飯窪成幸
発行所　株式会社 文藝春秋

東京都千代田区紀尾井町 3-23　〒102-8008
TEL 03・3265・1211
文藝春秋ホームページ　http://www.bunshun.co.jp

落丁、乱丁本は、お手数ですが小社製作部宛お送り下さい。送料小社負担でお取替致します。

印刷製本・凸版印刷
Printed in Japan
ISBN978-4-16-790902-4

（　）内は解説者。品切の節はご容赦下さい。

## 氷雪の殺人
内田康夫

利尻島で一人の男が変死を遂げ、浅見光彦に謎のメッセージと一枚のＣＤが託される。事件の背後に蠢《うごめ》く謀略を追う光彦と兄・陽一郎の前に巨大な「国」の姿が立ち現れてくる。（自作解説）

う-14-2

## 箱庭
内田康夫

一葉の写真と脅迫状が兄嫁に届いた。セピア色の写真の中で、微笑む女学生姿の兄嫁と友人。相談をうけた浅見光彦は、広島の厳島へ。文芸ミステリーの名作。（自作解説＋郷原　宏）

う-14-3

## 贄門島《にえもんじま》（上下）
内田康夫

房総の海に浮かぶ美瀬島に伝わる怪しげな風習「生贄送り」とは？　父の死も絡んだ島の謎に挑む浅見に忍びよる危機。現代社会の底知れぬ闇をえぐる傑作長篇ミステリー。（自作解説）

う-14-4

## 十三の冥府（上下）
内田康夫

『都賀留三郡史』の真偽を確かめるために青森を訪れた浅見光彦は、同書にまつわる不可解な死に遭遇。偽書説を唱える人の相次ぐ死は、神の祟りなのか？　傑作ミステリー。（自作解説）

う-14-7

## 鯨の哭《な》く海
内田康夫

捕鯨問題の取材で南紀・太地を訪れた光彦は、背に銛が突き刺さった人形を見た。銛打ち殺人事件と心中を結ぶものは？　小さな町での事件の哀しい背景を光彦が解き明かす。（自作解説）

う-14-9

## はちまん（上下）
内田康夫

全国の八幡神社を巡る飯島が、秋田で死体となって発見される。浅見光彦は、飯島殺害を調べるうち、八幡と特攻隊を巡る因縁に辿りつく。この国のかたちを問う著者渾身の巨編。（自作解説）

う-14-10

西村京太郎
**十津川警部の決断**
満員の都営三田線車内で殺された26歳のＯＬ。凶器は千枚通し、目撃者はゼロ。犯人は十津川警部を名指しして挑戦状を送りつける。ミスを挽回すべく辞表を預けて出た十津川の賭けとは。
に-3-37

西村京太郎
**男鹿・角館 殺しのスパン**
小さな店の六畳間でなまはげの扮装のまま発見された死体は、本来の住人ではなかった。ではいったい誰なのか？　事件の手がかりをつかむため、十津川警部は秋田・男鹿半島へ向かう！
に-3-41

西村京太郎
**十津川警部 謎と裏切りの東海道**
徳川家康を殺した男
徳川家康を敬愛する警備保障会社社長が犯してしまった殺人は、果たして正当防衛だったのか？　捜査のなかで見えてきた、社長の「過去の貌」とは？
に-3-42

西村京太郎
**新・寝台特急《ブルートレイン》殺人事件**
暴走族あがりの男を揉み合う中で殺した青年はブルートレインで西へ。追いかける男の仲間と十津川警部。青年を捕えるのはどちらか？　手に汗握るトレイン・ミステリーの傑作！
に-3-43

西村京太郎
**十津川警部 京都から愛をこめて**
テレビ番組で紹介された「小野篁の予言書」。前所有者は不審死し、現所有者も失踪した。京都では次々と怪事件が起きはじめた。十津川警部が挑む魔都・京都１２００年の怨念とは！
に-3-44

西村京太郎
**東北新幹線「はやて」殺人事件**
十和田への帰省を心待ちにしていた男が殺された。ゆかりの女が遺骨を携えて新幹線「はやて」に乗ると、思いもよらぬ事態が待ち受けていた！　十津川警部の社会派トラベルミステリー。
に-3-45

西村京太郎
**十津川警部 陰謀は時を超えて**
リニア新幹線と世界遺産
雑誌編集者が世界遺産・白川郷で入手した秘薬。それをめぐっておきた殺人事件の真相とリニア新幹線計画とをつなぐ点と線とは何か。うずまく陰謀を、十津川警部たちは阻止できるか？
に-3-46

（　）内は解説者。品切の節はご容赦下さい。

西村京太郎
**十津川警部「オキナワ」**
沖縄と米軍基地、その狭間から死が誘う！　東京の安宿で発見された死体と遺された文字、「ヒガサ」。たどり着いたのは沖縄。そこで十津川警部は何を見たのか。円熟の社会派ミステリー。
に-3-47

西村京太郎
**消えたなでしこ　十津川警部シリーズ**
サッカー日本女子代表二十二人が誘拐された。身代金の要求は百億円！　十津川警部は、ひとり難を逃れた澤穂希選手に協力を依頼。十津川×澤という夢の2トップが解決に向け動き出す。
に-3-48

楡　周平
**骨の記憶**
東北の没落した旧家で、末期癌の夫に尽くす妻。ある日そこに51年前に失踪した父親の頭蓋骨が宅配便で届いて——。高度成長期の昭和を舞台に描かれる、成功と喪失の物語。（新保博久）
に-14-2

二階堂黎人《れいと》
**鬼蟻村マジック**
鬼伝説が残る山奥の寒村を襲った凄惨な連続殺人事件。五十八年前に起こった不可解な密室からの犯人消失事件の謎ともども、名探偵・水乃サトルが真相を暴く！（小島正樹）
に-16-2

似鳥　鶏
**ダチョウは軽車両に該当します**
ダチョウと焼死体がつながる？　——楓ヶ丘動物園の飼育員「桃くん」と変態（？）「服部くん」、アイドル飼育員「七森さん」、そしてツンデレ女王の「鴇先生」たちが解決に乗り出す。
に-19-2

似鳥　鶏
**迷いアルパカ拾いました**
書き下ろし動物園ミステリー第三弾！　鍵はフワフワもこもこ愛されキャラのあの動物！　飼育員の桃くんと七森さん、ツンデレ獣医の鴇先生、変態・服部君らおなじみの面々が大活躍。
に-19-3

貫井徳郎
**夜想**
事故で妻子を亡くした雪籐が出会った女性・遙。彼女は、人の心に安らぎを与える能力を持っていた。名作『慟哭』の著者が、「新興宗教」というテーマに再び挑む傑作長篇。（北上次郎）
ぬ-1-3

（　）内は解説者。品切の節はご容赦下さい。

貫井徳郎
**空白の叫び**（全三冊）
外界へ違和感を抱く少年達の心の叫びは、どこへ向かうのか。殺人を犯した中学生たちの姿を描き、少年犯罪に正面から取り組んだ、驚愕と衝撃のミステリー巨篇。（羽住典子・友清　哲）
ぬ-1-4

乃南アサ
**紫蘭の花嫁**
謎の男から逃亡を続けるヒロイン、三田村夏季。同じ頃、神奈川県下で連続婦女暴行殺人事件が……。追う者と追われる者の心理が複雑に絡み合う、傑作長篇ミステリー。（谷崎　光）
の-7-1

乃南アサ
**水の中のふたつの月**
偶然再会したかつての仲良し三人組。過去の記憶がよみがえるとき、あの夏の日に封印された暗い秘密と、心の奥の醜さが姿をあらわす。人間の弱さと脆さを描く心理サスペンス・ホラー。
の-7-5

乃南アサ
**自白**　刑事・土門功太朗
事件解決の鍵は、刑事の情熱と勘、そして経験だ——。昭和の懐かしい風俗を背景に、地道な捜査で犯人ににじり寄っていく刑事・土門功太朗の渋い仕事っぷりを描いた連作短篇集。
の-7-9

秦　建日子
**殺人初心者**　民間科学捜査員・桐野真衣
婚約破棄され、リストラされた真衣。どん底から飛び込んだ民間科捜研に勤務開始早々、顔に碁盤目の傷を残す連続殺人に遭遇する。「アンフェア」原作者による書き下ろし新シリーズ。
は-45-1

秦　建日子
**冤罪初心者**　民間科学捜査員・桐野真衣
民間科学捜査研究所の真衣は、アジアからの出稼ぎ青年に着せられた冤罪を晴らそうと奮起した。しかしひょんなことから連続殺人の渦中に——科学を武器に謎に挑む人気シリーズ第二弾！
は-45-2

樋口有介
**夏の口紅**
十五年前に家を出たきり、会うこともなかった親父が死んだ。形見を受け取りに行った大学生のぼくを待っていたのは、二匹の蝶の標本と、季里子という美しい「妹」だった……。（米澤穂信）
ひ-7-8

（　）内は解説者。品切の節はご容赦下さい。

樋口有介
**窓の外は向日葵《ひまわり》の畑**
夏休みの最中に、東京下町の松華学園、江戸文化研究会の部員が次々と失踪。高校二年生の青葉樹と元警官で作家志望の父親が事件を辿ると、そこには驚愕の事実が！　（西上心太）
ひ-7-9

東野圭吾
**秘密**
妻と娘を乗せたバスが崖から転落。妻の葬儀の夜、意識を取り戻した娘の体に宿っていたのは、死んだ筈の妻だった。日本推理作家協会賞受賞。　（広末涼子・皆川博子）
ひ-13-1

東野圭吾
**予知夢**
十六歳の少女の部屋に男が侵入し、母親が猟銃を発砲。逮捕された男は、少女と結ばれる夢を十七年前に見たという。天才物理学者が事件を解明する、人気連作ミステリー第二弾。　（三橋　暁）
ひ-13-3

東野圭吾
**ガリレオの苦悩**
〝悪魔の手〟と名乗る人物から、警視庁に送りつけられた怪文書。そこには、連続殺人の犯行予告と、湯川学を名指しで挑発する文面が記されていた。ガリレオを標的とする犯人の狙いは？
ひ-13-8

東野圭吾
**真夏の方程式**
夏休みに海辺の町にやってきた少年と、偶然同じ旅館に泊まることになった湯川。翌日、もう一人の宿泊客の死体が見つかった。これは事故か殺人か。湯川が気づいてしまった真実とは？
ひ-13-10

広川　純
**一応の推定**
滋賀の膳所駅で新快速に轢かれた老人は、事故死なのか、それとも、孫娘のための覚悟の自殺か？　ベテラン保険調査員が辿り着いた真実とは？　第十三回松本清張賞受賞作。（佳多山大地）
ひ-22-1

広川　純
**回廊の陰翳《かげ》**
京都市内を流れる琵琶湖疏水に浮かんだ男の死体――。親友の死の謎を追う若き僧侶は、やがて巨大宗派のスキャンダルを知る。松本清張賞作家が贈る新・社会派ミステリー。　（福井健太）
ひ-22-2

## 文春文庫　最新刊

**船参宮**　新・酔いどれ小籐次（九）　佐伯泰英
久慈屋に請われ伊勢参りに同行した小籐次に魔の手が

**幻肢**　島田荘司
記憶を失った少女は恋人の幽霊とデートを重ねるが…

**雪の香り**　塩田武士
失踪した恋人の隠す秘密とは。純愛ミステリーの傑作

**風の盆幻想**　内田康夫
おわら風の盆の本番前に老舗旅館の若旦那が殺害され…

**繁栄の昭和**　筒井康隆
迷宮殺人の現場に小人が！　ツツイワールド大爆発!!

**注文の多い美術館**　美術探偵・神永美有　門井慶喜
嫁ぎ先の家宝を偽物と断じた新婦。傑作美術ミステリ

**エデンの果ての家**　桂望実
弟が母を殺したのか？　残された父と兄が真相に迫る

**風味さんのカメラ日和**　柴田よしき
風味が通う写真教室の講師が写真の秘密を読み解く

秋山久蔵御用控　**野良犬**　藤井邦夫
久蔵に長女が誕生。三十巻の人気シリーズついに完結

寅右衛門どの　江戸日記　**千両仇討**　井川香四郎
藩主となった寅右衛門だが金鉱を巡る争いに巻き込まれる

赤川次郎クラシックス　**幽霊候補生**〈新装版〉　赤川次郎
死んだはずの夕子が、最近撮られた写真に写っている!?

**肝っ玉かあさん**〈新装版〉　平岩弓枝
原宿の蕎麦屋「大正庵」をめぐる昭和の家族の物語

**鬼平犯科帳**　決定版（十六）（十七）　池波正太郎
より読みやすい決定版「鬼平」、毎月二巻ずつ刊行中

**走る?**　東山彰良・中田永一・柴崎友香ほか
人生には走るシーンがつきものだ。RUN小説アンソロジー

**猫大好き**　東海林さだお
羨ましい猫の生き方、内臓と自分の不思議な関係など

**政党政治はなぜ自滅したのか?**　さかのぼり日本史　御厨貴
戦前の政党政治の失敗の原因を探り、わかりやすく解説！

**オレがマリオ**　俵万智
震災後に東北から石垣島へ移住した母子の暮らしを歌う

**新版　家族喰い**　尼崎連続変死事件の真相　小野一光
二十年以上にわたる八人の死者。その中心にいた女とは

**脳科学は人格を変えられるか?**　エレーヌ・フォックス　森内薫訳
脳科学の驚異の世界。カギは楽観脳と悲観脳にあり！

**内村鑑三**　新保祐司
近代日本の精神の矛盾と葛藤を体現する男の核心に迫る